集英社オレンジ文庫

後宮の迷い姫

消えた寵姫と謎の幽鬼

彩本和希

本書は書き下ろしです。

後宮の迷い姫

消えた寵姫と謎の幽鬼

もくじ

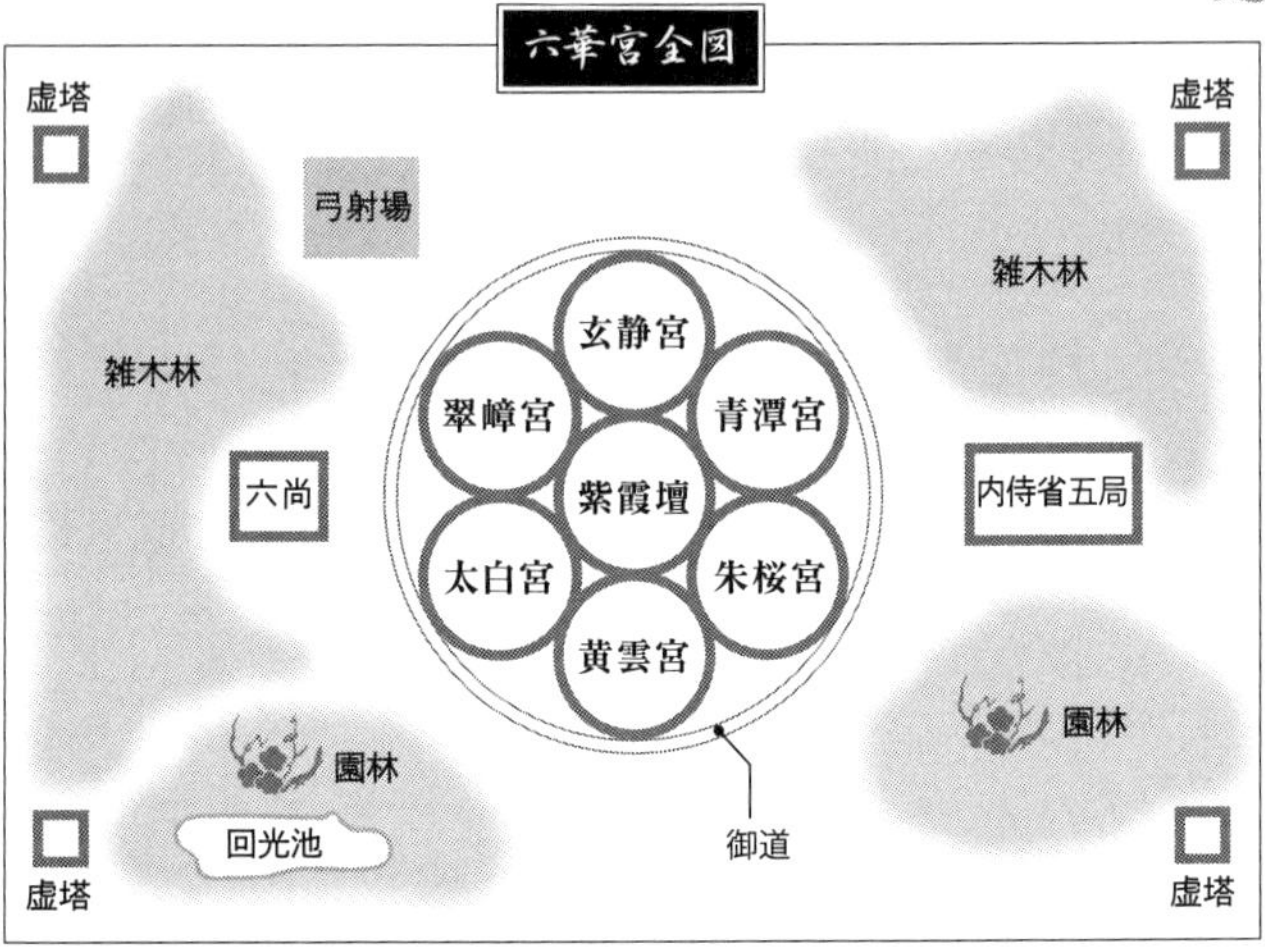

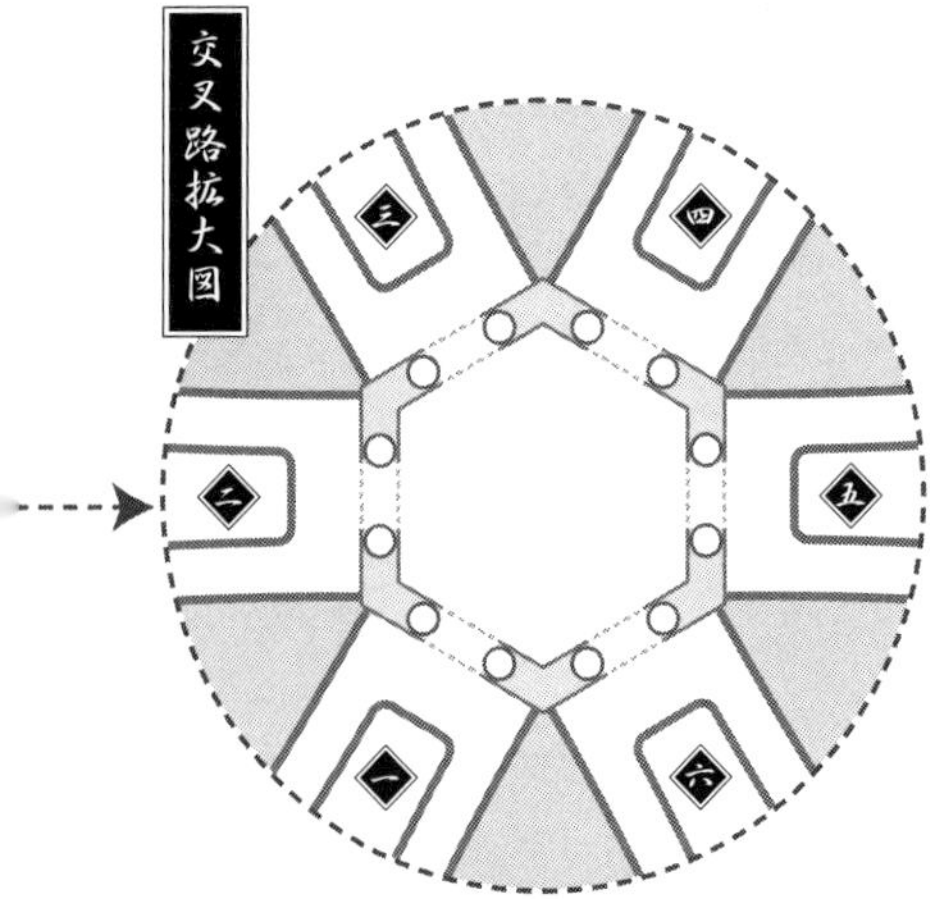

一の殿舎・鳳翔記

二の殿舎・桃季古雅

三の殿舎・梅宮春

四の殿舎・紅涙伝

五の殿舎・仙境夢話

六の殿舎・錦繍録

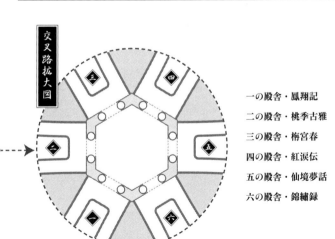

翠嶂宮見取り図

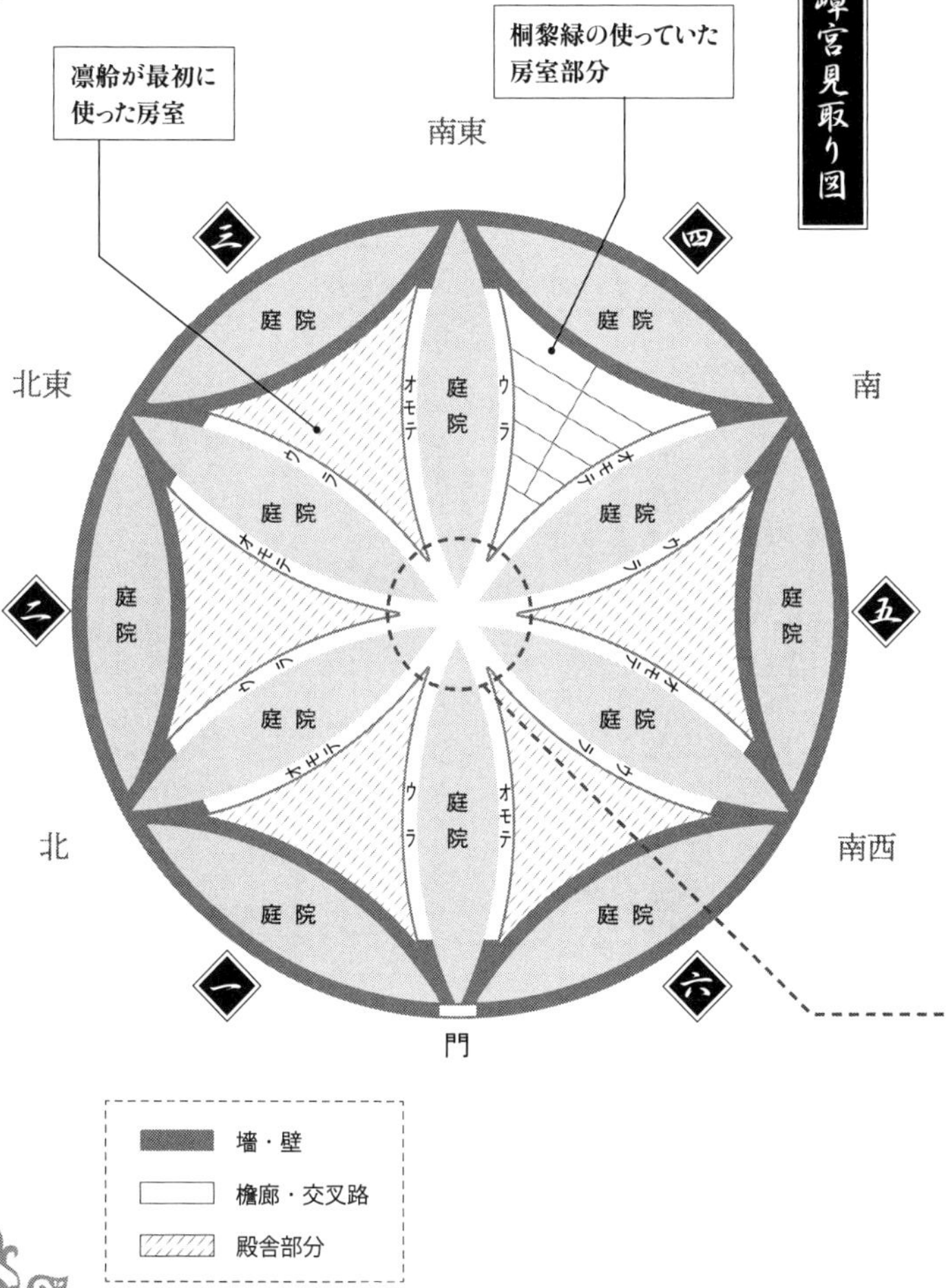

凛舲が最初に
使った房室
桐黎緑の使っていた
房室部分
南東
北東
南
北
南西
門
一
二
三
四
五
六
庭院
オモテ
ウラ
墻・壁
檐廊・交叉路
殿舎部分

後宮の迷い姫
登場人物紹介

挿画　夏目レモン

絳琳《こうりん》（字《あざな》　凛舲《りんれい》）

仙鏡堂に仕える迷呪持ちの道女見習い。通称・迷娘。

？

凛舲が出会った謎の男性。幽鬼だと噂されている。

応毅《おうき》（字《あざな》　明真《めいしん》）

皇帝の側近。ある目的のため、凛舲を後宮に送り込む。

桐婕妤《とうしょうよ》……………………突然姿を消した妃。凛舲に非常に似ているというが…。

炫耀《げんよう》………………………今上帝。失踪した桐婕妤を寵愛している。

孟貴妃《もうきひ》・姚淑妃《ようしゅくひ》・荘徳妃《そうとくひ》…今上帝の三妃。

香雪《こうせつ》………………………凛舲の隣の房室に住む妃。称号は采女。

菖佳《しょうか》………………………翠幃宮で暮らす御妻のひとり。称号は宝林。

一

迷子の密命

凛舲《りんれい》は四つ辻《つじ》で途方に暮れた。

陽《ひ》は中天に輝き、影は足元に留まっている。

視線をめぐらせても、周囲は似たような構えの肆《みせ》ばかりだ。

京師《みやこ》・静晏《せいあん》の雑踏は菜蔬《やさい》や魚介の担ぎ売り、物売りの呼び込みがかまびすしい。

方角を見失ったなら人に道を尋ねるのが一番だが、相手を選ばなければ痛い目に遭う。

なぜといえば、凛舲は迷呪《めいじゅ》持ち、極度の方向音痴だからだ。

ここ永晶国《えいしょうこく》で信奉される万象道《ばんしょうどう》の教えによれば、人はみなこの世に生まれ落ちた時に司《し》霊《れい》という魂の導き手を持つのだという。

司霊は目には見えなくとも常に傍《かたわ》らにあって人を正しい道へと導くが、司霊が惑うと人はたやすく道に迷い、己がどちらへ進むべきかわからなくなってしまうというのだ。

嬰児《あかご》や童《こども》はまだ未熟で司霊の導きを受け取りにくく、迷子になることもやむなしとされるが、齢《よわい》十七にもなった娘があちこちで道に迷っていると、さすがに白眼視される。

だけならばまだしも、軽率に道を尋ねて迷呪持ちと悟られようものなら、罵声《ばせい》やら泥水やらを浴びせられ、追い払われることも珍しくはないのだ。

だから凛舲はしばし四つ辻を見回すと、屋台のひとつに立ち寄った。

「こんにちは、いい天気ね。烤包子《カオパオズ》をもらえる？」

にこりとほほえんだ凛舲に店主は愛想よく応じる。

「うちのは絶品だよ。ひとつでいいかい？」

褐色《かっしょく》の肌にはっきりとした目鼻立ちは、ひと目で大陸の西方出身だとわかった。

「ふたつもらうわ」

「あんがたっぷりで大きいけど、お嬢さん一人で食べきれるかね」

小柄で細腰の凛舲を見て店主はからかうように尋ねる。

「余裕よ。朝から何も食べてないもの。それにもうひとつは迷子の童のぶんなの」

「迷子？」

「ええ。今朝から行方がわからなくなっていて、私が両親の代わりに捜しているのよ」

六つくらいの童女だといって特徴を伝えたが、店主は首をかしげた。

「さあ。朝からここに立ってるが、そんな子は見かけなかったねぇ」

「じゃあ、この辺りじゃないのかしら」

凛舲ががっかりした顔になると、話を聞いていたおかみさんが声をかけてきた。

「ほら、あれじゃないかい？　さっきのお客が東春路《とうしゅんろ》の辺りで泣いてる童を見かけたって」

「ほんとう？」

凛舲が身を乗り出すと、おかみさんは烤包子を包みながらうなずく。

「ああ。年頃も同じくらいのようだし、あんたが捜してる童かもしれないよ」

「ありがとう、おかみさん！　行ってみるわ」

代金と引き換えに烤包子の包みを受け取ると、凛舲はさりげなく四つ辻に目をやった。

「東春路はあっちだったわよね」

「そう。東へまっすぐ。三つ目の辻を左だ」

店主が指さした方向をすかさず記憶に留め、笑顔で礼を言う。

「助かったわ、ありがとう」

「童なら神符《しんぷ》を持ってるから、誰かが堂観《てら》に連れていくだろうけどね」

永晶国の出身らしいおかみさんに見送られ、凜舲は屋台を後にした。

神符を持たない童もいるのだとは答えずに。


神符とは、児《こ》が生まれた時に両親が万象道の堂観でもらい受ける護符のことである。道に迷わず育つようにと願いのこめられたそれは、単なる守り札を意味するのではない。童がたまさか道に迷い、どこか見知らぬ土地で泣くことがあったとしても、首から下げた神符があれば、道行く者が最寄りの堂観へと連れていってくれる。

堂観に着くと、童と引き換えに送り届けた者には謝礼が支払われる仕組みだ。

十七年前の内乱で静晏が荒れ果てた頃ならいざ知らず、代替わりした皇帝によって治政が行き届いた今は、童が人買いに攫《さら》われることも少なくなった。

「んー！　本当に羊肉のあんがたっぷり‼　肉汁すごい！」

店主に教わった東春路への道を歩きながら、凜舲は早くも烤包子にかぶりついていた。

行儀の悪いふるまいだが、たしなめられる心配はない。どこぞの令嬢ならいざ知らず、凛舲の立場は駄賃目当てに迷子捜しに明け暮れる、貧乏堂観の道女見習いなのだから。

世の中には、親から神符を与えられない童もいる。

神符を堂観から授かるにはそれ相応の喜捨《きしゃ》が必要で、貧しい親が用意できないこともままあるからだ。

神符を持たない童は迷子になっても誰からも保護されることなく、さまよったあげくに河水に落ちたり野犬に襲われたり、それこそ人買いに攫われることもある。

それだから、凛舲のような道女見習いが迷子を見つけ出し、謝礼として親からわずかばかりの喜捨をしてもらうという仕事も成り立つ。

今回は堂観への喜捨のほかに、軽食代としてささやかな駄賃を母親から渡されているから、堂々と買い食いできるわけだ。

むろん、迷子はすみやかに見つけ出すつもりだが、白湯《さゆ》のような粥《かゆ》で空腹をなぐさめている凛舲としては、先に食べものにありつかねば身がもたない。

「腹ごしらえ完了！　急がないと」

口元の肉汁をぬぐったその時、ぴたりと、路傍《ろぼう》をうろつく野犬と目が合った。

痩《や》せ犬の目は獲物を狙うがごとく、凛舲の手にした烤包子の包みに向けられている。

「だ、だめよ。これは、あんたのじゃないんだから」

などとにらみつけて牽制《けんせい》したところで痩せ犬に人語が通じるはずもない。いや、通じたところで聞き分ける気などないのか、痩せ犬は身をかがめて飛びかかる姿勢を見せる。

「だから、だめだってばー！」

じりじりと後退《あとずさ》ると、凜舲は脱兎《だっと》のごとく逃げ出した。

かくして再び道に迷ったことは言うまでもない。


「どうして……毎回、こうなるのかしら」

ひと気のない路地まで来たところでぜいぜいと息を吐き、凜舲は呟《つぶや》いた。

これも迷呪の恐ろしさというべきか、あるいは己の食い意地が災いしたとみるべきか。

迷うつもりがなくとも、凜舲はたびたび道に迷う。何度も通いなれた道であっても、道中で何かしらの障害やきっかけがあって一本道をそれたり角をひとつふたつ曲がりそこねたりしていると、いつの間にか見知らぬ場所に迷い込んでしまうのだ。

厄介《やっかい》な迷呪持ちの凜舲が出歩くのはなかなかに勇気のいることで、できることなら堂でつつましく経典を写していたいというのが本音だが、これも仕事だから仕方ない。

「早く戻らないと……」

凜舲は顔をあげて周囲を見回したが、またしても見知らぬ町並みである。

立派そうな門構えが目につくところをみると、貴族や富者の邸宅街のようだ。

「どうした、娘。そこで何をしている」

背後から声をかけられたのはその時で、振り向いた凜舲は目をみはる。

艶《つや》やかな駿馬《しゅんめ》にまたがり、こちらを見おろしていたのは、一人の官人だった。

官服の色を見れば官位までわかるというが、凜舲にそこまでの知識はなく、ただずいぶんとえらそうだということだけがわかる。

凜舲は向き直って礼をとると、官吏《かんり》の呼びかけに応《こた》えた。

「さきほど、迷子を捜して東春路へまいろうとしたところ、野犬に遭遇し、追われて逃げるうちにここへたどり着いたのでございます」

粗末な道服をまとった娘が、つたなくもまともな受け答えをしたのが意外だったのか、官吏の目がひたと凜舲に向けられる。

「なるほど、それは災難であったな。東春路とは真逆のこんな場所まで逃げてくるとは」

真逆の方向と聞いて再び崩れ落ちたくなったが、平静を装って礼を言う。

「お気遣いありがとうございます。どうやら野犬も振り切った様子にございますれば、迷子捜しに戻りたく存じます」

官吏のまなざしがやけに強いものに思えて、居心地悪くなりながら凜舲がその場を辞そうとすると、官吏の背後から人影が近づいてくるのが見えた。

「さて、迷子というのはこの童のことだろうか」

官吏がちらりと向けた視線の先には、従僕らしき男と、男に抱えられた童女の姿がある。

「小杏《しょうきょう》？」

捜し歩いていた童女の特徴を思い出して凜舲が呼びかけると、従僕にしがみついていたその童女がぱっとこちらを向いた。

「この近くで泣きながら歩いているのを保護したところだ。神符を持たぬようなので身元もわからぬし、どうしたものかと思っていた」

従僕が抱きおろすと、童女は凛舲めざして駆け寄ってくる。

「お母さんが心配してるわ。帰りましょう」

しゃがんで抱きとめると、小杏は目をうるませて、しっかりとしがみついてきた。

「目当ての迷子を捜しあてたようだな」

「お礼申し上げます。このままさ迷い歩いていれば、どのような災難に見舞われていたか」

「災難に見舞われたのはそなたのほうだろう。野犬に追い回されて苦労したようだしな」

からかいまじりに言われて内心むっとしていると、小杏がうれしそうに笑った。

「小姐《おねえちゃん》、迷娘《めいにゃん》でしょう？　迷子になっても迷娘が見つけてくれるってお母さんが言ってたの、ほんとだったんだ！」

凛舲がぎくりとしていると、官吏が聞きとがめたように問う。

「迷娘とはそなたの字《あざな》か？」

庶人同士の戯《たわむ》れならば笑ってごまかす途《みち》もあるだろうが、相手が明らかに身分のある官人とあっては、正直に答えるほかにない。

「私は京師南夏路《なんかろ》・仙鏡堂《せんきょうどう》に仕える道女見習いで、絳琳《こうりん》と申します。字は凛舲なれど、迷呪持ちゆえに迷娘と呼ばれることが多いのでございます」

そう名のった後で、さてどんな嘲《あざけ》りや罵声が降ってくるものかと凛舲は身構える。

高位の官吏であれば、万象道への信仰も篤《あつ》い。迷呪持ちに対する嫌悪や忌避《きひ》の念もさぞかし強かろうと思ったが、案に相違して返ってきたのは静かな反応だった。

「なるほど。迷呪持ちを迷娘と呼ぶのはわかるが、その童の言いぐさから察するに、さほど悪い意味で使われているわけではない様子なのが不可解だな」

わずかな言葉のやり取りから導かれた疑問に、凛舲は内心舌を巻く。

「それは……私がたびたび道に迷うくせに、迷い込んだ先で捜し人とめぐり会ったり、失くしものを見つけたりと、幸いに行き遭うためかと」

ためらいながらもそのわけを話すと、官吏は低く笑った。

「確かにそなたの迷娘ぶり、今しがたこの目で見せてもらった。犬に追われて逃げ込んだ先で、捜していた迷子を見出《みいだ》したのだからな」

「この呼び名は、迷呪持ちには過ぎた幸運をあてこすったもの。お聞き逃しください」

恐縮した凛舲を見おろし、官吏は不思議そうに言う。

「なぜそのように己を卑下する？　迷呪など、しょせんはまやかしだというのに」

思いもよらぬ言葉に、凛舲は反射的に顔をあげた。

まともに見た官吏は思いのほか若く、鬢《びん》を小冠《しょうかん》にまとめただけで、漆黒《しっこく》の髪は背に流れ落ちている。白皙《はくせき》の容貌《ようぼう》は整いすぎと言ってよいほどだったが、涼しげな目に宿る怜悧《れいり》な光のためか、少しばかり近寄りがたい印象を受けた。

「そもそも迷呪というのは、古《いにしえ》の詩人が方向音痴の友をからかって作った詞《ことば》に過ぎぬ。それを万象道の導師が司霊を惑わす呪いとして広めただけのこと。太古の昔から、方向音痴の人間など掃いて捨てるほどいるというのに、呪いのせいなどと騒ぎ立てるのは、それこそ迷妄《めいもう》というものだ。そんなものに惑わされて己を低く見積もってどうする」

まなざし同様の舌鋒《ぜっぽう》に呆然《ぼうぜん》としていると、従僕が見かねたように小さく咳《せき》払いをした。

「だんなさま、そろそろ」

我に返った官吏は少しばかり気まずそうな顔をすると、凛鈴に向き直った。

「そなたが道に迷うのは呪いなどによるものではない。迷った先でたびたび幸いにめぐり遭うというなら、むしろ祝福と呼ぶべきもの。天運に恵まれている証《あかし》ではないか」

低く落ち着いた声には、心にかかる靄《もや》を断ち切るように明朗な響きがあった。

「小姐、おなかすいた」

思わず言葉を失っていると、烤包子の匂いにつられた様子で小杏が袖《そで》を引いてくる。

「そうだな。その童を早く送り届けてやるといい」

うながされ、礼もそぞろに凛鈴が歩きかけると、官吏は思い出したように言った。

「名のり遅れたな。私は応明真《おうめいしん》という。迷子を捜しあてただけでなく、私とここで行き会ったということは、そなた自身にも、この国にとっても幸いだったかもしれないぞ」

大仰過ぎるその言葉は、官人の名とともに、後々《のちのち》まで凛鈴の中に残ったのだった。

凛舲は箒《ほうき》で地面を掃きながら、か細いため息をもらした。

いつものように仙鏡堂の裏門前を掃除しはじめたものの、さっぱり力が入らない。

このところ迷子捜しの依頼がなく、命綱ともいうべき買い食いの機会もないのである。

うっかり空腹でふらつく姿を見せようものなら、修行が足りぬと堂主に打たれそうだ。

箒を動かしながら、今日も小運河の岸辺に目を向ける。

ほとんど日課のようになってしまったが、視線を向けたところで何があるわけでもない。

だが凛舲にとって、舲《こぶね》の舫《もや》われたこの小運河は、己と深く結びついた場所だった。

生まれて間もない嬰児の頃、仙鏡堂裏のこの場所で拾われたからだ。

とうに亡くなった前堂主の言によると、十七年前、内乱によって静晏が混乱のさなかにあった冬の朝、小運河に浮かぶ舲から嬰児の泣き声が聞こえたのだという。

嬰児を抱きかかえた女は舲に身を潜めるように横たわっており、背中には何者かに斬《き》りつけられたような傷が残っていた。女は既《すで》に絶命していたものの、嬰児は息があったため、前堂主が憐《あわ》れんで保護してくれたのだ。

当時の静晏には凛舲と同じような童は数多くいて、前堂主に拾われて生きのびた己は運のいい方だということはわかっている。だから、神符を持たずに育ったことも、迷呪持ちを嘲笑《あざわら》われ、忌避されることも、特に不幸だと思わない。ただ、時折思うのだ。

あの冬の朝、凛舲を抱きかかえたまま死んだ母はどんなひとだったのだろう、と。

気がつけば凛舲の手は、箒から離れ、首から下げた革袋を握りしめていた。

そこには、母を偲《しの》ぶ唯一の品が入っている。裏門の前を掃除する時、ことに、冬の寒い朝には、この革袋を握りしめ、小運河を眺めてぼんやりすることが多かった。

そのせいだろうか。万象道では十五になると道女見習いにも字が与えられるが、現在の堂主は彼女に凛舲という字をつけたのである。

迷呪持ちでろくに使いも果たせず、掃除をさせればぼんやりと小運河の舲を眺める役立たずぶりを皮肉ったわけだが、寒々しい呼び名は確かに自分にふさわしく思われた。

そもそも迷呪持ちであるという時点でまともな婚姻は望めぬし、万象道においても一人前の道女になる途はない。迷呪持ちは所属する堂観で、見習いとして生涯修行という名の労務雑役に励むことを定められているのだから。

革袋から手を放し、再び箒を動かしながら、凛舲はふっと笑みをもらす。

こんな娘をつかまえて、先日遭遇した応という官人は天運に恵まれていると告げたのだ。おかしな官人だと思ういっぽう、彼の言葉は忘れ去っていた記憶をも呼び覚ました。

「凛舲、こんなところで何してるの！」

道女の一人に鋭い声で呼ばれ、凛舲は物思いから醒《さ》めた。

平生《へいぜい》は、凛舲が目の前で堂主に打擲《ちょうちゃく》されていても顔色ひとつ変えずに経文を読み上げているというのに、その道女は珍しく慌てふためいている。

「何とおっしゃいましても、いつものように掃除を」

「そんなことはいいから、早く堂主様のところへおいでなさい！」

箒を取りあげられ、背を押してうながされた凛紟は、顔をこわばらせた。

「私は何かお叱《しか》りを受けるようなことをしてしまったのでしょうか」

今の堂主は迷呪持ちの凛紟を嫌っている。身に覚えはなくても、呪われた身を浄《きよ》めるためと称して殴られることもしばしばだ。動けなくなるまで殴られるのか、数発で済まされるのかは堂主の機嫌しだいだから、あらかじめ覚悟しておきたい。

しかし、道女から返ってきたのは予想もしない答えだった。

「お叱りなどあるものですか！　今しがた、応という高官の遣いがいらして、おまえを後宮に入れたいと仰せられたのですよ‼」

＊

永晶国の後宮は宮城の北にある。

「皇帝陛下のお住まいになる六寝に対し、後宮は六華宮《ろっかきゅう》と呼びならわします。この名は、後宮を現在の形に造営させた皇祖考（皇帝の祖父）象賢帝《しょうけんてい》より賜《たまわ》ったものです」

足音もなく前を進みながら説明するのは、白狼《はくろう》という宦官《かんがん》だ。

細身の体にやや高めの声は、男という性を強制的に失った宦官特有のものらしいが、彼を特徴づけているのはむしろ、右目の黒い眼帯の方だろう。

「絳琳。そなたは御妻《ぎょさい》の一人、采女《さいじょ》としてこの六華宮に迎えられました。これよりそなたは絳采女《こうさいじょ》と呼ばれることになります。九嬪《ひん》の下でよく婦学を学び、励まれますように」

底知れぬ光を宿した左目は、未知なる世界の象徴のように感じられたものである。

見習い仕事で薄汚れた身体《からだ》を隅々《すみずみ》まで磨かれた凛舲は、艶やかな絹の襦裙《じゅくん》をまとい、後宮へと足を踏み入れていた。

結い上げた髪に簪《かんざし》や歩瑤《ほよう》をさすのも、日に焼けた膚《はだ》に白粉《おしろい》や紅《べに》を塗られるのもはじめてのことで、まるで自分が昨日までとは全く別人になったような思いがする。

しかし、それ以上に凛舲を圧倒したのは、後宮の威容だった。

いくつもの門をくぐり、外界から隔絶された敷地内には、広い石畳《いしだたみ》の道の先に黄金色の瑠璃瓦《るりがわら》で葺《ふ》かれた宮殿が見える。

とはいえ、知らされなければ目の前にあるのが宮殿とはとても思えなかっただろう。

「六華宮は、ほぼ同じ造りをした六つの宮殿が円状の敷地に均等に配されております。六寝に近い南側に黄雲宮《こううんきゅう》があり、東南側に朱桜宮《しゅおうきゅう》、北東に青潭宮《せいたんきゅう》、北側に玄静宮《げんせいきゅう》、北西の翠《すい》嶂宮《しょうきゅう》、西南の太白宮《たいはくきゅう》と続きます」

黄雲宮は皇后の住まいであるが、現在は主《あるじ》がおらず、朱桜宮に貴妃《きひ》、玄静宮に淑妃《しゅくひ》、太白宮に徳妃《とくひ》が暮らしているという。

「そなたが入るのは北西に位置する翠嶂宮です」

白狼の説明もうわの空になるほど、凛舲は目の前の光景に魅入られていた。

道と言えば本来、京師のそれのように、東西や南北にまっすぐ走るものだ。

ところが、凜舲の目の前にあるのは真白い石造りの道が、弧《こ》を描くようにはてしなく続く光景だったのである。

陽の光を反射してまばゆく輝く道は御道《ぎょどう》と呼ばれ、広大な後宮の敷地を円環状に走り、六つの宮殿の門前をつないでいるという。その御道の内側に配された六つの宮殿は、これまた円環状の墻《かき》に囲まれ、それぞれ独立しているのだった。

後宮の上空を飛翔する鳥の目があれば、おそらく御道という巨大な環の内側に、六つの宮殿が宝玉のごとく連なっているように見えるのだろう。

傘を差し掛けられた姫妾《きしょう》の列や、女官の一団が行き来する姿を遠くに眺めながら御道を進み、翠嶂宮に入った後も、凜舲の驚きは終わらなかった。

宮殿の内部はさらに風変わりな造りをしていたからだ。

墻と一体となった門をくぐると、すぐに庭院《なかにわ》が目に飛び込んでくる。

楕円《だえん》を思わせる形をした細長い庭院は、宮殿の奥へ奥へと続き、門からは庭院を挟む形で二本の檐廊《えんろう》が伸びているのだった。

檐廊は隣りあったふたつの殿舎に沿っており、それぞれ房室《へや》に面しているのか、侍女や女官らしき女性が出入りしているものの、市井《しせい》のような忙《せわ》しなさはない。

片方の檐廊を進んでいくと、門から伸びた二本の檐廊はやがて一本の廊となり、宮殿の中心と思われる場所で交叉《こうさ》した。

「各殿舎へは、こちらの交叉路を経由して移動します。ひとつの殿舎につき房室は十ほどで、各殿舎には名前がついておりますので、覚えておくのがよろしいでしょう」

つらつらと口にされる各殿舎の名を聞きながら視線をめぐらせれば、次々に別の殿舎の廊が目に飛び込み、どれがどれやらわからなくなる。

「なんだか、迷呪持ちでなくても迷いそうですね」

思わず感想をもらすと、白狼の左目がちらりとこちらを向く。

「当然のことながら、この六華宮に迷呪持ちの女官や妃嬪《ひひん》はおりません。無闇《むやみ》とさ迷い歩いて後宮の秩序を乱すことのなきよう、慎《つつし》まれませ」

釘《くぎ》を刺された凛舲はぎくりとしながらも、従順に目を伏せた。

「心がけます」

進んで秩序とやらを乱したくはないが、おそらくこれから六華宮をさ迷い歩くはめになるに違いない。それこそが、凛舲をここへ送り込んだ応明真との約束なのだから。

＊

突然の入宮の申し入れに、仙鏡堂の堂主も道女も腰を抜かしそうなほど驚いた。

一人前の道女として認められた立場であれば、易々《やすやす》と堂観を出ることはかなわないが、見目麗《うるわ》しい道女見習いが妻女に望まれて還俗《げんぞく》することは、そう珍しい話ではない。

ただ、凛舲のような迷呪持ちに縁談が持ちあがることはめったになく、まして妃嬪として後宮入りするなど前代未聞のことだった。

応より大枚の仕度金を受け取った堂主は一も二もなく承諾し、凛舲の意志が問われることなどないまま、ほとんど売り払われるようにして差し出されたのである。

当の凛舲は、降ってわいた後宮入りを出世や幸運と喜ぶ気には到底なれなかった。

万象道の堂観には後宮を退《しりぞ》いた妃嬪が入るものもいくつかあるが、そこから伝え聞くのは心を病んだり、讒訴《ざんそ》によって罪死した妃嬪などの残酷な話ばかりだったからだ。

迷呪持ちで名家の出でもない自分がそんなところへ行けば、たちまち首を落とされるのは目に見えている。そう考えた凛舲は、暗澹《あんたん》たる気持ちで車駕《しゃが》に揺られて堂観を出た。

しかし、広大な邸宅で対面した応は、意外な話で凛舲を驚かせたのである。

「最初にそなたを見た時、目を疑った」

客庁《きゃくま》で凛舲と相対すると、応は彼女の面にじっとまなざしをそそいだ。

「そなたの顔は、祭祀《さいし》の場で目にした桐婕妤《とうしょうよ》によく似ていたからだ」

桐婕妤というのは後宮で皇帝に仕える二十七世婦《せいふ》の一人で、最近になって皇帝の寵を受けるようになった妃だという。

「女官より選抜された妃嬪の一人だというが、陛下はことのほか桐婕妤をお気に召したご様子で、ゆくゆくは皇后にと口にされるほどだった」

ところが、ひと月ほど前、今を時めく寵姫《ちょうき》が後宮から姿を消してしまったのである。

「後宮からの脱走は重罪だ。まして、ぶ厚い墻と五つの宮門で幾重にも隔てられ、門衛によって出入りは厳重に監視されている。かよわい妃嬪どころか、屈強な兵士であっても、痕跡《こんせき》ひとつ残さずに逃げ出せる場所ではないのだ」

にもかかわらず、後宮内をくまなく捜索しても、桐婕妤の行方は知れなかった。

「誘拐、あるいは後宮内で何者かに殺害された可能性もあったことから、陛下の追及は苛《か》烈《れつ》を極めたが、今に至るまで手がかりひとつ見つからぬ状況だ。もはや絶望的かと諦《あきら》めかけていた時、そなたと出会った」

滔々《とうとう》と語られる内情に、みるみる凛舲が青ざめてゆくと、応は怪訝《けげん》な顔をする。

「どうした。顔色が悪いが、気分でもすぐれぬか？　遠慮なく申せ」

この流れでどうしたもないものだと思いながら、凛舲は正直に答えた。

「お話の流れから察するに、私を後宮に入れるのは、桐婕妤というお妃の身代わりをさせるためでしょう。それも、宮中の重大な秘密をこんなに気軽に打ち明けるからには、私はもう生きて帰れないということではありませんか……！」

無礼者と罵《ののし》られるかと思ったが、応はつまらなそうに息をついただけだった。

「なんとも短絡的な娘だな。たかだか顔がそっくりというだけで、そなたのような庶人の娘に妃嬪の身代わりが務まるわけがあるまい」

凛舲が虚を衝《つ》かれていると、彼は椅子《いす》から身を乗り出し、諭《さと》すように続ける。

「そなたは知るまいが、今上《きんじょう》陛下は聡明なお方だ。陛下が寵愛された桐婕妤も気品に満ちあふれた才女であられた。もし仮にそなたの衣装や立ち居ふるまいをそれらしく仕立て上げたとしても、陛下はひと目でそなたを偽者と見破られることだろう」

ゆえに凛舲を身代わりにすることは不可能だと断言され、さらに困惑は深まった。

「ならばなぜ、私を後宮に入れようとなさるのですか」

「人一人が忽然《こつぜん》と消え失せるなど、本来ありえぬ。それが消えたということは、必ず理由なり原因なりがあるはずだ。種明かしをするには、後宮に一石を投じなくてはならん。それもできるだけ大きな波紋を起こすような、力強く効果的な石をな」

「その石が私だと？」

「桐婕妤の失踪《しっそう》に何者かが関わっているなら、そなたが後宮に入ることで動揺を誘い、何らかの反応を引き出すこともできるかもしれぬ。簡単に尻尾《しっぽ》をつかませる相手とは限らぬが、外部より新たな目を持ったそなたが入ることで、つかめる手がかりもあろう」

彼の言葉からにじむ期待に凛舲は戸惑った。

「私などに、そのように重大なお役目を果たせるとは思えないのですが」

「何を言う。そなたの異名は京師のあちこちに知れ渡っているではないか」

あっさりと返されて凛舲が絶句すると、応は笑った。

「迷娘としてのそなたの評判、確かめさせてもらった。眉唾《まゆつば》な噂話《うわさ》かと思ったが、どうしてどうして。なかなかにすさまじいものだったぞ」

迷い歩いた先で凛舲が見つけたのは迷子だけにとどまらない。

微行《おしのび》中に従者とはぐれた他国の賓客と出くわしたり、盗賊《とうぞく》の根城に迷い込んで盗品の宝物を探しあてたり、行方のわからなくなった貴人の駿馬を連れ戻したり、果ては手配中の凶悪犯を捕縛するのに一役買ってしまったりと、偶然で片づけるには度を越した事実が明らかになって、応もさすがに驚嘆したと話す。

「幼い頃、私を養育してくださった前堂主が申しておりました。道迷いには二種類あると。ひとつは己の居場所と進むべき方角を見失い、闇雲に歩き回ってさらに道を見失うもので、これが迷呪と呼ばれるもの。いまひとつは」

いわゆる天地に流れる気をたどり、他の者には迷い歩いているようにしか思えない軌跡をたどりながらも、最後には真実や探し求めていた答えを得るもの。

「それを天祐《てんゆう》と呼ぶこともあれば、運を味方につけるととらえることもある。ゆえに迷呪ではなく、祝迷《しゅくめい》と呼ぶのだと……私に」

祝迷という言葉を思い出したのは、つい最近のことだ。

幼い凜舲が迷呪持ちと罵られて沈んでいた時、前堂主は迷呪と祝迷について語り聞かせてくれた。当時は慰《なぐさ》め半分に聞いていたが、応に会った時「天運に恵まれている」と寿《ことほ》がれたことで、過去の水底《みなそこ》に沈んでいた記憶がよみがえったのである。

「祝迷についてご存じとは。そなたを育てた前堂主は古い知識をお持ちだったのだな」

感心する口ぶりに、凜舲は思わずうつむいていた顔をあげた。

「本当に、そのようなものがあるのですか？」

「はるか昔、文字が生まれて間もない頃、巡《じゅん》という国で書かれた祝経《しゅくきょう》という書物があってな。祝迷とはその中にある言葉から生まれたものだ」

「祝経……」

そのような名前の書物は仙鏡堂の書庫にもなかったし、万象道の教えを記したどの書物にも記されていなかったと思っていると、応は口を滑らせたと言いたげに顔をしかめる。

「そうか。あれは前王朝で禁書になったのだったな」

「祝経とはどのような書物なのですか?」

凛舲がせきこむように食い下がると、渋る様子を見せつつも応は答えた。

「言ってみれば万象道の教えに相反する内容を記したものだ。万象道においては森羅万象《しんらばんしょう》この世のすべてに理《ことわり》があり、本来定められた道があり、万人はその道を踏み外さずに生きるべしと考えられている。しかし、祝経に書かれているのは全く別の教えだ。ゆえに、万象道を信奉した前王朝では焚書《ふんしょ》の対象となったし、今も公然とひもとかれることはない」

ごく一部を除いては、と応は低くつけ加える。

「応大人《たいじん》はその書物をお読みになることができたのですか」

凛舲の呼びかけに、応は居心地悪そうに苦笑いをうかべた。

「私はそなたが思うほどえらくはないぞ。生まれは市井の商家で、父母をなくして孤児同然になったところを最初の養父に拾われたのだからな」

ともすれば冷徹に見える彼のまなざしが、過去を懐かしむようにやわらぐ。

「幼い頃は、私もよく迷子になって泣きながら家を探し歩いたものだ。父母は貧しくて神符を授かることもできなかったからな。そのせいか、今も迷子を見ると他人とは思えぬ」

だから最初に会ったあの時、従僕に迷子を保護させていたのだろうかと思っていると、低く澄んだ声がぽんと降ってきた。

「明真だ」

とまどった凛舲に、彼は続ける。

「応毅《おうき》という大層な名はあるが、明真の字で呼ばれる方が落ち着く。そなたも私のことは明真と呼ぶがいい」

「明真……さま？」

言われるままに呼びかけてみると、明真はうなずいてみせた。

「そうだ。祝経について教えてくれたのは最初の養父でな。私にずいぶん熱心に教育を与えてくれた。そのおかげで今もこうして皇帝陛下のお側近くに仕えることができている」

明真は見たところ、まだ二十代のなかばをいくつか過ぎたあたりに見える。庶人の出だという彼が、皇帝の側近にまで昇ったなら、破格の出世であろう。

「最初の養父様もさぞお喜びでしょう」

素直に口にすると、明真は複雑そうに目を伏せる。

「どうであろうな。そうあってくれればいいのだが、今となっては確かめることはできぬ」

最初の養父は十七年前の内乱のさいに命を落としたのだと彼は告げた。

「ゆえに、先の晃雅帝《こうがてい》は私にとって養父の仇《かたき》を取ってくださった大恩あるお方。晃雅帝の世嗣《せいし》である今上陛下の御代に、影を落とすような凶事は身命《しんめい》を賭《と》して退けねばならん」

今上の二代前、徳昌帝《とくしょうてい》の時代に起きた内乱は、先代の晃雅帝の働きにより鎮圧された。

晃雅帝は徳昌帝の弟にあたり、内乱の平定直後に皇位を譲り受けている。

乱れた国政を一代で立て直した晃雅帝だが、内乱のおり、叛乱軍《はんらんぐん》を率いた鎖将軍《さしょうぐん》が後宮を蹂躙《じゅうりん》したのを嫌い、在位中は後宮に入らず、皇后と側妾《そくしょう》を六寝に住まわせていたという。

鎖《とざ》されていた後宮が再び開かれたのは、晃雅帝が崩御し、皇太子・炫耀《げんよう》が皇位を継いで、新しい治政が始まってからのことだ。

「今上陛下は忌《い》まわしい記憶を払拭するため、後宮の立て直しをお望みになった。だが、宮殿の傷跡を補修し、どんなに清めたとしても、血腥《ちなまぐさ》い記憶や噂には事欠かぬ場所だ。実際、桐婕妤が姿を消したのは、幽鬼によるしわざだと言う者もいる」

「幽鬼……」

ぞくりと肩を震わせた凜鈴を明真はじっと見つめた。

「埒《らち》もない噂とは思うが、いかんせん実情を確かめるすべがない。場所が後宮とあっては、下手な者を送り込むわけにもいかぬ」

明真が皇帝の側近であっても、確かに後宮に立ち入ることは不可能だろう。だからこそ、桐婕妤にそっくりの凜鈴に出会ったことで今回の手を思いついたに違いない。

「黙って後宮入りだけを命じるのはたやすいが、それではそなたへの礼を失する。心からの協力が得られなくては真相にたどり着くことも、桐婕妤を見つけることもできまい」

事情をつまびらかにしたのはそのためだと聞いて、揺らいでいた胸の内が定まった。

「ひとつ、お約束いただきたいことがございます」

決然としたまなざしを受けて、明真が表情をあらためる。

「申してみよ」

「後宮で桐婕妤の行方か、その手がかりを見出したあかつきには、祝経なる書物をお貸しいただき、私の身元を確かめる手助けをお願いしたいのです」

「祝経と、そなたの身元を？」

「はい。明真さまもおわかりでしょう。孤児の身の上がいかに寄る辺なきものか。私は嬰児の時に前堂主に拾われましたので、父母が何者だったのかを全く存じません。己がどこで生まれた何者なのかも、なぜこれほどたやすく道に迷ってしまうのかも。私は、己自身の手がかりを見つけたいのです」

誰が父母であろうと、ここに凛舲がいることに変わりはない。

頭ではわかっていても、あるべき己の中心に何かが欠けた感覚はいつもあった。

祝迷という言葉が、己を満たす鍵となるかはわからないが、母を偲ぶ品と合わせれば、いつか父母のもとへとたどり着ける気がする。

胸元の革袋を握りしめてそう考えていると、明真が答える。

「よかろう。祝経は宮廷の書庫にしかないものゆえ貸し出しはしかねるが、その時は私がそなたに書の内容を講釈する。そなたの身に降りかかるものが迷いの呪いか、はたまた祝迷という天運か。己自身の目で確かめるがいい」

凛舲の頭上に明真の淀《よど》みない声が落ちた。

天命にも似たその言葉に導かれ、凛舲は後宮の住人となったのである。

＊

六華宮に住まう妃嬪は、三妃、九嬪、二十七世婦、八十一御妻の百二十名。

皇后は未だ冊立《さくりつ》されておらず、他国の後宮にくらべればこれでも数は少ない方だという。

八十一御妻の一人として後宮入りした凛舲は、翠嶂宮に房室を与えられた。

「絳采女さまですね。あたしは旅歌《りよか》と申します。お房室《へや》は整えてありますんで、御用向きがあれば何なりと申し付けてくださいね」

自分の房室に到着した凛舲は、ほがらかな声に迎えられた。

「よろしく……お願い、申し上げます」

挨拶《あいさつ》がそぞろになったのは、現れたのが見上げるほど大柄な女性だったからである。

肩幅は広く、胸も厚く、みっしりと鍛えられた体に青衣をまとった女性の姿は、凛舲の持つ後宮の印象をさっそく打ち砕いた。

「いやですよ！　敬語だなんて！　あたしはこちらの殿舎にお仕えする宮女なんですから、

力仕事でもなんでも――こまかい仕事以外ならなんでもお手伝いいたしますよ」

殿舎中に響きわたりそうな声におののきつつ「ありがとう」と凛舲が礼を言うと、旅歌は不思議そうに周囲を見回した。

「ご実家から連れてきた侍女はご一緒じゃないんですか？　お衣装櫃《びつ》やらお化粧盒《ばこ》やら、お持ちになったものがあればお運びいたしますよ」

腕まくりまでして待ち構えていた彼女には悪いが、あいにく身ひとつである。

「侍女はいないわ。荷物は先に運んでもらってあるものだけよ」

凛舲の答えに旅歌は目を丸くする。

「あれまあ！　ずいぶんおさみしいこと！　それにしても」

遠慮なく言って、旅歌はしみじみと凛舲の顔を見つめた。

「女官が騒いでおりましたが、絳采女はほんとうに桐婕妤によく似ておられますねぇ」

内心またかと思いつつ、凛舲はにこりと笑った。

「私もびっくりしてるのよ。桐婕妤というお方にお会いしたことはないけれど、私の顔はずいぶんと似ているようね」

ここへ来るまでに会ったりすれ違ったりした女官や宦官、はては門衛に至るまでが凛舲を見て幽鬼にでも会ったような顔をするものだから、さすがに辟易《へきえき》した。

「あたしもお見かけしたのは数えるほどですけど、背丈と胸の大きさ以外は瓜二つでいらっしゃいます」

「桐婕妤はそんなに小柄なお方なの？」

「いえ。もっとこう、すらっと背が高くて胸も豊満で、それでいて柳腰っていうんでしょうか。腰が細くくびれていらして、立ち居ふるまいも天女のようで、匂い立つような色香をまとっていらっしゃって、女のあたしでもぼうっと見とれてしまうほどでしたよ」

旅歌の言葉に悪気はなかったが、背丈はちんちくりんで胸も小さく色気がないと遠まわしになじられているようで、凛舲は顔を引きつらせる。

「ま、まあ……それはぜひお会いしてみたかったわね」

いくら着飾っても身代わりなどひと目で見破られる、と明真が断言したのはこのせいかと凛舲は内心で歯嚙《はが》みした。

「明日の朝見《ちょうけん》でその桐婕妤にお目にかかることはできるかしら」

朝見とは六つある宮殿のうち、黄雲宮で行われる日課のことである。

皇后は後宮を統《す》べ、内治を聴くという古よりの定めに従い、毎朝妃嬪を集めて滞《とどこお》りなく務めが果たされているかをあらためるのだ。

現在は皇后がいないため、貴妃・淑妃・徳妃の三妃が朝見にあたっていると聞いた。

「桐婕妤にお目にかかるのはお諦めになったほうがいいでしょう。あの方は後宮から煙のように消えうせてしまったと聞きましたし」

気まずそうに答える旅歌に、凛舲は何も知らぬ顔で大げさに目をみはる。

「まあ！　それは一体どういうこと？　お妃が消えてしまうだなんて！」

さっそく事情を聞き出そうとした矢先、房室に面した檐廊の向こうから声が聞こえた。

「黎緑《れいりよく》――‼」

よくとおる女性の声に、何事かと思って顔を出すと、真っ赤な衣をまとった女性が足音を響かせて突進してくるのが見えた。

血相を変えた女性の迫力とすさまじい速度に、このままでははね飛ばされる！　と目を瞑《つむ》ったとたん、がばっと抱きつかれる。

「戻ってきたのか、黎緑！　なぜ突然姿を消したりしたんだ！」

旅歌ほどではないが、自分より頭ひとつ大きい女性にぎゅうぎゅうと抱きしめられ、豊かな胸に顔を押しつけられて、凛舲は窒息《ちつそく》しそうになった。

「む……むぐ……」

これが後宮の洗礼か。だとしたら後宮とはおそろしいところだとおののいていると、抱きしめていた腕がふいにゆるむ。

「ん？　黎緑、そなたやけに縮んだな。胸もしぼんだのではないか？」

などと、聞き捨てならないことを言われ、凛舲はとっさに反論した。

「しぼんでません！」

むしろこれから成長するのだと内心憤慨していると、不思議そうに女性は言う。

「そなた、顔はそっくりだが黎緑ではないな」

凛舲を見おろした瞳は大きく、高く通った鼻筋に、ひきしまった口元と、はっきりした顔立ちのせいもあってか、強い意思とみなぎる覇気《はき》が感じられた。

彼女がまとっているのは西方種族の乗馬服のような衣だが、筒袖の衫《さん》は燃えるような紅で、鳳凰《ほうおう》の精緻《せいち》な刺繍《ししゅう》がほどこされている。頭の後ろでそっけなくまとめた黒髪はたっぷりとしていて、明らかに宮女や女官とは異なる華やかさがあった。

一体この女性は何者なのかと考える間にも、絞め技をくらったような姿勢でいるからたまらない。凛舲が目を白黒させていると、別の女の声が疑問に答えた。

「ですから別人だと申し上げたではありませんか。貴妃ともあろう方が自分の殿舎に呼びつけもせず、先触れもなしに下位の妃妾《ひしょう》の房室へ駆けつけるなんてはしたないこと」

女性の胸に抱えられたままどうにか頭を動かすと、こちらへ歩いてくるあでやかな貴婦人が目に入った。

白磁のような膚と艶やかな唇、黒曜《こくよう》石のごとき瞳の美女だ。黄昏《たそがれ》色の長裙に凝夜紫《ぎょうやし》の衫子《さんし》、夕霧にも似た薄い帔帛《ひはく》をまとい、宦官の白狼を先導に、女官や宮女を従えた姿はなみの妃嬪とは思えぬ威厳がある。

彼女が口にした「貴妃」という言葉に固まっていると、いつの間にか先ほどの宮女・旅歌が大きな体を丸めるようにして礼をとっていた。

「そなたも真偽を確かめたくてうずうずしていたではないか。立場うんぬんを説教するなら、淑妃のそなたこそ自分の殿舎で待っていればよかったのだ」

「わたくしは、あなたがいつもの調子で飛び出したから止めに来たのです。わき目もふらずに突進するその悪癖で、今まで何人の侍女や妃嬪が骨を折ったとお思い？」

「人聞きの悪いことを言うな。私はただ、毎日宮殿にこもるばかりでは体がなまるから、みなと一緒に少しでも体を動かして無聊《ぶりょう》を慰めようとしただけだ」

「慰めたいのはあなたの無聊ではなくて？　体力があり余って仕方ないのでしょう」

口論を始めた二人だが、凛舲がぐったりするに及んで、ようやく淑妃が口をひらいた。

「それはそうと、そろそろ解放してあげてはいかが？」

死にますわよ、と諭されて貴妃はぱっと腕をとく。

「すまない！　大丈夫か？　また縮んだのではないか？」

「縮んでません……」

へろへろになりながら答えると、剛腕の貴妃はほっとしたように笑みをもらした。

「それはよかった。私は三妃の一人で孟玖飛《もうきゅうひ》という。陛下からは貴妃の位を賜っている」

よろしく頼む、という妃らしからぬ雑駁《ざっぱく》な挨拶に、酸欠でぼうっとしながら凛舲は呟く。

「……猛、牛妃さま……」

それを聞きとった白狼がすっと歩み寄り、ぼそぼそと低音で訂正した。

「孟・玖飛さまにございます」

「猛牛妃のほうがお似合いではなくて？」

淑妃がせせら笑うのを見て、凛舲は蒼白になった。

「も、申し訳ありません！」

後宮入り直後に死ぬ展開かと、這《は》いつくばって詫《わ》びようとすると、貴妃に止められる。

「いや、急に押しかけて驚かせたのは私だ。てっきり黎緑が見つかったのだと思ってな」

「黎緑さまというのは、私にそっくりだというお方ですか？」

「ああ。私にとっては妹のような娘だ。もともとは私に仕える侍女だったのだが、私が妃にと推薦したんだ。私などよりもずっと礼儀正しくつつましく、陛下にお仕えすればきっとすばらしい妃となるだろうと思ってな」

孟貴妃の願いどおり、桐黎緑が妃となったのは三か月ほど前のこと。彼女は婕妤の称号を得て皇帝の寵愛を受けたが、栄華を味わう間もなく姿を消してしまったという。

「六華宮をくまなく捜し、園林《ていえん》の水池までさらっても痕跡ひとつ見つからなかった」

諦めかけていたところ、黎緑そっくりの妃を見たと聞いて駆けつけたのだという。

「そなたが黎緑でないことだけはよくわかった。今日のところは引き上げるとしよう」

貴妃が力なく言って、檐廊を引き返してゆくと、淑妃がそっと息をつく。

「白々しいこと。寵姫の座を奪われて、内心穏やかではなかったくせに」

扇で口元を隠し、聞こえよがしの呟きをもらすと、淑妃は凛舲に向き直った。

「そなたもですよ、新入りの娘。猿芝居はおやめなさい」

どういう意味かと身をすくませていると、淑妃は顔を近づけ、扇越しに囁《ささや》きかけてくる。

「おおかた、桐婕妤と瓜二つのその顔を武器に、陛下に取り入る魂胆なのでしょう？」

「違います。私はここへ来るまで、桐婕妤のことなど何も存じ上げず……」

「それ以上わたくしをたばかるなら、舌を引き抜きますよ」

ぞっとするような脅しに凜舲は凍りついた。

「そなたの立ち居ふるまいは落ち着きのない下賤《げせん》の娘そのもの。顔立ちがいくら桐婕妤に似ていようと、品のない小娘を陛下が寵愛なさることなどあるものですか」

容赦《ようしゃ》のない侮蔑《ぶべつ》を投げつけ、淑妃はひややかなまなざしを凜舲にそそいだ。

「この後宮にまがいものの居場所などありません。卑《いや》しい性根を隠して陛下の御心をたぶらかそうとすれば、このわたくしが面《つら》の皮を剝いでやるから覚えておくことね」

おそろしい台詞《せりふ》とともに帔帛をひるがえし、淑妃は女官たちを引き連れて帰ってゆく。

残された凜舲は、その場にへなへなと崩れ落ちた。

わずかな時間に猛獣に襲われて、さんざん嬲《なぶ》られた気分だ。

「あなた、大丈夫？」

なかなか起き上がれずにいると、澄んだ声に尋ねられた。

旅歌とは違う女の声に顔をあげると、凜舲と同じ年頃の少女がのぞきこんでいる。

結い上げた髪に銀簪をさし、蓮《はす》の葉色の襦裙をまとった姿は可憐《かれん》で、くりくりとした目もとが愛らしい。

「はい。ありがとうございます」

貴妃か淑妃の侍女だろうかと思って立ちあがると、少女はくすりと笑みをもらした。

「いやあね。わたしはあなたと同じ采女よ、隣の房室の。あなたが来るなりすごい騒ぎが始まったから、物陰《かげ》で見ていたの」

少女は香雪《こうせつ》という名前だった。凜舲はほっとして自《みずか》らも名のる。

「生きた心地がしなかったわ。後宮っていつもこうなの？」

だとしたらとても身がもたないと思っていると、香雪は笑って首を振った。

「まさか！　いつもはもう少し静かよ。でも、今回は無理もないわ。あなた、見れば見るほど桐婕妤にそっくりなんだもの」

またしても桐婕妤かとうんざりしかけたが、凜舲の存在がこれほど後宮に波紋を投げかけたなら、明真の目論見は当たったと言える。

「そんなに誰彼かまわず言われると、私も桐婕妤のことが気になってきたわ。一体どんなお方で、どうして消えてしまったの？」

「さあ。わたしも桐婕妤とそんなにお話ししたことはないから。でも今はあなたのことよ」

おもむろに手を取られ、凜舲はきょとんとまたたいた。

「え？」

「荘徳妃《そうとくひ》さまがあなたを連れてくるよう仰せなの。太白宮まで一緒に来て」

どうやら三妃すべてに会うまで、凜舲の一日は終わらぬようだった。

でんでんと打ち鳴らされる太鼓《たいこ》と鐘の音が広い宮殿に響きわたる。

一体何が始まったのかと、拝跪《はいき》の姿勢で凛舲は固まった。

あれから香雪に導かれて太白宮に向かうと、荘徳妃と対面するはこびとなったのである。

荘徳妃ははっきりした美貌《びぼう》の貴妃や妖艶《ようえん》な色香をまとった淑妃とくらべると、少しばかりおとなしい印象で、身につけた衣装も顔立ちも整ってはいるが落ち着きがあった。

凛舲の挨拶に対する受け答えも鷹揚《おうよう》で、ようやくまともな妃に会えたと思ったのもつかの間、では始めるとしよう、と徳妃がのたまい、それが始まったのである。

腹に響く太鼓の音に合わせ、徳妃は足を踏み鳴らし、じゃんじゃんと鳴る鐘の音とともに鈴を握った手を振りあげては身をしならせるように踊っている。

それは美を競う舞というよりは、もっと原始的で荒ぶる魂を感じさせるもので、陶酔《とうすい》した徳妃の表情は何かが乗りうつったかのようだった。

凛舲が案内された殿舎は来客を迎える設《しつら》えではなく、堂観の拝殿を思わせる造りになっており、正面には巨大な玄黄図《げんこうず》が懸けられている。

玄黄図とは天地万物、この宇宙のすべてを象徴した幾何紋様で、万象道の堂観ではあたりまえに見られるものだ。玄黄図の両脇では香が焚《た》かれ、ゆらゆらと揺れる灯《ひ》と踊る徳妃の影もあいまって、眩暈《めまい》がしそうな光景だった。

楽器を打ち鳴らす侍女たちは完全に無表情のため、余計に異様さを引き立てている。

万象道の儀式には何度も出たことがあるが、こんな奇妙な舞は見たことがない。

一体どれほど踊り続けていたのか、ぼうっと夢心地になるまで徳妃の舞を眺めていた凛舲は、シャンというひときわ高い鈴の音で我に返った。

「哈《ハ》ッ！」

徳妃は甲高い声とともに天高く手を差しのべる。

かと思うと、ふいに力を失い、ふらりとよろめいて凛舲のすぐそばにくずおれた。

助け起こそうととっさに身を乗り出すと、徳妃は剣の切っ先のように、手にした鈴をずいと眼前に突きつける。息をのんだ凛舲の耳に、徳妃のおごそかな声が届いた。

「そなたはこの後宮にとって悪しき異物そのものだ」

地を這うような響きにひるんでいると、徳妃はさらに続ける。

「わらわには見える。そなたがここに留まれば、必ず災《おび》いが起きるであろう」

まがまがしい宣告に、立ち会いの妃嬪や侍女たちは怯えた様子で顔を見合わせた。

「と、徳妃さまは……未来をご覧になることができるのですか」

思わず問うた凛舲に、徳妃はじっと黒目がちのまなざしをそそぐ。

「いかにも。だが、先の未来だけではない。そなたの過去も手に取るように見えるぞ」

言うなり、徳妃は吉量《きつりよう》色の袍《ほう》の袖を翼のように動かし、身を起こした。

そのままこちらへ顔を寄せた徳妃は、淀みない口調で凛舲の身上をつまびらかにする。

「京師静晏の仙鏡堂に仕える道女見習い絳琳、字を凛舲。十七年前に運河に舫われた舲より拾われた。神符を持たぬ迷呪持ちの身で生涯を修行に費やすはずが、桐婕妤に瓜二つの顔立ちを見込まれ、応中大夫《ちゆうたいふ》の差し金により入宮した卑賤《ひせん》の娘」

凛舲の耳にだけ入るよう、低声で告げられたのは、出自や生い立ちにとどまらず、後宮に来た経緯の数々だ。あばきたてられた事実に目をみはっていると、荘徳妃はすっくと立ちあがり、裁きを下すように凛舲を見おろした。

「そなたの目論見などわらわにはお見通しぞ。ふてぶてしく後宮に留まれば、必ずや天がそなたに罰を下すであろう。命が惜しくば荷物をまとめて立ち去るがよい!!」

悪鬼のごとき形相で咆哮《ほうこう》を浴びせられ、凛舲はほうほうの態《てい》で退出したのだった。

「あまり気を落とさないほうがいいわよ」

翠嶂宮に戻り、ぐったりしている凛舲に、付き添ってくれた香雪が励ますように言った。

「徳妃さまは新入りの妃が入ると、毎回ああして託宣だとかいって脅すの」

「でも、私の身元まで詳しくご存じだったわよ」

舞を見せられた時は奇妙さをいぶかる思考がはたらいていたが、ああも淀みなく凛舲の事情をあばかれると、本当に過去を見抜かれたのではと思えてくる。

「ばかね。そんなの掖庭局《えきていきょく》や京師に人を送って調べさせたからに決まってるじゃない」

内侍省掖庭局では宮人の簿籍をつかさどっている。凛舲の身上や明真とのつながりも、確かにすぐにわかることだ。裏を返せば、それほど凛舲は警戒されているわけで、桐黎緑の失踪に関して荘徳妃が何か知っていることも考えられる。

香雪の言葉で冷静さを取り戻し、凜舲はほほえんだ。

「ありがとう。少し気が楽になったわ」

「まあ、徳妃さまはちょっと変わったところがおありだけど、根はいい方よ。侍女や女官につらく当たったりもしないし。太鼓や鐘を打つ練習はさせられるけど」

香雪は三妃のうち、徳妃の庇護《ひご》を受けているという。

「御妻は九嬪と一緒に三妃にお仕えするけど、誰につくのかは早めに決めておいたほうがいいわ。そうすれば何かあった時に庇《かば》ってもらえるし、いろいろ都合がいいの」

後宮ではささいな過《あやま》ちが命取りになることも少なくないため、庇護者を見つけるのは重要なのだと香雪は諭した。

「三妃さまは仲がお悪いの？」

「良くはないわね。孟貴妃さまと姚淑妃《ようしゆくひ》さまは特に」

あの二人かと凜舲は納得する。

「孟貴妃さまは内乱での武功がめざましかった孟将軍のご息女だけど、長らくご領地でお育ちになったせいか、堅苦しい後宮の暮らしがあまりお好きではないみたい」

暇を見つけては乗馬や弓射に出かけ、雨続きの日は体がなまると言って侍女や妃嬪を集めて綱引きをすることもあるらしい。

「綱引き？」

「ええ。侍女や妃嬪十人近くを相手に、貴妃さまお一人で勝ってしまわれるの。おかげで、勢いあまって転んで怪我《けが》をしてしまった者が何人もいるのよ」

それはなんともすさまじい話だ。猛牛妃という喩《たと》えもあながち間違いではなかったかもしれない。

「姚淑妃さまは孟貴妃さまのそういうところが下品だと毛嫌いしておられて、お二人はことあるごとにぶつかっているわ」

下位の妃嬪はそのたびに振り回されるのだと香雪は悩ましげな顔をする。

「その点、荘徳妃さまは慎み深くていらっしゃるから、お側でお仕えしていても気苦労は少ないわ。楽器の練習が少し大変なくらいね」

「私にそっくりだっていう桐婕妤は、孟貴妃さまに可愛《かわい》がられていたの？」

先刻、熱烈に抱きかかえられたことを思い出して訊《き》くと、香雪は首をかしげた。

「どうかしらねぇ。桐婕妤を女官から妃に推薦したのは確からしいけれど、孟貴妃さまは上昇志向の強いお方で、必ず皇后になってみせると息まいておられたから、本心ではどうお考えだったのかわからないわ」

なんにせよ、三者三様に個性のきつい三妃のいる後宮でこれから暮らしていくことを思うと、先が思いやられてくる。

香雪と別れ、自分の房室に入った凛舲は疲れきって榻《ながいす》に腰を下ろした。

与えられた房室は、居間と寝房とに分けられていて、居間には立派な扶手椅《ひじかけいす》や卓子《テーブル》、彫刻を施した屏風《ついたて》などが置かれている。奥の寝房にあるのは帷《とばり》のおりた黄花梨製の牀《しんだい》で、堂観の隅で縮こまるように眠っていた凛舲には途方もなく贅沢《ぜいたく》なしろものに思えた。

とはいえ、室内に凛舲が持ち込んだ私物などはほとんどないから、いくら贅沢でもまるで他人の邸宅に招かれたようで、どこかよそよそしく感じられる。

急な入宮で侍女の手配も間に合わず、独りきりだからなおさらだ。

静けさの中にいると、疲れとともに、しんと心が沈むような寂しさが押し寄せてきた。

口封じに追われる危険を冒してでも、このまま、荘徳妃の言うように荷物をまとめて立ち去ってしまおうかと弱気になった時、どこからともなく月琴《げっきん》の音色が流れてくる。

その音色は遠くささやかで物悲しくはあったものの、なぜか懐かしく、目を閉じて耳をすませていると、あたたかなものに包まれているような安らぎをおぼえた。

旋律に身をゆだねるうちに波だった心が鎮まってゆき、もう少し、と凛舲は思い直す。

まだ後宮に来たばかりだ。まだ何も始まっていない。

桐婕妤の縁者かと訊かれた時、とっさに違うと答えたが、後宮の誰もが口をそろえて、そっくりだと言うのを聞くうちに、少しずつ凛舲の中に疑問がわきあがっていた。

桐婕妤は本当に、凛舲にとって縁もゆかりもない人物なのだろうか。

父母を知らず、孤児として育った凛舲には、縁者や親族の存在を知るすべがない。

もしかすると、桐婕妤は凛舲の生まれと何か関わりのある人ではないのか。

そう考えたとたん、さっきまでの寒々しさが消え、熱い何かが胸の中からわいてくる。

彼女と凛舲に血のつながりがあるなら、凛舲にとっても行方を捜す意味はある。

この後宮で彼女が何をし、何を思い、どのように暮らしていたのか。そしてなぜ消えてしまったのか、力の及ぶ限り調べてみよう。

そう決意を固めた時には、月琴の音色はひっそりとやんでいた。

＊

凜舲は交叉路で途方に暮れた。

翠嶂宮はその名にふさわしく柱や梁《はり》が緑に塗られており、随所《ずいしょ》に神話や古典にちなんだ極彩色の装飾が施されている。

ぐるりと視線をめぐらせれば鳳凰や神仙、仙女などの彫刻が目に飛び込み、この世ならざる夢幻の世界へと誘《いざな》われる心地がした。

後宮で暮らしはじめて日がたつにつれ、宮殿の奇妙な構造に慣れるどころか、日に日に戸惑いが深くなっているのは、なにも迷呪持ちという身の上のせいだけではないだろう。

翠嶂宮は、円環状の墻の内に六つの殿舎が花びらのごとく均等に収まっている。花びらの縁をなぞるように伸びた二本の檐廊は、やがて一本の廊となって花心にあたる中央部分で交叉しており、門へ向かうにも自分の房室に帰るにも、この交叉路を経由しなくてはならない。

交叉路は六角形の広場をなしているのだが、これがくせもので、ほんの少し気を抜くと、どこからやってきてどこへ帰ればいいのか、たちまち方角を見失ってしまうのだ。

幻惑的な宮殿の造りと同様、桐黎緑失踪の調査もなかなか進展しなかった。

今は失踪時の状況について詳しい者に話を聞いているところだが、新参者の、さらには失踪した当人と瓜二つという顔立ちのせいもあってか、みな口が重い。

それでも、断片的な情報をもとに把握した事実はこうだ。

失踪の当日、桐黎緑は侍女に用事を言いつけて自室で一人になった。

侍女が用事をすませて戻ってみると桐黎緑の姿はなく、宮殿のあちこちを捜しまわったがどこにも姿が見えなかったという。

はじめは孟貴妃やほかの妃の呼び出しを受けたのではと侍女も考えたが、夜になっても桐黎緑が戻ることはなく、騒ぎとなったというのがおおよその流れだった。

侍女は失踪時の不手際を咎《とが》められ、現在も拘束《こうそく》されて宮正の取り調べを受けているとのことだが、明真から話を聞くかぎり、失踪に関与している可能性は低そうである。

宮正が把握しきれなかった目撃者や証言を拾うことができれば、少しは光明が見えてきそうだが、こればかりはそう簡単にいくものではない。

「また間違えた……」

行きに柱の装飾を目印にしたつもりだが記憶違いだったのだろうか。ここだと進んだ檐廊は、今度も自分の房室に続くものではなかったようで、凛舲は肩を落とす。

一体何度これを繰り返せば帰れることやら、と引き返そうとしたところで、檐廊から庭院へ下りる階段に小柄な人影がしゃがみ込んでいるのが目にとまった。

「どうかしたの？」

そう声をかけたのは、蝶《ちょう》の形を思わせる双髻《そうけい》に見覚えがあったからだ。

びくっと肩を震わせ、こちらを向いたのは、まだあどけなさの残る少女だった。

目じりが垂れた大きな瞳は潤み、涙のような真珠の耳墜《みみかざり》がちらりと揺れる。うずくまった彼女の足元には襦裙の裾《すそ》が広がり、菖蒲《しょうぶ》の刺繍が床に咲いているように見えた。

美しい少女は同じ御妻で、張宝林《ちょうほうりん》という。

宝林というのは凛舲に与えられた采女と同じく、御妻の呼び名のひとつである。

「何かあった？」

彼女は凛舲より三つ下の十四歳で、気弱そうな物腰のせいもあり、なんとなく世話を焼きたくなるような、放っておけない雰囲気がある。

こんなところにうずくまって泣きそうな顔をしているからにはただごとではあるまいと心配になって近づくと、張宝林はうろたえた様子で口ごもった。

「あの、わたくし……ちょっと、探し物を」

同じ婦学の授業を受けていた凛舲は居残りを命じられ、張宝林はほかの妃たちと先に帰ったはずだ。

「何を探してるの？　よかったら手伝うわ」

凛舲の申し出に、張宝林は顔をこわばらせる。余計なことを言ってしまったかと思っていると、彼女はおずおずと凜舲の腰元を指さした。

「玉環《ぎょっかん》を、落としてしまったんです」

凜舲の襦裙の帯に留められたそれは佩環《はいかん》とも呼ばれ、妃たちが身につけるものだ。歩くたび玉が触れあって涼しげな音をたてるため、いかなる時も節度ある歩行を保てるようにとの意図が込められている。

「それは大変ね。一緒に探しましょう」

玉をいくつも連ねて造られた玉環など、凜舲のような庶民なら一生目にすることもないような貴重なものだ。紛失したとなれば、むろん処罰の対象になる。

「ありがとうございます、絳采女」

ほっとしたように張宝林は礼を言う。

「凜舲でいいわ。それより、授業の時まで身につけていたのに、どこで落としたの？」

玉環は上等な紐《ひも》でしっかり結ばれていることもあり、うっかり落とすというのは考えられない。自分の意志で外すか、紐を切るなどしなければ起こりえないことだ。

張宝林は口もとを袖で隠し、言いにくそうに目を伏せる。

察するに、これは後宮名物（?）の嫌がらせかと身構えたが、答えは意外なものだった。

「それが……庭院を突っ切って隣の殿舎に戻る際に、落としたみたいなんですの」

張宝林は内緒話でもするように凜舲に耳打ちすると、恥ずかしそうに顔を赤らめる。

「庭院を突っ切ってって……」

翠嶂宮は円墻《えんしょう》の内に、底辺を接するように三角状の殿舎が均等に配置されている。ひとつの殿舎から別の殿舎へ向かうには、檐廊伝いに交叉路を経由しなくてはならないが、隣り合った殿舎に行くなら庭院を横切った方がはるかに早い。

しかし、妃嬪が妄《みだ》りに庭院に降りることは後宮の規則で禁じられていた。

実際、細長い庭院には常緑の低木が植えられているだけで、目に美しいものではないせいもあるのだろう。散策には御道の外側にある園林を使うことがほとんどで、宮殿内の庭院は宮女などが清掃や手入れのために入るのみである。

「さっきまで、こちらの殿舎の房室にお邪魔していたのですけれど、わたくしの房室は庭院を挟んだ隣の殿舎にあるものですから。庭院を横切れば近道になりますでしょう?」

涙型の耳墜を揺らし、張宝林はおっとりとほほえんだ。

同じ立場の御妻に対しても、普段から丁寧な言葉づかいを崩さない張宝林は、古くから高官を輩出してきた張家の出身だと聞く。

優雅な立ち居ふるまいに深窓の令嬢とはこういうものかと凛舲も感心していたのだが、規則破りをあっさりやってのけるとは、見た目に反してなかなか豪胆である。

「玉環の音が響くと誰かに見とがめられるかもしれないと思い、降りる前に外したのですけれど、それがかえって仇《あだ》になってしまいましたわ」

困ったこと、と張宝林は息をつく。自室で失くしたことに気づき、すぐに戻ってきたが、通った道筋のどこにも見つからないという。

「もう一度、探してみましょう。他人の目で見れば、見つかるかもしれないし」

凛鈴が言って、自分の玉環をはずそうとすると、張宝林は諦めたように首を振った。

「時間がございませんわ。これから、孟貴妃さまの鍛錬にお付き合いしなくては」

玉環がなければ見とがめられるのではないかと言いかけ、凛鈴は思い直した。

やれ綱引きだの弓の鍛錬だのと、体を動かすことが好きな孟貴妃に従う時は、がちゃついた音をたてるのを防ぐため、妃たちはみな玉環を外して参加するからだ。

「でも、明日は月に一度の華央舞《かおうまい》もあるみたいだし、見つからなければ困るでしょう？」

「規則を破ったわたくしが悪いのですもの。正直に申し出て罰を受けますわ」

凛鈴の言葉に張宝林は力なくほほえむと、檐廊伝いに戻っていった。


「それで、一人で探し回ってまた迷ったってわけ？　あなたも相当なお人よしね」

呆《あき》れ顔をする香雪の前で、凛鈴は茶碗に口をつけた。

「だって、このまま見つからなかったらって思ったら放っておけなくて」

庭院にこっそり降りて植え込みや廊の下などあちこちのぞきこんで見たものの、玉環は結局見つからず、諦めて帰るところでまた迷い、すっかり遅くなってしまった。

ちなみに、香雪には張宝林が庭院に降りて玉環を失くしたとは言わず、帯に留めた紐が切れてしまったらしいとごまかしてある。

「おまけに探し物じゃなく猫を拾ってくるなんて、本当に迷娘なんて呼ばれてたのかしら」

「それを言われると言葉もないわ……」

手厳しい言葉がぐさりと刺さり、凛舲はしゅんとしながら膝《ひざ》の上の猫を撫《な》でた。

やわらかな体を預けて眠る三毛猫は、玉環を探している時に出くわしたものだ。凛舲の顔を見るなり甘えたようにすり寄ってきて、しまいには房室までついてきてしまった。

疲れてぐったりしているところへ隣室の香雪がお茶でも飲まないかと誘ってくれたものだから、ありがたく相伴《しょうばん》に預かっているというわけだった。

香雪の実家は裕福な商人ということもあり、居間の博古架《かざりだな》には異国風の硝子《ガラス》細工や珍しい磁器が並び、置かれている調度や家具も一級品である。そんな房室で実家から取り寄せたという茶をふるまわれるのは、凛舲にとって密かな楽しみのひとつになっていた。

香りゆたかな茉莉花《まつりか》茶を味わっていると、香雪は点心《かし》を勧めながら言う。

「ひとの心配している場合じゃないでしょう。婦功の課題提出もまだなのに」

「言わないで。この後ちゃんと終わらせるつもりだったんだから」

婦功というのは四科目ある婦学のひとつだ。婦功は絲枲《しし》とも呼ばれ、糸つむぎや織物、縫物や刺繍について学ぶのだが、粗末な衣を縫い合わせたり繕《つくろ》ったりするくらいしか能のない凛舲にとって、刺繍などなじみがないこと甚《はなは》だしい。

「絹布だけでも手が震えるのに、絹糸を贅沢に使って刺繍するのよ？　刺し間違えて糸を無駄にしたらとか、指を針で突いて布が血まみれになったらと思うと気が気じゃなくて」

「そんなことばかり考えてるからなかなか進まないのよ」

「妍充華《けんじゅうか》にも同じこと言われたわ」

香雪の言葉に凛舲は苦笑して、猫を撫でた。

婦学は妃嬪としてのたしなみを教えるため、九嬪が御妻を集めておこなうものだ。

凛舲が教えを受けている九嬪の妍充華は、理知的な目をした物静かな妃だった。

三妃の強烈な個性を目の当《ま》たりにした後だっただけに、次はどんな妃が現れるかと内心で戦々恐々《せんせんきょうきょう》としていたのだが、妍充華は新参者の凛舲が基礎から婦学を身につけられるよう、毎回工夫を凝《こ》らしてくれている。

熱のこもった指導のせいか居残りが多いのが難点だが、堂観での暮らししか知らなかった凛舲にとって、学ぶ機会を得られることは新鮮であり、楽しくもあった。

「昔は養蚕《ようさん》も妃の仕事だったらしいから、そっちなら役に立てたかもしれないのに」

凛舲が言うと、白くうねうねとした蚕《かいこ》を思いうかべたのか、香雪の顔が引きつった。

「わたしも刺繍は苦手だけど、蚕の世話はできそうにないわ……」

「苦手って言っても、香雪はきれいな刺繍を提出してたじゃない」

鳳凰を図案とした吉祥紋様の刺繍に、妍充華も感心していたことを思い出す。

「あれはうちの侍女に代わりに刺してもらったのよ。諄々《じゅんじゅん》は刺繍が得意だから」

こともなげに香雪が言うと、傍らに控えていた侍女が恥ずかしそうにうつむいた。

そんな裏技があったのかと驚いている凛舲に、香雪はびしっと指を突きつける。

「そんなことより、あなたもいいかげん侍女の一人もつけたらどうなの？　妃嬪の中では最下位といったって、わたしたちはれっきとした皇帝陛下のお妃なのよ！」

「いちおう考えてないわけじゃないんだけど」

凜舲は曖昧《あいまい》に笑みをうかべた。桐黎緑について調べるには、六華宮のあちこちを歩き回る必要があり、信頼できる者を侍女にしようと考えると慎重になってしまうのだ。

「私は香雪と違って人を使うのも慣れてないし、女官がいれば充分かなって」

円環をなした御道の外側、後宮の敷地内には女官が詰める六尚《しょう》がある。

六尚には尚宮、尚儀、尚服、尚食、尚寝、尚功の六局があり、衣服を整えるには尚服の、食事は尚食の女官や宮女が世話してくれる。凜舲が今身につけている欧碧《おうへき》の襦裙や翠玉《すいぎょく》の耳墜も、すべて女官が用意してくれたものだ。食膳も毎日趣向を凝らしたものが運ばれてくるし、今のところ、侍女がいなくて困ることはない。

「でも、迷わなくてもいいように道案内だけでも誰かにお願いしようかと思ってるわ」

九嬪に婦学を学ぶにも別の殿舎に行く必要があるし、毎朝、黄雲宮では妃嬪が勢ぞろいしての朝見もある。ほかの御妻と行動する時はついていけばすむが、一人で呼び出されたり、今日のように居残りになってしまうとたちまち迷子になるのが困りものだった。

「そうねぇ、わたしも後宮に入ってすぐの頃は宮殿の造りに慣れなくて戸惑ったわ。諄々が先導してくれるから迷わなくてすんだけど」

「諄々も同じ時期に後宮に来たのよね。どうやって覚えたの？」

凛舲の質問に、侍女は慎ましく礼を取って答えた。

「はい。私も最初のうちは幾たびも間違えて困惑いたしました。ですが、六尚の女官に廊の見分け方を教わって、どうにか迷わずにすむようになったのでございます」

「廊の見分け方？」

「宮殿の交叉路に立った時、梁を見あげれば装飾にわずかな違いがあるから、それを目印とすれば迷わないとうかがいましたので」

「そんな方法があるのね。面白いわ。諄々に廊の見分け方を教わりなさいよ」

凛舲は一も二もなくうなずき、さっそく翠嶂宮の中心へ向かうことになったのだった。


「見れば見るほど変わった造りよね」

交叉路にやってくると、凛舲はしみじみと呟いた。

妃嬪や女官が頻繁《ひんぱん》に行き違うため、広場をなした交叉路には何も置かれていない。かわりに、花や神獣の彫刻を施した装飾天井が頭上を彩《いろど》っていた。

殿舎の側面を挟んで伸びた二本の檐廊は、宮殿の中心へ近づくにつれ一本の廊となり、交叉路へと至っている。交叉路には合計で十二本の檐廊が集まっているわけだが、実際にこの場所に立った時に見えるのは、各殿舎へ続く六つの廊だ。

「門から入って来る時はまだいいのよ。檐廊に沿って進めば交叉路に突き当たるし、右か左、何番目の廊か覚えておけば、自分の殿舎に戻れるから」

各殿舎の名前を覚えておくように、と最初に案内してくれた宦官の白狼は言っていたが、実際に後宮で暮らしてみると、妃や女官たちは、一の殿舎、二の殿舎などと、各殿舎を数字で呼ぶことがほとんどだった。

門から入って左手の殿舎から順に、一、二と続き、六の殿舎で門の右手に戻るから、数え方さえ覚えておけば、凜舲でもさすがに間違えることはあまりない。

「でも、どこか別の殿舎を訪ねて帰る時はまずだめね。順番を覚えたつもりでも、急いでたり位置をずれたりすると、どの廊から来てどっちへ行けばいいかわからなくなるの」

宮殿の柱はただでさえ豪華絢爛《ごうかけんらん》で極彩色の装飾に彩られている上に、庭院はどれも似たような低木しか植えられていないから、余計に混乱してしまう。

紛らわしい構造のせいで、殿舎を間違うことはほかの妃嬪や侍女もよくあるらしく、迷呪持ちの凜舲がしょっちゅう迷っていても、さほど非難されないのはありがたかった。

「言われてみれば、凜舲でなくても迷子になりそうよね。諄々はどうしてたの？」

「こちらに来てすぐの頃は、私も廊の順番や位置などを覚えようとしていましたが、いささかむずかしゅうございました。けれど、それぞれの殿舎には物語にちなんだ装飾があると教わって、ようやく見分けがつくようになったのでございます」

「物語？」

諄々はうなずき、翠と金で彩色された梁を見あげた。

「翠嶂宮に使われている物語は、『鳳翔記《ほうしょうき》』『梅宮春《せんきゆうしゆん》』『桃李古雅《とうりこが》』『紅涙伝《こうるいでん》』『仙境夢話《せんきようむわ》』『錦繍録《きんしゆうろく》』の六つ。ゆえに各殿舎に続く廊の梁には題名を示す装飾が隠れているとか」

ほら、と伸びあがるように彼女が示したのは、六つの殿舎の入口となる梁の中央だった。

「お嬢さまや凛舲さまがお使いになる殿舎には『梅宮春』にちなんだ装飾が使われてございます。房室の調度品なども、梅檀《せんだん》の意匠が多く使われているそうでございますよ」

確かに交叉路を囲む梁のひとつには、梅檀の描かれた彩陶画がはめ込まれている。「ほんとだわ」とつま先立ちをして見入っている香雪の横で、凛舲は口を開いた。

「梅檀の隣は桃の花だから『桃李古雅』かしら」

諄々が挙げた物語はいずれも古くから伝わる小説や戯曲《ぎきよく》、詩などの題名だという。白狼からも各殿舎の名前と古典のつながりを聞かされた気がするが、古典の知識や教養の乏《とぼ》しい凛舲はかえって混乱するだけで、ほとんど記憶に残らなかった。

「装飾の元となった物語と、各殿舎の順番を結び付けて覚えておけば、さらに迷いにくくなるかと思いますよ」

諄々の言葉に、凛舲は光明を見出した気持ちでほほえんだ。

「ありがとう、諄々。助かるわ」

房室に戻ったら各殿舎の番号と物語を照らし合わせてみよう考えていると、香雪が少し残念そうに唇をとがらせた。

「せっかく『紅涙伝』にちなんだ殿舎があるなら、わたしはそっちのほうがよかったわ」

「その話、香雪は読んだことがあるの？」

どんな内容かと訊くと、香雪は目をきらきらさせて振り返った。

「聞きたい？」

「え、ええ」

「『紅涙伝』の主人公は従兄妹《いとこ》と惹《ひ》かれあっていたんだけど、両親の猛反対にあって引き離されてしまうの。でもお互いの行方を求めて、長い旅路の果てに結ばれるのよ。従兄妹同士の禁断の愛っていうのがまた背徳的で、葛藤《かっとう》が真に迫ってて何度も読み返したわ！」

早口でまくしたてる香雪にたじろぎつつ、凛舲は釈然としない思いで首をかしげた。

「で、でも従兄妹同士で結ばれるのが禁断の愛なの？」

永晶国を建国した太祖は従妹《いとこ》を皇后に迎えているし、万象道の教えでも、従兄妹同士の婚姻を禁じてはいない。

「『紅涙伝』は五百年も前の秋河《しゅうが》の国が舞台のお話だもの。昔は禽獣《きんじゅう》の罪とかいって、同父母の近親婚と同じくらい忌み嫌われてたらしいわ。時代設定のせいでちょっと古めかしい言い回しが多いけど、素敵な台詞も多いのよねぇ」

放っておくと台詞の暗唱まで始めそうな香雪の様子に、凛舲はあわてて話をそらした。

「あっ、ほら。こっちに描かれてるのは『仙境夢話』かしら。その隣は『鳳翔記』よね」

『仙境夢話』は老帝が仙境に迷い込む話で、『鳳翔記』は鳳凰神女《しんじょ》が金羽国《きんうこく》の皇帝に神託を授ける話だ。万象道の堂観で育った凛舲には恋愛を扱った小説になじみはないが、神仙が登場する話なら、幼い頃に前の堂主に聞かせてもらった覚えがある。

「『錦繍録』は知らないけど、絹織物についての話なのかしら」

「それにしては描いてあるのは風景だけね」

ほかの梁にはめられた彩陶画は、美しい女人や仙女など、わかりやすい題材が描かれているのに、最後に残った彩陶画には景勝地が描かれているだけだ。

香雪と凛鈴が不思議がっていると、澄んだ声が二人の疑問に答えた。

「錦繍には美しい風景の意味もあります。『錦繍録』は大陸中の風光明媚《ふうこうめいび》な土地や美しいものについて記した旅行記なのですよ」

「妍充華……！」

声の主に気づき、香雪と凛鈴があわてて礼をとると、妍充華は二人に声をかけた。

「宮殿に施された装飾について学ぶのは良い心がけです。特に絳采女、そなたはたびたび道に迷って遅れますから」

「恐れ入ります」

身を縮めた凛鈴を妍充華はじっと見つめた。

「それにしても、顔立ちが似ていると、ふるまいにも似通うところが出てくるのですね」

どういうことかと顔をあげると、記憶をたどるように妍充華は遠いまなざしになる。

「思えば桐婕妤も、よくこの宮殿内を散策しては装飾や絵画を眺めていました」

「桐婕妤が？」

凛舲の不躾《ぶしつけ》な問いに、妍充華は鷹揚にうなずいた。

「ええ。宮殿にきざまれた装飾を読み解くには、古典の知識が不可欠です。桐婕妤は玉麈《ぎょくじん》閣《かく》の女官も務めたことがあり、深い教養を身につけていましたから」

玉麈閣とはなんのことか思っていると、表情に出ていたのか、香雪が小声で囁く。

「黄雲宮にある書庫よ」

「世婦のお一人となった後も、桐婕妤はよく玉麈閣に出入りしておりました。三妃さまに申し出れば、そなたら御妻でも立ち入ることができるでしょう」

ならば、その書庫とやらに行けば、桐婕妤について知る人や読んでいた書物などもわかるかもしれない、と思いついた凛舲だったが。

「もっとも、課題も果たせないようでは、玉麈閣への出入りどころではありませんね」

刺繍の提出は明日までですよと妍充華に釘を刺され、ぐうの音《ね》も出なくなる。今日はおとなしく刺繍に励もうと反省していると、脛《すね》の辺りにやわらかいものが当たった。

「あら」

という妍充華の声につられて足元を見ると、先ほどの三毛猫が喉《のど》を鳴らしながら凛舲の脛に体をこすりつけている。房室で眠っていたのに、ついてきてしまったようだ。

「申し訳ありません。この猫は先ほど庭院で見つけたもので……」

猫など連れているのが見つかったら、またお小言かもしれないと言い訳がましく続けようとしたが、妍充華は驚いたように目をみはっている。

「あの」

　あまりの驚きように声をかけると、妍充華は我に返った様子でほほえんだ。

「その猫は桐婕妤が飼っていたのです。桐婕妤がいなくなった時に姿が見えなくなっていたものだから、びっくりして」

　答える妍充華の背後で、ひそひそと侍女たちが囁きかわす声が聞こえる。

「てっきり、桐婕妤と一緒に攫われたと思っていたわ」

「まさか今まで幽鬼に飼われていたのかしら」

「おやめなさい！」

　普段の物静かな態度からは考えられないほど強い声に、侍女たちが凍りついた。妍充華はこわばっている凜鈴に向き直り、その猫はどこで見つけたのかと尋ねる。

「どこの庭院だったのかはよく覚えていません。確か……鳳凰の装飾のある檐廊と、桃の装飾のある檐廊に挟まれていた気がするのですが」

　鳳凰の装飾は『鳳翔記』の殿舎だとして、桃のほうは『桃李古雅』だろう。

「一の殿舎と二の殿舎の間にある庭院ですね。そこで猫以外に人影は見かけましたか？」

　立てつづけに問われ、凜鈴は口ごもる。

「いえ、特には。……あの、桐婕妤がいなくなった時というのは」

　質問に答えるついでに、いなくなった桐婕妤のことを聞き出せないかと思ったが、妍充華は質問を制するように、そっと凜鈴の手をとった。

「この猫はどうやらそなたに懐いているようです。桐婕妤と似た面差しに愛着があるのでしょう。女官には伝えておきますから、そなたが可愛がっておあげなさい」

反論を封じるように言われ、凛舲はぎこちなくうなずいたのだった。


「結局飼うことになっちゃうなんて、あなたも貧乏くじね」

檐廊を歩きながら、香雪が振り返る。

「そんなことないわよ。餌《えさ》は六尚で用意してくれるって話だし、かわいいし」

猫を抱いたまま凛舲は答えた。抱き上げれば餅のようにぐんにゃりと伸び、抱えれば毬《まり》のように腕の中に収まり、撫でれば親しげに頭をすり寄せてくるしで、猫というのはなかなか愛らしい生き物である。堂観では動物を飼うことなどなかったから、こんなに懐かれると少し、いやかなりうれしくはある。

「名前は味々《マイマイ》だそうよ。いなくなってたわりに汚れてないし、痩せてもないわね」

毛並は艶やかで、腹の肉もぷよぷよしている。しっかり食べて寝ていた証拠だろう。

「さっきの侍女たち、幽鬼に攫われたとか言ってたけど、どういうことかしら」

さりげなく水を向けてみたが、香雪は拒絶するようにそっぽを向いた。

「言っておくけどわたしは何も知らないわ！　後宮では面倒事には一切かかわりあいにならない主義なの。しつこく訊くなら絶交するわよ」

にべもない返答に凛舲は息をつく。これは別の誰かに当たってみるしかないかと思っていると、腕の中で喉を鳴らしていた猫がぴくりと顔をあげた。

「あっ、こら！　昧々！」

かと思うとするりと床に降り立ち、おそるべき俊敏さで庭院のほうへ飛び出してゆく。猫が姿を消したと思った次の瞬間、ガァ！　と威嚇《いかく》するような鳴き声とともに、黒い翼がばさりと飛び立った。

「えっ、何いまの。鴉《からす》？」

ぎょっとするほど大きな鴉が飛び去るのを気味悪そうに眺め、香雪が声をあげたが、凛舲は庭院の植え込みから目を離せずにいた。

「どうしたのよ、凛舲」

からからと音を立てる自分の玉環を押さえると、凛舲は欄干《らんかん》から身を乗り出すようにして、植え込みに引っかかっているものに手を伸ばす。

上等な紐で結ばれたそれは、張宝林が失くしたと言っていた玉環に違いなかった。

＊

月に一度、満月の夜には後宮でのみ行われる儀式がある。

妃嬪たちが楽を奏で、あるいは歌うなか、三妃のうちいずれかが対となって舞うそれは、華央舞と呼ばれていた。

月が高く昇る頃、妃嬪たちは衣装をまとい、黄雲宮に集う。

六華宮の妃嬪には宮殿ごとに基色が定められており、赤、白、玄《くろ》、青、翠《みどり》と色とりどりの衣装が目にあざやかである。

凛舲もまた翠を基調とした衣装に身を包み、妃嬪の列に加わっていた。

途中、御妻の張宝林と目が合うと、彼女はにっこりと目もとだけでほほえんでみせる。

その腰には玉環が誇らしげに揺れ、淡い月光をはじいていた。

儀式が終わるまでの間、歌や祈りの詞以外で口をきくことは許されていない。

総勢百二十近い妃嬪たちは私語もなく、しずしずと黄雲宮の檐廊を進んでゆく。

耳に届くのはかすかな衣擦れと玉環のたてる涼やかな音色、そして月明かりに似た風の音のみである。

黄雲宮の造りはほかの宮殿とほぼ同じだが、異なる部分が一か所ある。

それは、交叉路から北側に向かって、庭院を挟む二本の階段がゆるやかに傾斜しながら円墻の上までのびていることだ。

階段の先には門があり、紫霞壇《しかだん》へと続いている。

前をゆく妃に続き、はじめて紫霞壇へと足を踏み入れた凛舲は目をみはった。

突然開けた景色と明るさに、はたして雲の上に出たのかと見まがう。

それも不思議はないほど紫霞壇は広く、満月を思わせる真円を形作っていた。

足元が発光したようにまばゆいのは、祭壇の一部が水晶によって舗装されているからだ。永晶国はその名のとおり、水晶を多く産出するが、凜舲はこれほど大きな水晶を、これほど大量に見たことはない。

ところどころ、水晶以外の敷石も埋められているが、よくよく目をこらせば、華のごとき紋様を描いているのがわかる。

下級の妃にあたる凜舲たちは、門を入ってすぐ、円形の祭壇の外周をめぐるように配置につき、めいめい楽器を準備した。

入ってまもない上に楽器の心得もない凜舲は、にわか仕込みの歌で儀式に加わるべく、緊張に唾を飲み込み、喉を潤す。

華央舞が始まったのは、この六華宮が造営された頃だという。

後宮が閉ざされていた先帝の時代に一度絶えてしまったが、今上帝が後宮を開いたことにより復活した。楽も舞も、十七年前の乱によって多くの記録が失われてしまったため、生き残った宦官や女官、後宮から助け出された妃などの証言を元に再構成されたらしい。

祭壇の中央まで進むことができるのは、三妃のうち、舞手となる二名だけだ。

今宵《こよい》の舞手は赤の衣をまとった孟貴妃と、玄の衣の姚淑妃。

祈りの詞が捧げられ、荘徳妃の琵琶《びわ》の音が森閑《しんかん》とした夜空に響きわたる。

琵琶の張り詰めた音にゆっくりと笙《しょう》が寄りそい、荒野を吹き渡る風のような、どこか郷愁を誘う排簫《はいしょう》の音色が加わった。

笛が続くのを合図に、凛舲たちも歌声によって色を添える。

やがて篳篥《ひちりき》などの木管、月琴や箜篌《くご》などの弦楽器、方響《ほうきょう》や磁鼓《じこ》といった打楽器が加わるにつれ、音色はより豊かになっていった。

華央舞で表わされるのは、月より降り立った二人の月精だという。

赤の衣をまとう孟貴妃は、剣舞のごとき凛々《りり》しさで力強く足を踏み鳴らし、玄の衣の姚淑妃は軽やかにたおやかに、流水にも似た優美さで旋回し、見る者の目を惹きつける。

二人の妃の動きは鏡に映したようにそっくりでありながら、赤と玄の衣の対比のせいか、はたまた舞手の個性によるものか、似て非なる存在がぶつかりあうさまを思わせた。

反発し、時に離れ、互いを意識しながらも遠ざけ、そして再びめぐり会う。

二人は顔の見えない月精の面をつけていることもあり、さながら人ならざるものを宿しているかのように神々しい。

舞手を照らすのは中天に君臨する満月で、水晶の祭壇が星の海のように光を弾く。

ゆるやかな曲調もあいまって、楽の音に身をゆだねながら、抑揚のみの歌声を響かせていると、青白い月明かりの中へと意識が溶けてゆく心地がした。

はるかな昔か遠い先の世、いつの時代かもう一人の、あるいは幾人もの自分がいて、産《うぶ》声《ごえ》をあげ、笑い、怒り、悲しみ、慟哭《どうこく》し、歓喜して、息絶えてはまた生まれるのを、ただ静かに見守る月になったかのようだ。

どれほどの時間が流れたのか、余韻《よいん》を残す笛の音で楽が終わり、不可思議な夢もまどろみから醒めた。

二人の妃が中央から戻るのをぼんやりと見送り、退出の列に続こうとすると、近くに来た張宝林からそっと手巾《しゅきん》を差し出される。

どういうことかといぶかったが、いつの間にか顔が濡《ぬ》れていて、自分がずっと泣いていたことに、凛舲ははじめて気づいたのだった。


「ありがとう、これ。洗って返すわ」

翠嶂宮に戻る途中で凛舲は張宝林に声をかけた。

「お気になさらないで。わたくしも玉環を見つけてもらったんですもの」

振り返って張宝林はほほえむ。

「いくら探しても見つからなかったのに、その日のうちに探し出すなんて驚きましたわ」

「見つけたのは偶然よ。お礼は昧々に言って」

玉環はおそらく鴉が持ち去ったのだろう。昧々が飛びかからなければ、そのまま鴉の巣にでも持っていかれてしまったかもしれない。

「まあ。昧々？　桐婕妤が飼っておられた猫が、見つかったんですの？」

大きく目をみはった張宝林に、凛舲は昨日の妍充華とのやり取りを話して聞かせた。

「だから今は私が預かっているところなの。張宝林は桐婕妤の猫のこと、知ってるの？」

凛舲の問いかけに、張宝林は少し悲しげに長い睫毛《まつげ》を伏せた。

「ええ、よく存じておりますわ。わたくし、実家でも猫を飼っていて、とても可愛がっていたのですけれど……後宮に入ることが決まって、猫の爪や牙で怪我をしてはいけないからと、遠ざけられてしまったんです」

猫の毛並を撫でる感触が忘れられず、後宮で桐婕妤が猫を飼っていると聞き、よく触らせてもらいに行っていたのだという。

「でもあの日、昧々は桐婕妤と一緒にいなくなってしまったと思ったのに……」

独語するような呟きに、凛舲はふと尋ねた。

「ひょっとして、桐婕妤がいなくなった時も昧々に会いに行った？」

張宝林はぎくりと顔をこわばらせたものの、意を決したようにうなずく。

「うかがいましたわ。でも、確かに房室にいらしたはずなのにお会いできなかったんです」

その時のことを思い出したように張宝林は身を震わせる。

「よかったら、その日の話を聞かせてもらうわけにいかないかしら」

私は桐婕妤を見つけたいの、と声をひそめて明かすと、張宝林ははっとしたように口元を押さえて凛舲を見た。まっすぐ見返す凛舲のまなざしで、冗談などではないと悟ったのか、彼女はきゅっと唇を引き結ぶ。

「……明日は婦学の授業がございますから、明後日の午後ならかまいませんわ」

「ありがとう、張宝林」

凛舲が思わず頬《ほお》をゆるめると、彼女もつられたように笑顔になった。

「わたくしのことは、菖佳《しょうか》と呼んでくださる？　凛舲」

その声の響きは、最初よりいくぶん、ほぐれたように感じられた。

二

深夜の邂逅

放った矢がかつんと的の端に当たると、孟貴妃《もうきひ》が歓声をあげる。

「おお！　まがりなりにも当たったじゃないか！」

「三十本も打ってようやくですけれど」

どっと息を吐いて凛舲《りんれい》は脱力した。使ったことのない筋肉を酷使したせいで、二の腕や胸の辺りが軋《きし》むように痛い。

「何本放っても的に届かないやつはいくらでもいるぞ。その点、そなたは見所がある！」

男装の孟貴妃は快活に笑って凛舲の背中を叩いた。

「げほッ！　ありがとう……ございます」

むせながら礼を言う凛舲もまた、騎馬民族ふうの装束を身につけている。裾《すそ》長の衫《さん》に細身の褲《ズボン》をはき、腰に絡帯《らくたい》を締めた姿は戎服《じゅうふく》と呼ばれ、武官がよく着用するものだ。動きやすさもあって、孟貴妃の鍛錬には欠かせない。

本日の鍛錬は、後宮の一角に設けられた弓射場で行われていた。もとは優美な園林《ていえん》だったらしいのだが、孟貴妃が皇帝に願い出て建造させたというから恐れ入る。

なぜ凛舲がそんな場所で弓射のまねごとなどさせられているのかといえば、最初に孟貴妃の呼び出しを受けた時がはじまりだった。

「妃嬪《ひひん》に必要なのは、一に体力、二に気力だ！　気力体力が充分でなくては丈夫な御子も産めぬからな！」

という自説により、孟貴妃のいる朱桜宮《しゅおうきゅう》で体力試験を受けさせられたのである。

旅歌《りょか》ほどたくましくはないが、丈高く男性に劣《おと》らぬ体格の侍女と力くらべをさせられたかと思うと、檐廊《えんろう》を何往復もしたあげく、孟貴妃考案の後宮体操まで付き合わされた。

しまいには立ちあがれなくなるほど疲労困憊《こんぱい》した凛舲だが、「最後までついてくるとは根性がある」となぜか孟貴妃に気に入られてしまい、やれ弓射だの乗馬だのと、鍛錬に呼び出されるようになっている。

迷子捜しに歩き回っていたおかげで、体だけは無駄に丈夫だったのが災いしたようだ。

「私などが弓射を学んでも、とても貴妃さまのように強くはなれないと思うのですが」

遠まわしに、こんなことをやっても無駄だと言ってみたが、貴妃の返答はこうだった。

「何を言う。そなたが私のようになれぬのは当然ではないか。これはあくまで気力体力を鍛えるためのもの。ただでさえこの六華宮《ろっかきゅう》には男手が不足しているのだ。いざという時は己で己の身を護《まも》り、多少の力仕事もこなせるようにならなくてどうする」

孟貴妃の言もある意味もっともなことで、十七年前の内乱以降、この永晶国《えいしょうこく》では極端に宦官《かんがん》が減少していた。

徳昌帝《とくしょうてい》の御代、宦官の重用により専横を極めたことで貴族や官吏《かんり》の不満が爆発し、時の宰相・紘寿峰《こうじゅほう》と北衙《ほくが》禁軍の鎖献嶺《さけんれい》が叛旗《はんき》をひるがえしたのである。

鎖将軍と北衙禁軍は特に宦官の専横に苦しめられていたこともあり、宦官という宦官を殺しつくす勢いだったという。

叛乱は徳昌帝の弟でのちの晃雅帝《こうがてい》・鮮輝《せんき》によって鎮圧されたものの、宦官への憎しみは貴族や官吏、軍においてなお根深く、宦官を生み出す宮刑は無論のこと、自ら陽物を切り落とす自宮《じきゅう》も廃止される結果となった。

それでも宦官を皇城から追放しなかったのは、徳昌帝の後を継いだ晃雅帝の立場としては、叛乱軍に理があったと認めるようなまねはできなかったからだろう。

ただ、晃雅帝は即位後、一度も宦官を身近に置くことはなかったという。

生き残った宦官は妃嬪のいない後宮の維持管理のためだけに残され、皇帝や妃嬪の側近くに侍《はべ》ることも、「大家《だんなさま》」や「娘々《おくさま》」などと親しげに呼びかけることも禁じられた。

今上《きんじよう》帝の御代となり、後宮が再び開かれた今も宦官の地位は低く、彼らの仕事は妃嬪の露払いめいた先導や案内、清掃や修繕、運搬などの力仕事、汚れ仕事に限られている。

「とはいえ、残っている宦官も近頃は高齢化が目立ち、続々と引退して後宮を去っているのが現状だ。さりとて、これ以上宦官を増やすこともできぬ。とすれば、女の園で力仕事などの人手を何とする？」

腰に手をあてた孟貴妃にやにわに質問され、凜舲は考え込んだ。

「ええと、男のように身体頑強な女人をたくさん連れてくる、とかでしょうか」

「そのとーり！」

旅歌を思い出して答えると、孟貴妃はうれしそうに指を突きつけ、滔々《とうとう》と語り出す。

「今上陛下は後宮を開くにあたり、国中に布令を出して女官や宮女をお集めになった。それも、さまざまな理由で困窮《こんきゆう》する女たちばかりをだ」

乱や戦《いくさ》で夫を亡くした寡婦《かふ》、賢すぎて夫に嫌われた女、未婚を余儀なくされた醜女《しこめ》など、次々に破格の仕度金で後宮の六尚に迎え入れ、教育や鍛錬を施しているという。

「行き場のなかった女たちでも、日々この後宮で学び、体を鍛えれば生きる術《すべ》を身につけられる。女官や宮女として務めを果たすだけでなく、年季を終えて後宮を去った後でも日々の生計《たつき》を立てられるようにとの陛下のお考えだ。私も、自分にできることで陛下の後宮づくりに微力を尽くすつもりでいる」

孟貴妃がこうも体力増強にこだわる理由や、旅歌のような筋骨たくましい女性が宮女をしている理由が、この時になって凛舲にもようやくわかった。

「陛下は英明であられるのですね」

民に結婚を禁じて若く美しい娘を国中から漁ってこさせた皇帝や、臣下や息子の妻を横取りした皇帝の故事もあるだけに、理性的な施策に驚かされる。

至尊の冠を戴《いただ》くからには、この世の美女はすべて自分のものにしようとしても不思議はないものを。

ひょっとして女に興味がないのかと勘繰りそうになるが、桐婕妤《とうしょうよ》という寵姫《ちょうき》がいることを思うと、おそらく今上帝は心に決めた女人を深く慈《いつく》しむ人物なのだろう。

果たしてそれは、多くの妃を愛《め》で、多くの子を残すことを求められる後宮の主《あるじ》として歓迎すべきことなのかと疑問にかられたが、孟貴妃の声に屈託はなかった。

「陛下にお仕えすることができるのは、私にとってもこの上ない僥倖《ぎょうこう》だ。私のように猛牛妃などと綽名《あだな》される妃を迎え、役目を与えてくださったのだからな」

喜びを噛《か》みしめるように孟貴妃はひとつうなずくと、おもむろに凛舲に向き直る。

「さて、これで鍛錬がいかに有意義かわかっただろう。今日は初日だからな。あと二百本で勘弁してやろう！」

さわやかに弓を差し出され、凛舲は目の前が真っ暗になったのだった。


「うう……腕が、肩が痛い……」

弓射場を後にした凛舲は、うめきながら六華宮へ歩いていた。

さすがに二百本もの弓を引くことなどできず、途中で退出させてもらったのである。

根性なしめと呆《あき》れられるかと思いきや、孟貴妃には「初日にこれだけ引けるとは筋がいい！」となぜか絶賛され、また来るようにと命じられてしまった。

帰りは孟貴妃の侍女が送ると申し出てくれたのだが、「宮殿まで走って戻れば鍛錬になりますね」と恐ろしいことを言うので謹《つつし》んでお断りした。鍛錬はもうこりごりだ。

「結局、今日も何も聞けなかったし……」

桐黎緑《れいりょく》を可愛《かわい》がっていたという孟貴妃なら、彼女の人となりやいなくなった時のこと、行方不明となった原因なども知っているのではないかと思ったが、鍛錬や弓の手ほどきを受ける機会はあれど、目的の話をする機会はなかなか巡ってこない。

おそらく、凜舲があれこれ詮索しないよう、先手を打っているのだろう。

孟貴妃を通じてわかったことといえば、桐黎緑は凜舲ほど体力はなく、鍛錬に駆り出されても、たちまち倒れてしまうほど虚弱だったことくらいだ。

この後に菖佳《しょうか》との約束があるから、彼女の話を聞けばわかることもあるかもしれない。

早く戻ろうと焦っていたのがまずかったのだろうか。

「あれ？」

気がつくと、凜舲は見覚えのない場所に立っていた。

後宮は中央部に六華宮、その東西に女官の勤務する六尚と宦官の勤務する内侍省五局が置かれ、さらに外側を水池のある園林《ていえん》や弓射場、また鬱蒼《うっそう》とした雑木林が埋めている。

凜舲が迷い込んだのは、いくつもの大木が生い茂る物寂しい木立のようで、地面には大きな奇岩がごろごろと転がっていた。

心細くなって周囲を見回すと、樹々の向こうには天高く聳《そび》え立つ塔が見える。

万象道《ばんしょうどう》の堂観《てら》にも屋根が幾重にも重なった塔はあるが、京師《みやこ》で見かけた五重塔より高い。

弓射場にいた時、塔に気づかなかったのは、大木の陰《かげ》になっていたからだろう。

塔の上に人影は見えなかったが、なぜか視線を感じた気がして近づこうとすると、しわがれた声がそれを止めた。

「やめなされ。妄《みだ》りにあれに近づいてはならん」

ぎょっとして見回すと、楡《にれ》の木の下に置き物のように腰を下ろした人影がある。

白髪を結い、背中の曲がった老婆《ろうば》がこちらを見ているのに気づき、凛舲は固まった。厳《おごそ》かな言葉づかいとしゃがれ声のせいで木精かと思ったが、老婆が身につけているのは女官のお仕着せで、ほっとしながら声をかける。

「そんなところでどうしたの？」

「お供えを持って行った帰りなのだが、腰が痛くて動けんでの。ちと休んでおった」

とんとんと腰を叩く老婆の傍《かたわ》らには、丈夫そうな杖が立てかけられていた。

「大丈夫？　さすったら動けるかしら。それとも、おぶった方がいい？」

凛舲が歩み寄ると、老婆はまじまじと凛舲を見つめ、目を真ん丸に見開いた。

「おぬし、黎緑か？　黎緑は行方がわからぬと言うておったが」

この問いかけは一体何度めだろうかと苦笑しながら、凛舲は答える。

「私は桐婕妤じゃなくて、御妻《ぎょさい》の一人で凛舲というの。似てるってよく言われるわ」

言いながら老婆の腰をさすってやると、彼女は目を閉じてうなずいた。

「ああ、そこじゃ。もう少し弱く。……にしても、黎緑に似た別人に、まさかこんなところでお目にかかるとはの」

「奶奶《おばあちゃん》は桐婕妤のこと知ってるの？」

凛舲の呼びかけに、老婆はかっとしたように怒鳴りつけた。

「わしを年寄り扱いするでない！　これでも杏璘《きょうりん》という名があるわ！」

「あら、きれいな名前ね。私の知りあいにも小杏《しょうきょう》という女の子がいるわ」

迷子捜しをしていたのが遠い昔のように懐かしく思っていると、杏璘も遠い目になった。

「小杏か。わしにもそのように言われていた時代があった。象賢帝《しょうけんてい》がこの六華宮を造営させて間もなくの頃よ」

「そんなに昔から後宮にいたの？」

「ああ。あの頃は右も左もわからぬ宮女見習いで、年がら年中怒られておったがの。今ではこの後宮で知らぬことなどないほど古株よ」

ならば後宮の生き字引と言ってもいいではないか。

「だったら、桐婕妤のこともよく知ってるのね」

誇らしげな顔をする杏璘に改めて尋ねると、彼女はゆっくりとうなずく。

「よぉく知っておる。黎緑が幼い頃からな。あれの母が早くに亡くなったゆえ、ほとんどわしが育てたようなものじゃ。知りたければいくらでも話してやろう」

ひゃひゃ、と欠けた歯をのぞかせて笑う杏璘に、凛舲は顔をかがやかせた。

「ぜひ聞きたいわ！」

できれば今すぐにでも、と思ったが、これから菖佳の話を聞く約束がある。

「お供えに行ったというのはあの塔のこと？　あそこに行けば、また会えるかしら」

「だから妄りに近づくなと言うたであろう！　話を聞かぬ娘じゃな」

軽率に問うと、すかさずこつんと額《ひたい》を打たれた。下級とはいえいちおう妃の凛舲相手に、なかなか容赦《ようしゃ》のない女官である。

「あの塔は、虚塔《きょとう》というて象賢帝の御代に建てられたものだ。禁域ゆえ、尚儀局の女官が供物を捧げに行く以外、近づくことは許されておらぬ」

確かに、うっすらと石畳《いしだたみ》が敷かれているだけで、虚塔の辺りは静まり返っている。

凛舲たちのいる場所から虚塔までは数百歩以上の距離がありそうだから、足腰の弱った杏璘には休み休みでなければきついだろう。

「禁域というと、祖廟《そびょう》でもあるの？」

「いや。祀《まつ》られておるのは代々の妃だ。近くには墓碑《ぼひ》もある」

腰をさする凛舲の手の動きに気持ちよさそうに目を瞑《つむ》ったまま杏璘は言った。

「虚塔は後宮の四隅《すみ》に聳えておっての。六華宮を守護しているとも言われておる」

虚塔にお供えして祈ると皇帝の寵が得られるという噂《うわさ》もあるらしい。

「黎緑が毎日のように虚塔に参っていたゆえ、寵妃になれたと、ひそかに虚塔を詣《もう》でる妃が多くてな。おぬしも大方そのクチじゃろう」

じろりと胡乱《うろん》げなまなざしを向けられて、凛舲はあわてて首を振った。

「まさか！　私はたまたま迷い込んだだけよ。でも、桐婕妤が陛下の寵愛を得たなら、噂は本当なんじゃないの？」

凛舲の反論に、杏璘はふん、と鼻で笑う。

「それこそ思い違いじゃ。黎緑は孟貴妃さまの侍女となるまで、尚儀局に務めておったからな。お役目として虚塔に詣でていたのを、御利益だなんだと騒いでおるだけのこと。わしなど、何十年も虚塔に詣でておるが、皇帝陛下には洟《はな》もひっかけられなんだわい」

力説する杏璘に、凛舲は笑った。

「とんだ迷信というわけね。なら、あの虚塔に人は住んでいるの？」

「禁域じゃと言うただろうが。施錠もされておるし、中には誰もおらんわ」

「そう？　さっき、塔にいる誰かから見られてる気がしたんだけど」

凛舲は首をかしげる。

あれほどひと気のない場所だ。まして、禁域で近づく者が限られているなら、失踪《しっそう》した桐黎緑が隠れ潜んでいる可能性もあるのではないか。

明真《めいしん》からは虚塔については知らされていない。まだ調査が及んでいないなら、確かめてみる価値はあるかもしれない。

そんなことを考えていると、考えを読まれたように杏璘から釘《くぎ》を刺された。

「くれぐれも、近くに行ってみようなどとはするなよ？　幽鬼に出くわしても知らんぞ」

凄《すご》みのある声に、凛舲ははじかれたように杏璘を見る。

「幽鬼って、そんなもの本当に後宮にいるの？　誰もそんな話、してくれなかったわよ」

香雪《こうせつ》が何も知らないと言うので、婦学の授業で一緒になる妃嬪や、世話をしてくれる女官にさりげなく幽鬼のことを尋ねてみたのだが、誰もが青い顔で黙り込むばかりだった。

「誰も教えんのは、己の身がかわいいからじゃ」

「桐婕妤は幽鬼に攫《さら》われたって話を耳にしたんだけど……本当？」

「さてな。ここでは突然人が消えることも、命を落とすことも珍しくはない。紘鎖《こうさ》の乱に限らずとも、とても両の手では足りぬほどだわい」

ひゃひゃ、とかわいた声で嗤《わら》う杏璘に、凛舲はぞくりと震えて思わず手を放す。

不気味なことを言うこの老婆が、何やら急に恐ろしくなった。

噂にあった幽鬼がもし、目の前にいる杏璘だとしたら、などと考えて蒼白になっていると、杏璘はその顔を見てぶっと噴き出す。

「ちと灸が効きすぎたか。安心せい。そなたが好奇心に駆られぬよう、脅しただけじゃ」

「なんだ。じゃあ、幽鬼の噂も実は嘘《うそ》ってこと？」

「いや。ここでたびたび人が消えるのは本当のことじゃ。わしが出会ったことはないが、幽鬼に出くわしたという者もいる。なんでも、月精のように美しい男だとか」

杏璘はそう言って、立てかけた杖を手に取った。

「美しい男って……後宮なのに？」

宦官には女と見まごうほど美しい者もいるそうだから、宦官の幽鬼なのだろうか。

凛舲の疑問に答える気はないらしく、杏璘は掛け声をかけて立ちあがる。

「やれやれ。すっかり道草を食ってしもうたわい。無駄話は終《しま》いとしよう。また聞きたければ六尚に来い」

杏璘にうながされ、凛舲は虚塔に後ろ髪を引かれながらもその場を後にしたのだった。

「ごめんなさい、遅くなって」

杏璘の案内もあって、どうにか翠嶂宮《すいしょうきゅう》に戻った凜舲は、菖佳のいる殿舎を訪ねた。

菖佳は書物を広げていたところらしく、凜舲に笑いかける。

「かまいませんわ。書物を読んでいて、時間がたつのを忘れてましたもの」

菖佳が眺めていたのは、不可思議な絵図の入った書物だった。

「なんていう本？」

「秘密ですわ」

のぞきこもうとすると、菖佳はぱたりと書物を閉じてしまう。

「これは、桐婕妤からお借りした大切なものなんです。お戻りになる時までお預かりしているだけですから、わたくしの一存ではお見せできませんわ」

そう言って袖《そで》の下に書物を隠したが、表紙に『玄』の文字があるのがちらりと見えた。

「あなたがお聞きになりたいのは、桐婕妤のお姿が見えなくなった時のことではなくて？」

はぐらかすように確認され、凜舲がうなずくと、菖佳は椅子《いす》から立ちあがる。

「では、さっそく参りましょうか」

「行くってどこへ」

「もちろん、凜舲の房室《へや》に決まってますわ。昧々《マイマイ》がいるなら、撫《な》でさせていただける？」

三毛猫は凜舲の臥床《がしょう》で丸くなって眠っていた。

「まあ、昧々！」

菖佳が声をあげると、昧々はぴくり耳を動かして顔をあげ、くぁ、と大欠伸《おおあくび》をする。けだるそうに伸びをして、牀《しんだい》を降りてきた昧々を、菖佳はしゃがみ込んでうれしそうに撫ではじめた。無邪気なその姿は、年相応に見える。

「本当に戻ってきていたのね。怪我《けが》もしてないし、弱ってないみたいでよかったわ」

頭や顎《あご》の下を撫で、すり寄って来る昧々を抱き上げる菖佳に、凜舲は詫《わ》びた。

「ごめんなさい、私もまだ侍女がいなくて。いまお茶をいれるわね」

菖佳の侍女はしばらく前に病を得て実家に宿下がりをしてしまい、代わりの侍女が見つからないとかで、一人で凜舲の房室を訪れている。

「構わなくていいわ。この子に会いたかっただけですもの」

菖佳は笑顔で答えると、凜舲の勧めにしたがって椅子に腰を下ろした。

昧々は気持ちよさそうに喉《のど》を鳴らし、膝《ひざ》の上で寝息をたてはじめる。

「本当によく懐いてるのね」

初対面の凜舲に懐いてきたから、てっきり誰にでも人懐こい猫なのかと思ったが、昧々は世話を手伝ってくれている女官には見向きもせず、名を呼んでも知らん顔だった。

「人見知りをする子なんですの。でも、気を許すと無防備な姿を見せてくれるものだから、その落差がまたかわいいんですわ」

整えられた所作や言葉遣いのせいで、婦学の授業の時の菖佳は表情に乏《とぼ》しい印象だが、今は屈託のない笑顔を見せている。おそらくこちらが素顔なのだろう。

「桐婕妤はこの子を房室の中だけで飼っていらして、外には出さないよう注意しておいででしたわ。あの日、わたくしは桐婕妤のところでこの子に会うつもりだったんです」

ふと真顔になった菖佳に、凛鈴は居住まいを正す。

「桐婕妤が房室に入っていくところを向かいの殿舎からお見かけして、中から昧々の声も聞こえたものですから、触らせてもらおうと思ってすぐにうかがったの」

しかし、部屋の外から声をかけても返事はなかった。

「いけないと思ったのですけれど、待ちきれなくて。扉を開けて中をのぞいたら……」

檐廊に面した房室に人の気配はなかった。屏風《ついたて》の向こうにある書斎や寝房の様子をうかがってみたが、桐婕妤ばかりか昧々の姿も消え失せていたという。

「別の扉から外に出たってことはない？」

「ありえませんわ。桐婕妤の房室は四の殿舎の一番奥ですもの。円墻《えんしょう》に近い方の壁に窓がありますけれど、嵌《は》め殺しになっていて開けることはできませんし、檐廊に面した格子戸《こうしど》から誰かが出ていくところも見てませんわ」

むきになって力説する菖佳に尋ねる。

「菖佳はどこから桐婕妤のお姿を見ていたの？」

「三の殿舎の表廊です。向かい側に四の殿舎の裏廊が見えますわ」

改めて、凛舲は翠嶂宮の配置を頭の中に思い浮かべた。

三角状の各殿舎は中央の交叉路《こうさ》を頂点として配置され、側辺に当たる部分に檐廊が走っている。表廊、裏廊というのは、殿舎の側辺を走る二本の檐廊のことで、各房室は檐廊に沿って並んでいるのだった。

各殿舎の中央には、底辺から二分する中線に沿って頑丈な壁が造られているため、表廊に面した房室から、裏廊に面した房室へ抜けることは不可能だ。

「表廊なら、この反対側ね」

凛舲たちが今いる場所は、三の殿舎の裏廊側である。ここから表廊に面した房室へ行くには、檐廊伝いにいちど交叉路に戻らなくてはならない。

ちなみに表廊と裏廊にも格の違いがあり、凛舲のように立場の低い御妻は裏廊側に房室を与えられることが多い。だが、たとえ裏廊であっても、交叉路から離れた房室ほど広くなるため、九嬪《ひん》や世婦《せいふ》のように格上の妃が割り当てられることもあった。

「あの日は蓮充容《れんじゆうよう》のところで婦容の授業があって、終わったばかりでしたの」

婦容では化粧や閨《ねや》でのふるまいを九嬪から学ぶ。なりたての妃にはなかなか刺激の強い内容だ。人によっては気分が悪くなったりのぼせたりしてしまうこともあるらしく、菖佳も授業が終わった後、少し休んでから帰ることにしたという。

「格子戸を開けて蓮充容の居間でお茶をいただきながら庭院《なかにわ》を眺めている時に、向かいの殿舎の檐廊で侍女とお話ししている桐婕妤をお見かけしました。桐婕妤はご自分の房室に入ってゆかれたので、わたくしは蓮充容にお礼を申し上げて外に出たんです。桐婕妤の房室にうかがうまでの間、誰ともすれ違わず誰も外に出てこなかったのは確かですわ」

「でも、交叉路まで戻って四の殿舎の裏廊に行くなら時間がかかるわよね。目を離した隙《すき》に桐婕妤が房室を出て、同じ並びの房室を訪ねたら気づかないこともあるんじゃない？」

「それは……」

急に言葉に詰まるのを見てどうしたのかと思っていると、菖佳は袖で口元を覆う。

「……交叉路へは、戻っていませんの。蓮充容の房室から見えないように庭院を横切って直接向かいの殿舎の裏廊に渡りましたから」

玉環《ぎょっかん》を落とした時が初めてではなく、どうやら常習的に庭院を横切っていたらしい。

呆気《あっけ》にとられる凛舲を見て、菖佳は気まずそうに顔を赤らめる。

「だって、ちょうど誰もいなかったんですもの。早く昧々に会いたくて、つい」

「べつに責めてないわ。庭院を渡ればすぐなのに、降りたらいけないなんて変な規則だって私も思うし。いつもお行儀の見本みたいに振舞ってるから、意外な気がしただけ」

凛舲が笑顔で言うと、菖佳は憂《うれ》いがちにため息をついた。

「人目のあるところでは気を張っているだけですわ。わたくし、側妾《そくしょう》の娘ということで、長いこと静晏《せいあん》の郊外で気ままに暮らしておりましたの。後宮入りが決まったとたん、礼儀だの教養だのを押しつけられたものですから、窮屈でたまらなくて」

後宮に入った後も気を抜くことは許されず、嫌気がさしていたところに侍女が宿下がりをして、監視の目が緩くなったことで規則破りの常習犯と化したようだ。

「でも、その話が本当なら桐婕妤は煙のように消えてしまったことになるわ」

凛舲は、桐婕妤が房室から出る方法がほかにないか考え込んだ。

「桐婕妤の房室は一番奥なのよね。窓は嵌め殺しだというけれど、どうにかして外に出ることはできないの？」

「無理だと思いますわ。仮に窓から出られたとしても、外は出口のない庭院ですもの」

「出口のない庭院？」

凛舲の問いに、答えあぐねる様子で菖佳は少し首をかしげる。

「檐廊を交叉路とは反対方向に歩いていくと、行き止まりになっています。殿舎の壁は、隣の殿舎の壁につながっていて、建物伝いに裏手に回るということができません。一番奥にある桐婕妤の房室と墻《かき》の間には採光のための庭院があるはずなのですけれど、猫が通れるほどの排水路があるだけで、檐廊のある庭院から出入りすることは難しいのですわ」

ならば檐廊から外へ出て、建物の裏手に回って姿を隠すこともできないわけか。

「桐婕妤のお姿がはっきり見えたのに、いなくなってしまわれたのが気味が悪くて……その日は自分の房室に帰ったんです。でも、後になって騒ぎになっていることを知って」

菖佳は口ごもると、うつむいて味々を撫ではじめた。

「その話、宮正にはした？」

「向かいの殿舎からお姿をお見かけしたことと、房室を訪ねたことはお話ししました。ただ……こっそり庭院を横切ったことは言い出せなくて。そのせいで宮正にも、わたくしが目を離した隙に房室の外に出たんだろうと言われましたわ」

昧々を撫でる菖佳の声がだんだんと沈んでゆく。

規則を破って庭院を横切ったと正直に話して、もっとよく房室を調べていれば桐婕妤は見つかったかもしれない。

そう思うと気が咎《とが》めたが、時間がたつほどに言い出せず、苦しんでいたという。

「なら、どうして私には話してくれたの？　まだ会ったばかりなのに」

玉環を見つけた礼だとしても、秘密を打ち明けるほど信頼されているとは思えない。

凜舲の疑問に、菖佳は大きな瞳でまじまじとこちらを見る。

「桐婕妤に似ていたから、でしょうか」

「ほんとにそっくりみたいだものね、私の顔」

ぽつりと呟《つぶや》くのを聞き、凜舲は苦笑した。後宮に来て幾度となく言われてきたことだ。

しかし、菖佳はゆっくり首を振る。

「顔だけじゃありませんわ。華央舞《かおうまい》の夜、あなた、泣いていたでしょう？」

予想もしない言葉に凜舲は虚を衝《つ》かれた。

桐婕妤が妃となって初めての華央舞の夜、菖佳は彼女の姿が見える位置に立っていたという。月琴《げっきん》を弾きながら、桐婕妤は静かに涙を流していた。

「あなたを見て、あの時の桐婕妤のお姿を思い出したんですの。あの頃、桐婕妤は陛下のご寵愛を受けるようになって、そのせいで、心ない言葉を浴びせられたり、孟貴妃さまの目の届かないところで嫌がらせのようなことをされていたと伺いました。けれど、わたくしの知る桐婕妤はいつも凛《りん》として、わたくしを妹のようにあたたかく迎えてくださって、困ったことはないか、気遣ってくださっていたんです」

桐婕妤が華央舞の夜に見せた涙は、当時の立場を考えれば己を憐《あわ》れんだり嘆いてのものであっても不思議はなかっただろう。しかし、菖佳の目には全く違うものに見えた。

「桐婕妤は身近な悩みなどよりも、ずっと遠いところを見ている方のように思えました。あの夜も、まるで巫女《みこ》のように、ここではない別の世界を見ていたように思えて……」

凛舲は華央舞で聴いた楽の調べとともに、遠い後の世かはるかな過去かわからない場所で、幾人もの自分が生きている姿を見たことを思い出した。

それは、まばたきをすれば薄れてしまうほどはかない幻ではあったが、ひょっとすると桐婕妤も同じ感覚を味わっていたのかもしれない。

「だから、あなたに本当のことを話したら、桐婕妤が帰ってくるような気がしたの」

菖佳は目を細めて言うと、可笑《おか》しそうにくすりと笑う。

「これじゃ説明になってませんわね。ごめんなさい」

その言葉に、凛舲はつられてほほえんだ。

「あなたの話を聞いて、ますます桐婕妤にお会いしたくなったわ」

彼女が何を見て、何を感じていたのか、話がしてみたいと、今は自然に思えた。

菖佳が帰った後、凛舲は思い立って房室を出た。

これまで、桐婕妤失踪時の詳しい話を聞くことはほとんどできなかった。使っていた房室がどの殿舎にあったのかさえ、曖昧《あいまい》にはぐらかされて知ることができなかったのだ。

それが、ようやく手がかりらしきものをつかみ、桐婕妤の房室のある殿舎も判明した。

房室は後宮の取り締まりを行う宮正によって今も封鎖されているようだが、近くへ行って様子をうかがうことくらいはできるかもしれない。

交叉路に立つと、ぐるりと視線を向け、桐婕妤の房室のある四の殿舎を探す。

目印となるのは麗《うるわ》しい女人の描かれた『紅涙伝《こうるいでん》』の彩陶画である。

諄々《じゅんじゅん》から教えられた各殿舎の物語のおかげで、迷子になる回数はかなり減った。

迷娘《めいにゃん》として喜ばしいことと言えるのかはわからないが、助かってはいることは確かだ。

意気込みながら裏廊側の檐廊へ歩き出してほどなく、背後から声をかけるものがある。

「なにしてるの？　凛舲」

びくりと肩をそびやかして振り返れば、今しがた通り過ぎた房室の格子戸が開いて、香雪が顔をのぞかせていた。

「ちょっと……用があって」

とっさのことに、たどたどしくごまかすと、香雪は察したように顔色を変える。

「あなた、まさか桐婕妤の房室に？」

険しい顔で詰め寄られ、凛舲はたじろぎながら後退《あとずさ》った。

「ば、場所を確かめたかっただけで、中に入ろうとかそういうのじゃ」

こういう時こそ迷子になったと言えば済むことなのにと後悔したが、時すでに遅しだ。

「こっちに来なさい。帰るわよ！」

香雪は凛舲の手首をとらえると、うむを言わさず檐廊を引き返した。

どうやら香雪は、同じ並びにある御妻の房室を訪ねていたようだ。

「桐婕妤の房室は、今も宮正が見回りに来てるの。見つかったら面倒なことになるわ」

痛いくらいに凛舲の手首を握ったまま、香雪はずんずんと歩き、交叉路へさしかかる。

「待って、香雪」

「なによ？　……あッ」

不機嫌そうに振り向いた香雪は、こちらへ歩いてきた人物とまともにぶつかった。

長身のその人物にはねとばされるようなかたちとなり、よろけた香雪を凛舲が支える。

「これは失礼いたしました。蔡采女《さいさいじょ》、おけがはございませんか」

詫びたのは、孟貴妃の侍女たちのように戎服をまとった女官だった。

黒髪を頭の後ろでひとつにまとめ、謝罪して礼を取る姿は武人のように凛々《りり》しい。

「大丈夫です。わたしも不注意でしたから、お気になさらず」

「寛大なお言葉、感謝申し上げます」

気まずそうに言った香雪に答え、女官はふと凜翰のほうにまなざしを向ける。

「そちらは絳《こう》采女でいらっしゃいますか。私は宮正司を務める葵《き》と申します」

凜翰の容貌《ようぼう》は知れ渡っているのだろう。葵と名乗った女官は凜翰にも礼を取った。

「お急ぎのご様子でしたが、お二人はどちらへ？」

問いかける声はさりげなかったが、凜翰と香雪にそそがれる視線は、わずかな異変も見逃さぬように隙がない。

「この先の御妻を訪ねたところです。まだ課題の残りがありますので帰りませんと」

「左様ですか。お引き止めして申し訳ありません」

答えた香雪と寄り添う凜翰を見比べ、彼女はほほえんだ。

「桐婕妤の時とは違って、絳采女とは仲がおよろしいようで、何よりです」

そんな言葉を残し、葵は辞去の挨拶《あいさつ》をして去ってゆく。

今の言葉はどういう意味かと口を開きかけたとたん、再びぐいと手首を引かれた。

「帰るわよ」

香雪は一切こちらを向かないまま、再び歩き始める。

交叉路から三の殿舎へ戻ったところで立ち止まると、凜翰はもう一度声をかけた。

「香雪」

いつものように「わたしは何も知らないわ」と返されるのかと思ったが、香雪は凜翰の手首を握ったまま、早口で告げる。

「してたのよ」

「何を?」

　きょとんとした凛舲に、じれったそうに香雪は続けた。

「嫌がらせよ。女官から寵姫になった桐婕妤のこと、荘徳妃《そうとくひ》は嫌っておいでだったから」

　荘徳妃が何か指示をしたわけではない。しかし、荘徳妃の取り巻きとなる下級妃たちは、荘徳妃の歓心を買い、機嫌を取るためにこぞって桐婕妤に嫌味を言ったり馬鹿《ばか》げた嫌がらせを行っていたという。

「わたしもしたわ。……もっとも、すぐ宮正に見つかって罰を受けたけど」

　背中を向けたまま香雪は言って、手を放す。つかまれていたほうの手首を凛舲が黙って見おろしていると、もどかしそうに香雪はうながした。

「なんとか言ったらどうなのよ」

「……言えないわ。私は香雪と同じ立場にいたわけじゃないし」

　嫌がらせをされた桐婕妤にとってはつらく悲しいことだっただろう。

　本人や彼女に近しい人物ならば怒って責める権利もあるかもしれないが、少なくとも今、顔が似ているというだけの凛舲に何か言う資格があるとも思えない。

「それに、罰はもう受けたのでしょう?」

「でも、桐婕妤はいなくなってしまったわ」

背を向けたまま香雪は言うと、逃げるように自分の房室へ帰っていった。

いつもなら夕餉《ゆうげ》は香雪の房室で一緒にとるのだが、その日は別々だった。

かわりに、侍女の諄々が点心のおすそわけを届けてくれた。

「ありがとう。香雪の様子はどう？」

「夕餉もほとんどお召し上がりにならず、寝房にこもっておいでです」

諄々は困ったように目を伏せる。

桐婕妤への嫌がらせを告白したのは香雪にとって衝動的なものだったのかもしれない。

「私がこのようなことを打ち明けるのは、お嬢さまの意図にそぐわないかもしれませんが……桐婕妤のことで、お嬢さまはひそかにお苦しみになっておいでででした」

香雪は富商の娘とはいえ、後宮内では地位も低く、政治的な後ろ盾もあまりない。

「上位のお妃さまがたの手前、桐婕妤への嫌がらせに加わらなければ爪はじきにされるからと、心ならずもあのようなことを……」

香雪の嫌がらせはすぐに発覚したが、微罪だったため罰も軽くすんだ。しかし、ほどなくして桐婕妤が姿を消したことで、香雪は罪の意識にさいなまれていたという。

「庇《かば》い立てするようですが、お嬢さまのなさったことは本当に他愛《たわい》のない悪戯《いたずら》でございました。それにくらべれば、荘徳妃さまとの口論のほうが、よほど失踪の原因にふさわしいと申し上げたのですが、お嬢さまは事の大小ではないとお聞き入れにならなくて」

「荘徳妃との口論？」

憂い顔でうつむいていた諄々は、凛舲の問いかけにはっとした様子で口をつぐんだ。

「戯言《ざれごと》にございます。どうぞ今の言葉はお忘れください」

みるみる青ざめた諄々は、平伏せんばかりに頭を下げる。

「安心して。あなたから聞いたってことは誰にも言わないわ」

しかし、荘徳妃が桐婕妤と口論になっていたというのは初耳だ。

「……お二人は何を言い争っておいでだったのかしら」

「侍女たちの噂を耳にしただけですので詳しくは存じません。ただ、荘徳妃のお言葉に、いつも冷静な桐婕妤が顔色をなくしておられたと聞き及びましたので」

口論の直後に桐婕妤が姿を消したため、侍女たちの間でひとしきり噂になったようだ。

「絳采女がいらして、お嬢さまは表にこそお出しになりませんでしたが、桐婕妤のことをたびたび思い出しておられるご様子でした」

桐婕妤によく似た顔立ちの凛舲が御妻としてやってきたことを、香雪はどのように感じていたのだろう。責められている気がしただろうか。それとも……。

困り果てたように両手を握り合わせる諄々を見て、凛舲は口を開いた。

「少し、香雪と話せるかしら」

薄暗い房室に入ると、凛舲は寝房との間仕切りとなった屏風の前で立ち止まった。

「香雪。話があるのだけど」

梅檀《せんだん》の彫られた屏風の向こうで張りつめた沈黙が訪れ、やがてみじかく答えがある。

「わたしには話すことなんかないわ」

ぶっきらぼうな拒絶にかまわず、凛舲は続けた。

「桐婕妤の房室の前に鳥の餌《えさ》を撒いたのですって？　檐廊がフンまみれになるように」

諄々の話を思い出して問いかけると、だったらなんなの、とくぐもった声が返ってくる。

「狙いどおりに鳥が集まってきたけど、桐婕妤はすぐに鳥たちを手なずけてしまわれて、結局嫌がらせにならなかったらしいじゃない」

笑みをふくんだ凛舲の声にからかいを感じたのか、香雪の声が荒ぶった。

「なによ！　喧嘩《けんか》を売ってるの⁉」

「売ってないわ。苦労して嫌がらせしたのに何の効果もなくて、宮正に見つかって罰だけ受けるなんて、割に合わないと思っただけよ」

無意味な嫌がらせをしたあげく、自分の仕業だと隠しもしない態度は、悪事に慣れていないというより、まるで見つかることが目的のようだったと諄々は話していた。

「侍女の諄々に汚れ役をさせることだってできたはずなのに、わざわざ自分で餌を撒きに行ったそうね。婦学の課題は堂々と代わってもらうあなたが」

「……何が言いたいの」

回りくどい言いぐさに焦《じ》れた様子で香雪が問う。凛舲は小さく笑みをうかべた。

「べつに。それがあなたなりの落としどころだったのでしょう？」

上位の妃たちの手前、嫌がらせを拒否するわけにもいかない。けれど、桐婕妤に悪質な嫌がらせをして困らせたくはない。どちらも両立するには、幼稚な悪戯しかなかったのではないか。そう凛舲が推測すると、脱力したように香雪がため息をつくのが聞こえた。

「仕方ないじゃない。これでもない知恵を絞ったのよ。ほかのお妃たちには馬鹿にされたけど、悪知恵の足らない間抜けだと思われていれば、悪事に深入りしなくてすむし」

自ら手を汚して罰を受けたのは、宮正に目を付けられることで嫌がらせへの加担を強要されにくくなると思ったからだという。

「後悔はしてないわ。もしまた誰かに嫌がらせしなきゃいけなくなったとしたら、きっと似たようなことをするでしょうね。桐婕妤には申し訳ないことをしたと思うけど、妃として後宮に入った以上、わたしはここで生きていくしかないんだもの」

華やかで美しい檻《おり》の中では、皇帝の寵を得るよりもまず、いかに孤立せずに生きのびるかを考えなければならない。居直りのような香雪の言葉は、同時にひどく醒《さ》めて聞こえた。

「桐婕妤が姿を消したのは、嫌がらせを苦にしたからだと思う？」

凛舲がまっすぐ訊《き》くと、しばらくの間、沈黙が落ちる。

「わからないわ。もっとひどい嫌がらせをされた時も桐婕妤は落ち着いておられたし。鳥の餌を撒いた時も、なぜだかうれしそうに檐廊を眺めてらしたから」

集まった鳥たちに桐婕妤ははじめ驚いていたものの、餌をついばむ小鳥を見て、どこか懐かしそうな顔をしていたという。

「でも、目に見える姿がどう映っても、桐婕妤が何を感じていたかはわからないもの」

たとえ他愛ない悪戯であっても、悪意を向けられて喜ぶ者などいない。

「だから、わたしのせいだと思うのは、少しも間違いなんかじゃないのよ」

安易な気休めを拒絶するような香雪の言葉に、凛舲はうつむく。

確かに、桐婕妤が何を考え、どんな事情で姿を消したのか、はたまた攫われたのかは定かではない。嫌がらせに屈するような人ではなかったと菖佳も言っていたが、本人の口から聞かなければ何もわからないままだ。

「だったら、桐婕妤を見つけ出して話を聞けばいいわ。あなたのせいなのかどうか」

「そんなことできるわけないでしょう。わたしは荘徳妃さまの庇護《ひご》を受けてるのよ？」

苛立《いらだ》ったように答える香雪に、凛舲はほほえむ。

「あなたに手伝えとは言わないわ。わたしが勝手に捜すだけよ」

もともとそのために後宮へ来たのだ。それに、捜すのは香雪のためではない。凛舲自身も桐婕妤に会ってみたい、見つけ出したいと思い始めていた。

その夜はあれこれ考え込んでいたせいか、なかなか寝付けなかった。

夜半過ぎにようやく眠りについたものの、昧々の鳴き声と、かりかりと爪を立てる音で、凛舲は目を覚ました。

「うう……なに」

自分でも聞いたことのないようなくぐもった声が出て、寝ぼけ眼《まなこ》をこじ開ける。

頭をもたげれば、月明かりが差し込む中、檐廊に出る扉を昧々が掻《か》いているのが見えた。

「どうしたの。厠《かわや》ならそこにあるでしょ……」

砂を入れた箱を女官が房室の隅に置いてくれているが、用足しではないのか、それとも箱が気に入らないのか、昧々は見向きもせずに扉を掻き続けている。

「まって、今開けるから爪立てないで……」

堂観で下働きをしていた性《さが》か、扉に爪痕《あと》が残ったら大目玉を喰《く》らう、と反射的に恐怖にかられ、凛舲は寝床から這《は》い出して扉を開けてやった。

「終わったら戻ってくるのよ」

待ってましたとばかりに外へ出た昧々を見て、用足しがしたいのかと思ったが、誰かを捜すように鳴くのを聞くうちに、はっと眠気が醒めた。

あわてて牀のそばに戻り、袍《ほう》を羽織って檐廊へと戻る。

昧々の姿を捜すと、猫は檐廊を交叉路の方へと歩いていくところだった。

脅かさぬよう、注意深く足音を殺し、凛舲は昧々の後を追う。

桐婕妤の愛猫が誰かを捜しているとすれば、当然、主の桐婕妤に違いないからだ。月の位置からみて、深夜というより明け方に近い刻限なのだろう。翠嶂宮は死んだように寝静まっており、昧々が鳴き声をあげても、誰かが出てくる様子はない。

吊り燈籠《どうろう》の明かりで足元は見えるものの、夢の中のような静寂に鳥肌が立ってくる。

「あ……」

そうこうするうちに昧々は交叉路を抜け、廊のひとつに入ってゆくのが見えた。

梁《はり》の彩陶画は『仙境夢話《せんきょうむわ》』で、おそらく五の殿舎だろうと記憶に留める。

小さな猫の影が檐廊の途中で見えなくなり、凛舲は小走りで後を追った。

檐廊のなかばを過ぎたところで、ふいに傍らの房室の明かりが灯《とも》り、扉の開く音がする。

檐廊は一方通行だ。このまま人が出てくれば逃げ場などない。

一瞬、あたふたしたものの、凛舲はとっさに欄干《らんかん》を乗り越えて庭院に飛び下りた。

「誰？」

しかし、植え込みに身を隠す時に物音を立ててしまったらしく、誰何《すいか》の声が耳を打つ。

声の主は誰かの侍女のようだ。

「どうしたの？」

室内から問いかけるのは、聞き覚えのある妍充華《けんじゅうか》の声で、凛舲は混乱した。

さきほど見た彩陶画からして五の殿舎かと思ったが、妍充華がいるならここは四の殿舎のはずだ。猫に気を取られて間違えたのだろうが、こんな時まで迷呪《めいじゅ》持ちが災いしなくても良いものを、と歯噛みしたくなる。

「今、何かがそこで動いたのです！　幽鬼でしょうか。警衛を……」

怯《おび》える侍女の声に万事休すと思った時だった。

「まさか！　……あら、あなただったの？」

緊迫していた妍充華の声色《こわいろ》がふいにやわらぐ。答えるのは、にゃあ、という鳴き声だ。

「この猫……桐婕妤の？」

「絳采女のところから逃げてきてしまったのかしら。怖がってばかりいるからですよ」

たしなめる妍充華に、侍女は申し訳なさそうに詫び、そそくさと檐廊を走り去ってゆく。

「あなたはわたくしのところで預かっておきましょう。昧々、お入り」

妍充華が昧々を招き入れて格子戸を閉めると、周囲は再び静かになった。

庭院の暗がりで固唾《かたず》をのんでいた凛舲は、うっかり悲鳴をあげぬよう、口もとに当てていた手を外し、どっと息を吐く。

どうなることかと思ったが、昧々のおかげで見つからずに済んだ。

しかし、昧々が桐婕妤のところへ行くと思ったのは期待外れだったようだ。

仕方なく、今夜は引きあげようと欄干に手をかけたところで思いとどまる。

凛舲が今いるのは、四の殿舎の表廊だ。

とすれば、この反対側の裏廊には、桐婕妤が使っていた房室がある。

菖佳から聞いた話をもとに、いなくなった時の位置関係や状況を今なら確かめることができるのではないか。

幸い、この時間なら人目につく心配もなく、月明かりのおかげで動きやすい。

見つかったとしても、逃げた昧々を捜していたと言えば咎められることはあるまい。

そう開き直ったとたん、かえって肝《きも》が据わり、凛舲は足早に庭院を移動した。

先刻の侍女が戻ってこないのを確かめ、再び檐廊に上がって交叉路のほうへ引き返す。

四の殿舎の裏廊へ向かうと、今度は誰にも出くわすことなく最奥までたどり着いた。

しかし、当然と言えば当然のことながら、桐婕妤の房室には錠がかけられており、中に入ることはできなくなっている。とはいえ、これは予想済みだ。

菖佳の話では、桐婕妤の房室は墻との間にある庭院に面しているということだった。

（採光のための庭院で出入りはできないって言ってたけど、本当なのかしら）

猫しか通れないような排水路ならあるというが、小柄な者なら通れるかもしれない。

周囲に人の気配がないことを確かめると、凛舲は手すりを乗り越え庭院に降りた。

妃嬪にあるまじき無作法だが、堂観の下働きをしていた凛舲にはお手のものである。

月明かりのさす庭院に立ってみると、この宮殿の奇妙な構造がよくわかった。

湾曲した檐廊に挟まれた庭院は、上から見れば船のような紡錘《ぼうすい》形をしているのだろう。

一番端の房室の前で檐廊が行き止まりになっているため、その先の壁面は、隣り合った殿舎の壁面と手をつなぐようにぴったり重なりあっている。船で喩《たと》えるなら船首に当たる場所へ近づくと、左右の壁面が深い谷の切れ込みのようにそそり立っているのが見えた。

頭上を仰げば、ふたつの殿舎の屋根が、一体となって天へと高く跳ね上がっており、黄金の瑠璃瓦《るりがわら》と龍の棟飾りとが淡く月光を弾いている。

つくづく奇妙な建築だと感心しつつも、凛舲は気を取り直して壁面を調べはじめた。

壁はつるりとした石造りで、人が通れそうなすき間は見当たらないが、足元に目を凝《こ》らすと、菖佳の言っていた排水路らしき穴が口を開けている。

しかし穴といっても、その高さは幼児が背をかがめたほどで、幅もせいぜい凛舲の肩幅くらいのものだから、これでは小柄な者でも頭を入れるのがやっとだろう。

房室にいた桐婕妤が庭院伝いに外に出たのではと考えたが、凛舲よりも背が高いという彼女がここを通り抜けるのは不可能に違いなかった。

それでも何か手がかりはないかと諦《あきら》め悪く観察していると、蒼白《あおじろ》い月明かりに照らされた壁面の一部に、妙な違和感があることに気づく。

壁石でも剝がれそうになっているのかと手を伸ばして触れたとたん、重たげな音とともに壁の中に引き込まれた。

「痛《い》っ、た……」

勢いよく転がり込み、受け身も取れないまましたたかに頭を打ちつけて、凛舲はうめく。

頭を抱えてしばし痛みをやり過ごしたところで、目を開けて愕然《がくぜん》とした。

そこは右も左もわからない漆黒《しっこく》の闇《やみ》だったのだ。

「うそ……」

さきほどまで足元に影ができるほどだった月明かりはどこにもなく、まぶたをしっかり開けていても自分の手さえ見ることができない。

恐怖に全身が粟立《あわだ》ち、寒気が這いのぼってきた。

震えながら壁を探りあて、出入り口となる場所を見つけようとしたが、触れられるのは凹凸《おうとつ》のない石造りの壁面ばかりで、どこにも扉らしきものはない。

「誰か‼」

助けを求める声はぶ厚い壁に阻《はば》まれ、こもるような響きが自分の耳にだけ返る。拳《こぶし》で壁面を叩き、なりふり構わず体当たりまでしてみたが、骨が軋むほど体を叩きつけても石壁はびくともしなかった。

一体ここはなんなのか。現実なのか怪異なのかもわからぬ状況に混乱が増す。こんな時刻に房室を脱け出したことを思えば、誰かが見つけてくれると、希望を持つこともできなかった。このまま閉じ込められるのかと思うと呼吸さえ苦しくなってきて、己の姿も見えない闇の深さに、意識まで飲みこまれそうになる。

凛舲はがむしゃらに駆け出したくなる衝動をこらえ、己の肩を抱き深呼吸を繰り返した。無意識に指先が首元を這い、肌身離さず身につけている革袋を握りしめる。

こういう時に泣き叫んでも無駄だ。

堂主に土蔵に閉じ込められた時のことを思い出し、自分に言い聞かせる。泣きわめいて助けが来たことなんて一度もない。まずは落ち着くことだ。

じっと待っていても目が慣れることはなかったが、気持ちのほうは暗闇に慣れ、深い呼吸を繰り返すごとに落ち着きを取り戻した。

おそらくここは、庭院に面した壁の中だ。何らかの仕掛けがあって、はからずも凛紒が飛び込んでしまったのだろう。このような仕掛けが施されていたのだとすれば、桐婕妤が不可解な状況で姿を消した理由にも説明がつく。必ずどこかに出入り口はあるはずだ。

そう自分を励まして、壁伝いに歩いていくと、ごとんとどこからか重たげな音がした。

誰かいるのか。それとも、どこかに出口があるのか。

暗闇の中、じっとりと冷や汗がにじむ。その汗が、かすかにひんやりとした空気に触れるのを感じ、風の流れを頼りに歩いていくと、行く手に青白い光がさした。

出口だとわかったとたん、ひとりでに足は早まる。外に出られるならなんでもいい。

開かれたその場所から、凛紒はほとんど駆け出すようにして飛び出した。

なぜ急に出口が開かれたのか、なぜ壁の中へ転がりこんでしまったのか。

暗闇から出られた安心感で、その時は理由を考えようとしなかった。

しんと冷えきった夜の底で、月光に照らされた人影を見るまでは。

踏み込んだ先は不可思議な空間だった。

三つの墻に囲まれているところをみると、三角形の土地をなしているのだろう。

庭院のように開けたその場所には、色とりどりの花が咲き乱れている。

ほのかな月明かりに照らされた花々は微風に揺れ、夜露がそのたびにきらめくさまはこの世ならざる世界へ踏み込んだようだ。

異界、というより仙界を思わせる場所に佇《たたず》む人影は、こちらに背を向けていた。

腰より下まで届く髪は月のように白い。

身にまとう袍服は鶴翼《かくよく》を思わせる銀褐色《ぎんかっしょく》で、両手を下ろしたまま、ゆっくりとこちらを向いた面はぞっとするほど整っていた。

「……だれ」

かすれた声で呟いた時、杏璘から聞いた幽鬼のことを思い出す。

脅かされはしたが、しょせんは噂、絵空事だろうとたかをくっていた。万象道の堂観にもそういった話が持ち込まれることはあったが、噂が真実だったことはほとんどない。

けれど、これは。

知らず、唇がわななく。歯の根が合わないのは肌寒さのせいだけではない。

白い髪の人影は、音もなく凛舲に近づいてくる。

一歩に満たない距離で足を止めると、人影は口をひらいた。

「我が名は幽瞑《ゆうめい》。おまえこそ何者だ」

その声はまぎれもなく男のもので、白い顔を見あげた凛舲は息をのむ。

男の両の瞳は、月明かりでもはっきりわかるほどあざやかな青色をしていたのだ。

「あ……、私は」

目の前に立っているのは宦官とは思われず、ではなぜ男が後宮にいるのか、名前からしてやはり幽鬼なのかと混乱にかられながら言葉をつむぐ。

「私は、凛舲よ。……ここは何？　あの変な通路はあなたが作ったの？」

幽瞑と名乗った男は、無言で凛舲をひたと見据えた。

人外じみた美貌《びぼう》を前にすくんでいると、幽瞑は冥界の番人のように低く問う。

「おまえはなぜ、黎緑と同じ顔をしている」

口にされた名に、凛舲は目をみはった。

「桐婕妤を知ってるの？」

反射的に尋ねたが、幽瞑はすっと青い目を咲き乱れる花々に向ける。

「ここは、我が作りし苑《その》。おまえは来るべきではなかった」

話の噛み合わなさは、異国の民を思わせる風貌からくるものとも、人の言葉を使い慣れぬせいとも思え、凛舲は戦慄《せんりつ》した。

逃げなければと思うが、あの真っ暗な通路に戻ったとて、どうやって帰ればいいのか見当もつかない。

「私だって、来たくて来たわけじゃないわ。私は桐婕妤を捜しているのよ」

意を決し、凛舲は身を乗り出すと、得体の知れないその男に問い質《ただ》した。

「あなたが桐婕妤を攫ったの？　桐婕妤は無事？　今どこにいるの⁉」

男の袍に手をかけたとたん、突如《とつじょ》、肩を引かれ、いやというほど地面に叩きつけられた。

「っ！」

衝撃で無数の花びらが舞い、頭を打ちつけたとたん、目の奥に火花が散る。

何が起こったのかわからず、仰向けに倒れたままうめいていると、涙でにじんだ視界に小柄な人影が映り込んだ。

艶《つや》やかな黒髪を頭上に高く結い上げ、青衣をまとう姿は宮女だろうか。

もう一人いたのかと考える間もなく、女は凜舲にのしかかり、袍の襟元を交叉させるように首を締めあげた。

「大家《だんなさま》につかみかかるなんて、身のほど知らずも大概にしろ。小娘が」

女のものとは思えないほどすさまじい力に声すら絶たれ、凜舲はもがく。

しかし、馬乗りになった女の体はびくともせず、目の裏が真っ赤に染まった。

頭が破裂しそうな息苦しさに四肢《しし》がこわばり、指先がひきつる。

このまま死ぬのかと意識を手放しかけた時。

「そこまでにしろ。陰火《いんか》」

幽瞑の声が制止すると、しぶしぶのように手がゆるんだ。

かろうじて呼吸を取り戻した凜舲は、這いつくばるように激しく咳《せ》き込む。

喉が、肺が、全身が痛すぎて喘《あえ》いでいると、冷ややかな男の声が降ってきた。

「これ以上、桐黎緑について嗅《か》ぎまわるなら、命はない」

凜舲を見おろす男の青い目に感情はなく、硝子《ガラス》玉のように澄んでいる。

人の心が抜け落ちたようなまなざしに、凜舲は脅しではないことを悟った。

「我について、黎緑について、陰火について、この場所について、おまえが通ってきたあの途《みち》について、一言でも漏らせばおまえを殺す」

月を背に白髪がなびき、月精のごとき美貌で男は告げる。

「おまえがどこにいようと、我から逃げることはできぬ。忘れるな」

呪いのようなその言葉が耳を打ったのを最後に、凛舲の意識は井戸よりも深い闇の底へと落ちていった。

＊

体中を締めつけられるような痛みと、重苦しさの中で凛舲は目覚めた。

ともすれば苦痛に満ちた夢の中へ引き戻されそうになりながら、どうにかまぶたを開けると、自分の房室の天井が見える。

「え……」

馴染《なじ》みのある光景と寝床のやわらかな感触に呆然《ぼうぜん》とし、わけがわからなくなった。

未明の庭院から暗黒の通路に転がり込み、月光のさす苑で白髪の男と会ったこと。

陰火という見知らぬ女に殺されかけ、脅されたこと。

ごちゃまぜになった記憶がよみがえり、あわてて身を起こそうとして頭の痛みにうめく。

後頭部に指で触れてみると、ぷっくりとこぶができていた。

「お目覚めになりましたか？」

あれは夢ではなかったのかと思っていると、尚食の女官が声をかけてくる。

「私……どうして」

「昨夜、猫を捜してお歩きになって、檐廊から落ちてしまわれたのですよ」

凜舲の顔色を心配そうに確かめて女官は告げた。

庭院で気を失っているところを通りかかった宮女が見つけ、運んでくれたのだという。

そんなはずはない、と反論しかけたが、凜舲を房室に運んだという宮女の特徴を聞き、口をつぐんだ。

「ええ、確かに椎髻《ついけい》に結った宮女でしたね。新入りのようで、見覚えのない顔でしたが」

朝食を運んできた女官に凜舲が倒れていたことを告げ、女官があわてて司醫《しい》を呼びに行く間に、謎の宮女は姿を消してしまったらしい。

凜舲を運び込んだのは、あの陰火という女に違いない。

殺す気になればいつでもできると言いたいのだろう。

食事を温め直してくると言って女官が出ていくと、凜舲は自分の肩をきつく抱いた。

すがるように首元を探ったが、いつも身につけている革袋がなくなっている。

愕然として衾をめくり、牀の下をのぞき、床の上を探したが、どこにも見当たらない。

落としたのか、それとも奪われたのかと考えたとたん、幽瞑の言葉がよみがえる。

どこにいようと逃れることはできぬ、という言葉どおり、今もどこかから見張られているような気がして、凛舲は体の震えを止められなかった。

頭の怪我もあり、休養を余儀なくされた凛舲が職務に復帰したのは数日後のことだった。夜中に猫を捜して檐廊から落ちたという話はあっという間に広まって、ほかの妃嬪から失笑を買ったが、凛舲は申し開きもせず黙っていた。

「気にすることありませんわ。みな、話題に飢《う》えているだけですもの」

菖佳は昧々の喉をくすぐりながら、励ますように言う。

その向かいに座り、猫じゃらしのかわりに帔帛《ひはく》を弄《もてあそ》ぶのは香雪だ。

「そうそう。特にあなたはその顔立ちのせいで、何をやっても悪目立ちするし」

桐婕妤への嫌がらせを告白し、房室にこもっていた香雪だが、凛舲の負傷を知って見舞いにやってきて、同じように訪れた菖佳とも顔を合わせるようになった。

桐婕妤と親しくしていた菖佳に、香雪もはじめは気おくれした様子だったが、「桐婕妤のために小鳥を呼び寄せてくださった方ですわね」と菖佳がほがらかに笑ったことで状況は一変した。どうやら、猫好きの桐婕妤は小鳥の世話もしていたらしい。

香雪が鳥の餌を撒いたのも、嫌がらせどころか善意からの行動だと思っていたようで、嫌味のない菖佳の態度に毒気を抜かれたのか、今ではすっかり打ち解けている。

「ありがとう。しばらくおとなしくしてるわ」

榻《ながいす》にもたれて凛舲がほほえむと、香雪はじっと凛舲の顔を見つめた。

あまりの視線の強さにたじろぐと、香雪は帔帛の先を揺らしながらぽつりと尋ねる。

「何かあった？」

「……どうして？」

内心ひやりとしながら平静を装ったが、香雪は疑わしそうに目を細めた。

「口数が減ったたし、顔色も悪いし、元気がないようだから」

「こんな怪我したら元気もなくなるわよ。喋《しゃべ》ると痛いし」

後頭部の腫《は》れは引いてきたが、まだ痛いのは確かなのでそう言ってごまかす。

陰火という女に締め上げられた首元は、後で確認しても、うっすらと赤くなっているだけだった。医薬を掌《つかさど》る司醫の目にもかぶれとしか映らず、凛舲が殺されかけたなどと、誰も、露ほども思っていない。それは、いかにも暴力に慣れたしわざに見えた。

幽瞑に遭遇したことや、隠し通路に迷い込んだことなど、軽率に漏らせば香雪や菖佳にどんな危害が及ぶかわからない。

後宮に来てから欠かさずに送っていた明真への報告も、どこで見張られているかと思うと恐怖で体がこわばって、今も何も書けずにいた。

「でもまあ、わたしたちみたいな下級妃が陛下に呼ばれることもそうそうないし、堂々と婦学の授業をさぼれる機会なんて滅多にないんだから、ゆっくりしなさいな」

昧々の反応を楽しむように披帛を操りながら香雪が言うと、菖佳もうなずく。

「そうですわね。今のうちにお休みになってください」

はたして、二人の会話が呼び水にでもなったのだろうか。

「絳采女はおられますするか」

凜とした女官の声が室外で呼ばわり、凜舲たちは顔を見合わせた。

「はい、こちらに」

侍女がいないので自ら扉を開けて答えると、女官は恭《うやうや》しく礼を取り、凜舲に告げる。

「陛下が今宵《こよい》、絳采女を召し出すと仰せになりました。疾《と》くお支度にかかられますように」

それは、後宮に入って初めてとなる、夜伽《よとぎ》の報《しら》せだった。

＊

いまから千年以上も昔、至融《しゆう》と呼ばれた国の後宮では、皇后や妃嬪が閨にのぼる順番が厳密に定められていたという。

至融の時代に記された儀礼書に則《のっと》り、現在の永晶国の後宮が造られたため、三妃をはじめとした妃嬪たちも、月の満ち欠けに従って、順番に務めを果たしていた。

月初めから十二日までは御妻と世婦から九人ごとに一日が割り当てられ、皇帝は担当する九名のうちからその夜の夜伽役を選ぶ。同様に、九嬪が十三日め、三妃は十四日めを割り当てられ、十五、十六日めは皇后が独占し、そこから先は逆順で巡ってゆく。

位が高い后妃ほど皇帝の閨に侍る機会にも恵まれるわけだが、現在の皇帝には皇后がいないため、十五、十六日は空白となっていた。

凛鈴が後宮に入ったのは釆女の割当日が過ぎた後だったため、皇帝に選ばれる機会そのものが、今になるまで巡ってこなかったのである。

進御《しんぎょ》の報せを受けた凛鈴は、いよいよという期待より、死地に赴《おもむ》くような恐れを感じた。

「絳釆女の面差しが桐婕妤に瓜二つというお話をお耳にしてから、陛下はずっと絳釆女を召し出したいと仰せになっていたのですよ」

そう話すのは、妃嬪の進御をつかさどる女官の一人、遼彤史《りょうとうし》だ。

彼女は凛鈴に月の障《さわ》りがないことを確かめると、務めが終わるまで同行する旨《むね》を告げた。

「わたくしは進御が正しく行われる様子を見届け、そなたのふるまいや言動、何が起きたのかをありのままに記さねばなりません。ですが、陛下より賜《たまわ》った彤管の筆にかけて、一切他言することはございませんのでご安心くださいますよう。わたくしのことは、そうですね、壁か天井のシミとでも思っていただいて構いませんことよ」

ふふ、とほほえむ遼彤史は四十手前の女性で、聡明そうな瞳をいたずらっぽく輝かせる。

「むしろ私の方が壁のシミになりたいくらいなのですけれど」

全く安心できないと思いつつ凛鈴が答えると、彤史は、まあ、と目を丸くした。

「いけませんね。これから陛下のお情けを賜るというのにそのような。ですが、房事に消極的であられるところは陛下のお好みに沿うかもしれません。桐婕妤も万事において控えめでございましたから」

彤史は意味深に言って笑ったが、正直、皇帝の好みなどどうでもいい。

しかし、凛舲の内心にかまわず、仕度はどんどん進んでゆく。

湯あみでは念入りに肌を磨かれ、髪を洗い梳《くしけず》られ、黒繒《くろぎぬ》で丁寧に包んで結い上げられる。普段は着ることのない朝服に改めるのは、翌朝、朝政に出御する皇帝に従い、夜伽を務めた妃も外廷におもむくためである。

肌身離さず身につけていた革袋のかわりに、さきほど渡された香袋を握りしめ、凛舲は震える息を吐く。甘く痺《しび》れるような香をかぐと、いくらか緊張も紛れる気がした。

月明かりのかそけき夜、天にちりばめられた無数の星々がかがやく下、女官の先導を受けて、凛舲は後宮を出た。

宮門をくぐって向かう先は、六寝と呼ばれる皇帝の住居だ。

六華宮ほど奇妙ではないが、いくつもの殿舎に分かれ、複雑な構造をしているため、先導がなければ自分がどこをどう歩いているのか見当もつかない。

しんと静まり返った宮殿内はどこか現実感に乏しく、猫の昧々を追って翠嶂宮をさまよった夜を否応《いやおう》なく思い出させる。

だがそれ以上に眩暈《めまい》を覚えるのは、毎日ひもじさをこらえて堂観の隅で眠り、迷子を捜して歩き回っていた自分が、こうして皇帝の閨房《けいぼう》へと向かっていることの不可思議さだ。

これが夢の一幕なら、一体どんな夢幻《まぼろし》の中にいるのだろう。

六寝のうち、皇帝の寝所となる御寝に到着し、朝服を燕服《ふだんぎ》に改めてからも他人事のような感覚はなくならず、皇帝その人が現れたことで、いっそう強まった。

「面を上げよ」

低く張りのある声を聞き、凜鈴はおそるおそる顔をあげる。

眼前に立つ人は、団龍紋《だんりゅうもん》のある赤霊《せきれい》色の袍服をまとっていた。

年齢は二十代なかばすぎといったところだろうか。袍の上からでもわかる鍛え上げられた長身に、くっきりした二重瞼《まぶた》の瞳は眼光するどく、柔和さよりも野性味を感じさせる。

少しばかり顔色が悪いのが気になるが、強情そうに結ばれた口もとや、胡乱げにこちらを見おろす眸《め》は人間そのもので、凜鈴はしばし挨拶の口上も忘れて見入っていた。

「どうした。口がきけぬか」

長々と固まっていると、見かねたように皇帝が問う。

「いえ……あの、人間なんだなと思いまして」

思わず本音をもらすと、皇帝——炫耀《げんよう》は虚を衝かれたように絶句し、噴き出した。

「なんだ、余を化け物とでも思ったか？」

その言葉に失言を悟り、凜鈴は蒼ざめる。

「お許しください。龍に喩えられる御方ですので」

這いつくばって弁明しながら、これは早々に首が飛ぶ流れかと総毛立ったが、炫耀はつまらなさそうに息をついただけだった。

「構わぬ。おまえのような小娘一人を罰したところで面白くもなんともないからな。時が惜しい。さっさと入れ」

ちょっとした房室と言えそうなほど巨大な、天蓋《てんがい》付きの牀へとうながされ、凛舲は及び腰で帷帳《いちょう》をめくる。閨へ這い込んだとたん、ぐいと腕を引かれ、押し倒された。

「っ……」

言葉もなく皇帝が覆いかぶさり、いきなり始まるのかと凛舲はぎゅっと目を瞑る。

炫耀は凛舲を抱え込んだまま衾の中へと潜り込んだが、その間、何も言わず、いつまで待ってもことが始まる気配はない。これは、こちらから何か仕掛けたほうがいいのだろうかと、乏しいながらも婦容の授業を思い出していると、低い囁《ささや》きが耳朶《じだ》を打った。

「そのまま聞け。おまえに尋ねたいことがある」

凛舲の頭を抱き、愛撫《あいぶ》でもするように耳元に唇を寄せて彼は告げる。

仕種は艶めいていても、その声色はぞっとするほど醒めていた。

「報告は受けた。おまえの役割も承知している。抱く気はないが閨でのやり取りは彤史の記録に残る。質問には是か否かで答えろ。是ならばひとつ、否ならふたつ、余に触れよ」

わかったか、と念を押され、凛舲はためらいがちに皇帝の胸元をとん、と指先で突いた。

「女の声は高くて響く。おまえが何か言う時はここに」

と、炫耀は無造作に龍袍の領《えり》を開き、凛舲の手を己の鎖骨辺りに導く。

「口をつけて簡潔に話せ。骨を伝うよう、声は低く」

答えのかわりに再びとん、と鎖骨を突くと、力をこめて抱きしめられた。

「桐黎緑の行方はわかったか」

否。

「では、何か手がかりはつかんだか」

突こうとした指先が止まる。月光の下で遭遇した幽鬼のごとき白髪の男と、陰火という見慣れぬ宮女に首を絞められた記憶が一気によみがえり、恐怖が駆け抜ける。

答えなければという思いと、命はないという脅しの言葉がせめぎあい、凍ったように固まっていると、炫耀は質問を変えた。

「幽鬼に会ったのか」

凛舲はさらにこわばり、指先を動かすことさえできなくなった。

「言え」

焦れたように皇帝は凛舲の顔を自らに押しつける。

「……言え、ません」

うめくように、鎖骨に唇をつけ、凛舲は答えた。

「脅されたか」

是、と指先で合図し「あれは何なのですか」と逆に問うと、低い声が耳元に返ってくる。

「わからぬ。人か、あるいは人ならざるものか。いずれにしても、あれが黎緑を攫ったのは間違いない」

その言葉で、皇帝はあれの存在を知っていたのだと悟った。おそらく、明真も。

凛舲は幽鬼をおびき出すための囮《おとり》、もしくは生贄《いけにえ》に過ぎなかったのだ。

それがわかったとたん、体を縛っていた恐怖と、皇帝の腕の中にいる緊張とが突き放すように遠くなる。

そうか、と虚空に投げ出された意識でぼんやりと凛舲は思った。

市井《しせい》で腹を空かせながら迷子捜しをしていた過去も、皇帝の閨にいる今も、凛舲の立場に何ら変わりはない。誰にも顧《かえり》みられることがないという点においては。

失望したことで、何かを期待していた自分に気づき、愚《おろ》かしさにふと笑みがもれた。

「どうした」

凛舲の体から力が抜けたことをいぶかるように炫耀が尋ねる。

「いえ」

顔を伏せたまま、凛舲は小さく答えた。瓜二つの容貌でも、桐黎緑と凛舲では全くの別人だということは、さまざまな話を聞いてよくわかっていたではないか。

それでも、心のどこかでほんのわずかでも希望を持っていたのかもしれない。

もしかしたら、寵姫と同じ顔の凛舲にも、愛情の欠片《かけら》が与えられるのかもしれない。

わずかでも、大切にしてもらえるのかもしれない、と。

馬鹿げている。ここへ来たのは、そもそも取引の結果だというのに。

「陛下はいつから、あれの存在をご存じだったのですか」

つとめて冷静に、凜舲は問う。

「黎緑失踪ののち、後宮を調べさせる過程で噂を知った。だが、調査に当たらせた者は不可解な死を遂げ、また別の者は姿を消し、誰一人戻らなかった」

皇帝の言葉に、ぞくりと震えが走る。幽鬼について、誰も語りたがらないわけだ。よくある怪談の類《たぐい》とは違う。実際に人死にが出たり、失踪者が出ていたのだから。

「このことは一切の他言を禁じてある。今後、後宮内で見聞きしたことは余に報告せよ」

是、と合図した後で凜舲は少し考え、口をひらいた。

「ですが、これ以上調べを進めれば、私の死体が増えることになりそうです」

「脅されたと言ったが、この怪我はその時のものか。何と言われた」

後頭部を指で触れられ、凜舲は顔をしかめた。触られるとまだ少し痛む。

「他言すれば殺す、と。おそらく後宮のどこにいても、あれの手は届くでしょう」

見慣れぬ宮女を従えていたことを思うと、皇帝の六寝さえ安全ではないのではないか。

「皇帝である余にも詳細は言えないか」

問いかけに、凜舲はめまぐるしく思考をめぐらせた。

囮に過ぎなかった自分の命など、炫耀にとって取るに足らないものだろう。

他言すれば殺すと脅されはしたが、後宮という広大な檻の中にいる以上、凜舲の命は皇帝が握っている。だとすれば、命令を拒めばどのみち罪死で終わりだ。

「私の身の安全を保証していただけるのであれば、一切をお話しします」

身を固くしたまま告げると、耳元で皇帝がクッと嗤う。

「なるほど。この俺に取引を持ちかけるか」

威儀を捨て、私人に戻ったような獰猛《どうもう》な呟きに肝が冷えた。こんなことを言えば、思い上がるなと即座に殺されても不思議はない。歯の根が合わなくなりそうな恐怖を唇を引きむすんでこらえていると、嚙みつくように口を寄せ、皇帝は言う。

「庶人の娘にしては知恵がはたらくではないか。いいだろう、保証してやる」

「では、証《あかし》となるものを」

「なんだと？」

炫耀の声が苛立ちをおびたが、凜紵はいちかばちかの覚悟を決めた。

「この場限りの口約束で、後は知らぬと放り出されては困ります」

機嫌を損ねるのもおそろしいが、いいように使われて口封じに殺されるのも御免だ。

皇帝はしばし押し黙ると、やおら身を起こし、近侍を呼んだ。

呼びかけに応《こた》え、帷帳越しに人の気配が揺れる。

「俺の玦《おびだま》を持て」

「あれを、でございますか」

帷帳の向こうで近侍がいぶかしむと、皇帝は煩《わずら》わしげに命じた。

「二度言わせるな。早くせよ」

「お許しください」

ほどなくして差し出されたものを受け取ると、皇帝は近侍を下がらせた。

「手を出せ」

石のように固まっていた凛舲はぎこちなく身を起こし、それを受け取る。

ほのかな灯《ひ》に照らされたのは、翡翠《ひすい》の玦だった。

石の表面はなめらかで、指になじむ感触がどこか懐かしい。

「俺の父が祖父から譲り受けたものだ」

さらりと明かされた由来に腰を抜かしそうになる。皇帝の父といえば晃雅帝、さらに上の祖父というなら、象賢帝のことではないか。

「そ、それほど貴重なもの……」

せいぜい念書をもらうくらいのことしか考えておらず、謝絶すべきか狼狽《うろた》えたが、炫耀の答えはあっさりしていた。

「構わん。ただの石塊《いしくれ》だがおまえの役には立とう。今宵、これよりおまえの扱いは三妃に準ずるものとする。彤史もそのように記すがいい」

炫耀は玦を強引に握らせ、室内中に響く声で告げる。

「陛下――」

反論しかけた凛舲に、皇帝は不穏なまなざしを向けた。

「おまえのおねだりを聞いてやったのだ。存分に睦言《むつごと》を交わすとしよう」

意味深な物言いだが、炫耀の目を見れば洗いざらい話せという意味だと嫌でもわかる。

前後の門を猛獣に挟まれる故事が脳裏をよぎったが、こうなれば腹を決めるしかない。

「承知、いたしました」

およそ寵を確約された妃とは程遠い悲壮さで、凛舲は皇帝の申し出を受けたのだった。


「白髪の男と宮女らしき女、か」

幽瞑と遭遇したあらましを伝えると、皇帝は呟いたきり考え込んだ。

「あの、腕を」

少し緩めてほしいと凛舲は身をよじる。話のあいだ、やたらと密着していたばかりか今も肩口に顔を押しつけられているため、息苦しいことこの上ない。

「ああ、許せ」

我に返った様子で炫耀は力を抜いたが、頭は抱えられたままだ。おそらく、まだ話があるのだろう。衾に焚《た》きしめられた香と馴染みのない男の体臭とがまじりあい、普段の凛舲であればなまめかしさに気が遠くなっていただろうが、緊張と危機感とでとてもそれどころではなくなっている。

「翠嶂宮の庭院から壁の中にある通路へ入り込んだと言っていたが、同じものが六華宮の別の場所にもあると思うか」

耳朶に唇をつけ、炫耀は問う。こそばゆさに身をすくめつつ、凛舲は答えた。

「まだわかりません。もう一度、壁を調べてみれば何かわかるとは思うのですが」

「それをするのはたやすいが、問題は白髪の――幽瞑といったか。黎緑がその男に囚《とら》われている可能性が高いということだ」

確かに、下手に追手を差し向けたり、大っぴらに壁を調べれば、追い詰められた幽瞑や陰火が桐黎緑を殺すことも充分考えられる。

といっても、桐黎緑がまだ生きていることが前提の話ではあるが。

「あれは……何なのでしょうか」

凛舲は改めて疑問を口にした。

自分が遭遇したのは本当に生きているものだったのか。怪我をみれば夢でなかったことは明らかだが、悪夢を現実と思い込んでいると言われても証立てする術が凛舲にはない。

「後宮には魔が棲むと、先帝は言い残した。多くの血が流れた後宮は、妃を置くには穢《けが》れすぎている。ゆえに、再び開くなら魔を祓《はら》う必要があると」

その言葉に、先帝が生涯、後宮に立ち入らなかったという話を思い出す。

「では、私が会ったのは人ではなく……」

真に幽鬼の類だったのかと結論づけようとした凛舲に、冷静な声で炫耀は続けた。

「いや。まことの幽鬼なら隠し通路など使わぬだろう。後宮は一度、叛逆者の手に落ちている。隠し通路の類は宮城につきものだが、賊《ぞく》が入り込んだのだとすれば、その時をおいてほかにあるまい」

炫耀の示した可能性に、凛舲は体をぞくりと震わせた。

「幽瞑とやらは、後宮の花苑で自らを『大家』と呼ばせていたそうだな」

凛舲の寒気が移ったかのように、冷えきった声で炫耀は呟く。

「笑わせるではないか。そのようなことが許される者はこの国に一人きりと思っていたが……どうやら後宮にはもう一人、主がいるらしい」

三

迷姫と方官

ふわ、と間の抜けた声をもらし、凛鈴《りんれい》はこの日何度めかの欠伸《あくび》をした。

昨夜は皇帝の御寝で明け方近くまで密談し、うとうとしかけた頃に一番鶏《どり》が鳴き、皇帝に従って朝政に向かったため、ほとんど眠ることができなかった。

皇帝を前に百官が打ち揃《そろ》うさまは圧巻の一言だったが、見守るだけでもかなりの緊張を強《し》いられたため、後宮に戻るとどっと疲れが押し寄せてきた。

「初めての進御《しんぎょ》で上級妃におなり遊ばすなど、たいへんなご出世だと、みな噂《うわさ》で持ちきりでございますよ」

身支度を整え終えた後も、尚服の女官が華やいだ声で褒めそやす。

幽鬼に遭遇した件で身の安全のためにやむなく持ちかけたとはいえ、皇帝に取り入って出世を望むなど、我ながら悪女じみたふるまいだと凛鈴は振り返る。

このぶんでは朝見《ちょうけん》で何を言われるか。今から覚悟しておかねばなるまいと気が重くなっていると、房室《へや》の外で声をかける者があった。

「絳賢妃《こうけんひ》にお目通りいたしたく、参上いたしました」

女官が入室をうながすと、深々と礼をとったのは、官服をまとった人物である。

声は男のものだが、身につけているのは宦官《かんがん》の袍《ほう》服ではない。

そもそも、体つきは宦官にしてはやけに大きく、特有の腐臭もしないのが妙だった。

「陛下より護衛および相談役の任を仰せつかり、急ぎまかり越した次第にございます」

深みのある声の響きに聞き覚えがある気がしていぶかっていると、拱手《きょうしゅ》の陰《かげ》で見えなかった顔がこちらに向けられる。

「我が名は応毅《おうき》。以後、お見知りおきくださいますように」

後宮ではけっしてまみえるはずがないと思っていたその男は、凛舲を送り込んだ張本人、明真《めいしん》にほかならなかった。


「方官《ほうがん》、とな」

胡乱《うろん》げに問うた孟貴妃《もうきひ》の前で拝跪《はいき》の姿勢を取り、明真は控えめな声で答えた。

「左様にございます」

翌朝、黄雲宮《こううんきゅう》の正殿には、六華宮《ろっかきゅう》の妃嬪《ひひん》が朝見の儀に参集していた。

先刻、最下級妃にすぎなかった凛舲が、賢妃という新たな上級妃に昇格した旨《むね》が告げられ、朝見は波乱の始まりとなった。

どのように不埒《ふらち》な手段で皇帝に取り入ったのか、と言わんばかりに、嫉妬《しっと》と憤怒《ふんぬ》のまなざしが突き刺さる中、孟貴妃にうながされて宝座のある壇上にのぼった凛舲は、未だ混乱のおさまらぬ頭で眼下の光景を見守る。

昨日、凛舲のもとに現れた明真だが、詳しい事情を聞く間もなく、上級妃昇格の準備に女官たちが押しかけてきたため、今になるまで詳細はわからないままだったのだ。

その明真が黒の袍服を一分《いちぶ》の隙《すき》なくまとい、屈強な男たちを引き連れて正殿に入場してくると、妃嬪たちのざわめきは一層大きくなった。

蒼白になる姚淑妃《ようしゅくひ》や荘徳妃《そうとくひ》をよそに、いちはやく動揺を鎮めたのは孟貴妃だった。

「静まれ。応毅と申したな。そなたは見たところ男子のようだが、宮刑が再開されたという話は聞かぬ。宦官でもないそなたが後宮にいるのはどうしたわけか。方官とはどのようなものか、この場にいる誰もがわかるよう説明せよ」

「畏《かしこ》まりました、孟貴妃さま」

明真は恭《うやうや》しく礼を取り、滔々《とうとう》と語り出す。

「万象道《ばんしょうどう》の道士たちが修行に用いる薬に、俄仙丸《がせんがん》なるものがございます」

古くは好色で知られる太祖の時代、強壮薬を研究する過程で生まれたものだという。

「強壮薬とは異なり、俄仙丸は男子より精気を抜き取り、女人への情欲を喪《うしな》わせるもの。効果は一時的でございますが、仙人のごとき禁欲の境地をもたらすゆえ、俄仙丸と」

明真の話を聞いて、孟貴妃は嗤《わら》った。

「なるほど。そなたは俄仙丸により俄《にわ》か仙人となったわけか」

「はい。薬方によって宦官と同じ状態になるゆえ、方官と名づけよと陛下の仰せにございます。こちらに伴いました者どもも、私と同じ方官にございます」

明真は背後に視線を送る。そこには帯剣こそしていないものの、武装に身を固めた男子十数名が控えていた。

「絳采女《さいじょ》が賢妃にご昇格あそばすに際し、私をはじめ、これら方官が警護の任に当たります。孟貴妃さまならびに姚淑妃さま、荘徳妃さまには、なにとぞご承認いただきたく」

「後宮の守りは宦官の内僕《ないぼく》と私が鍛え上げた女官の精鋭が固めると、陛下にもお認めいただいたはずだ。絳賢妃の警護になぜわざわざ新設の官を使う」

顔に泥を塗られたとばかりに、凄《すご》みのある声で孟貴妃は詰問した。

孟貴妃の疑問は、おそらくこの場にいる妃嬪たちすべての代弁であったろう。

「その理由は、賢妃さまのお立場にございます」

「なんだと？」

「賢妃さまは、六華宮に巣食う幽鬼に命を狙われております」

明真が告げたとたん、正殿に大きなどよめきが起きた。

誰もが口にすることを恐れていた幽鬼という言葉を、ためらいもなく口にしたせいもあるのだろう。さらには、その幽鬼に命を狙われているという禍々《まがまが》しい響きに口元を押さえる者、今にも倒れそうに隣の妃にもたれかかる者とで、妃嬪の間に動揺が走る。

「そなた、何を根拠にそのような」

凛々《りり》しい美貌《びぼう》をゆがめ、今にも剣でも抜きそうな表情で孟貴妃は明真を睨《にら》んだ。なみの妃なら震えあがりそうな威圧にも臆《おく》さず、明真は淡々《たんたん》と事実をつまびらかにする。

「絳采女は先日、幽鬼に遭遇し、お怪我《けが》をなさいました。幽鬼は、己の存在を余人に話せば殺すと脅したとのこと。陛下は絳采女をご案じになり、お命を護《まも》るため賢妃の位をお与えになりました。そして、幽鬼を捕らえ、桐婕妤《とうしょうよ》をお救いするため、私どもに警護をお命じになったのでございます」

孟貴妃は妃嬪たちの動揺を鎮めることも忘れたように目をみはった。

「桐婕妤を、救う……？　黎緑《れいりょく》は、やはり幽鬼に攫《さら》われたと申すのか」

貴妃としてのふるまいが抜け落ちたように問うが、その場も誰も孟貴妃の態度が崩れたことを気にかける様子はなく、固唾《かたず》をのんで明真の返答を待っている。

「今はまだ断言できませんが、その可能性は高いものと思われます。絳采女を賢妃のお立場に据えられたのは、あくまで一時的な措置《そち》であると陛下の仰せです。陛下としては、桐婕妤がお戻りになるならば、あの方にこそ賢妃の座をお与えになりたいとの由《よし》」

明真は凛舲が耳にしなかった事実をも平然と告げる。

彼の言葉は賢妃となった凛舲の立場があくまで桐黎緑が戻るまでの繋《つな》ぎでしかないこと、さらには幽鬼を捕らえるための生贄《いけにえ》にすぎないことまでも明らかにしていた。

妃嬪たちから向けられる憐《あわ》れみに似たまなざしに、凛舲は無言で目を伏せる。

「孟貴妃さまには引き続き、ご自身の身辺および、ほかの妃嬪のみなさまの警備の采配をお願い申し上げます。幽鬼が狙うのはおそらく絳賢妃さまとなりましょうが、みなさまに危険が及ばぬとも限りませんので」

他人事ではないという恐怖からか、妃嬪の間から小さく悲鳴があがり、気丈な妃たちでさえ、不安そうに視線をかわす。

「警備の件は抜かりなく処置しよう。そなたらは桐婕妤を救い、幽鬼を捕らえると申したが、何か方策はあるのか？」

「調査をしてみませんことには、策を講じることもかないません。絳賢妃さまの警護が主となりますが、まずは六華宮内にわれわれが立ち入る許可をいただければ」

「そうだな……」

明真の申し出に、やむなしといった表情で孟貴妃の態度が軟化する。

しかし、孟貴妃が口をひらくのを遮《さえぎ》るように、団扇《うちわ》を差し上げて制した者があった。

「お待ちなさい。たとえ陛下がお望みだとしても、宦官でもない男がこの後宮に立ち入ることは、無用の混乱と誤解を招くだけです。わたくしは到底許容できません」

不快げに眉を寄せ、ぴしゃりと言い放ったのは姚淑妃で、荘徳妃もそれに続く。

「わらわも同じ考えです。幽鬼の存在は脅威《きょうい》やもしれませぬが、俄仙丸なる薬の効果がいかほどのものかもわからぬというのに、女人ばかりの後宮で万にひとつも間違いがあれば、陛下に申し訳が立ちませせぬ」

二人の反発を受けて、孟貴妃は答えを促《うなが》すように明真を見やった。

「お二人のご懸念はごもっともなれど、我々がみなさまに邪《よこしま》なふるまいに及ぶことはございません。女人の集うこの場にいるだけでも、耐えがたい苦痛がございますれば」

答える明真は平静を保っているように見えたが、よくよく目をこらせば、その眉間《みけん》には深いしわが刻まれている。

後方に控える方官たちはどうかといえば、その顔は蒼《あお》ざめる者もあり、みな痛みに耐えるように視線を伏せ、並み居る美姫に一瞥《いちべつ》たりとも向けようとしないのだった。

「われらに害なきことはご信頼いただくほかございません。同時に、くれぐれも妃嬪のみなさまも、われわれと距離をお取りくださいますよう、お願い申し上げます」

後宮で見かけることのない男子が現れたことで、列席する妃嬪の中には物珍しげなまなざしを向ける者もちらほらあったが、明真のこの言葉に鼻白んだ様子で顔を見合わせる。

「よかろう。絳賢妃の守護のため、方官の立ち入りを認める」

孟貴妃が承諾を示すと、姚淑妃も不承不承《ふしょうぶしょう》といった態《てい》でうなずく。

「方官たちが視界に入ることがないのであれば、わたくしも容認いたしましょう」

「されどもし、後宮内で不祥事を起こすことあらば、些事にかかわらず厳罰に処するゆえ、肝《きも》に銘じておくがいい」

最後に荘徳妃が明真を見てぞっとする声で告げ、着任が受け入れられたのだった。


賢妃となった凛舲は、同じ翠嶂宮《すいしょうきゅう》内にある、上位の房室に移ることとなった。

ようやく翠嶂宮にも慣れたところだったので、同じ宮殿を使えるのはありがたい。

しかし、翠嶂宮に戻る前に、どうしても話しておかねばならないことがある。

黄雲宮を出た凛舲は方官を引き連れ、六華宮西南の園林《ていえん》へとやってきた。

「はじめから、こうなることを見越して私を後宮に送り込んだのですか」

舗地の敷かれた散策路を歩きながら、凜舲は醒《さ》めた目を向ける。

後方に従う明真は、気まずそうにうつむいた。

「目論見があったことは確かです。桐婕妤の失踪《しっそう》後、私は濫州《らんしゅう》より呼び戻されたものの、手がかりもつかめず、捜索が行き詰まっていたところでしたので」

明真は濫州刺史《しし》の別駕《じかん》として赴任していたが、各地より持ち込まれる訴訟において捜査や取り調べの手腕を買われ、内密に後宮内の調査を命じられたのだという。

「宦官のかわりに俄仙丸を用い、後宮内に潜入する方法を考案いたしましたが、薬効を見定めるにも、信のおける方官候補を選定するにも時がかかっておりました。下調べを命じた女官や宦官にも、不審死を遂げる者、行方知れずとなる者が相次ぎましたので、あるいは妃嬪の一人ならばと」

明真のその言葉ですべて得心がいった。

凜舲の護衛という名目で方官を後宮に送り込み、さらには凜舲を囮《おとり》として使って桐黎緑を見つけ出す。三妃に並ぶ賢妃の座を与えられたのも、凜舲が皇帝と交渉した結果などではなく、はじめからから決まっていたことなのだろう。

皇帝や明真の手のひらでまんまと踊らされていた愚《おろ》かしさに、凜舲は唇を嚙《か》んだ。

明真がいつから方策を考えていたのかは知らないが、きっかけとなる妃嬪を捜していたところにのこのこと凜舲が現れたのだとすれば、文字通り渡りに舟であったに違いない。

「迷娘《めいにゃん》としての力を見込んで、というお話は方便だったわけですね。祝迷《しゅくめい》などと、思わせぶりな虚妄《つくりごと》まででっちあげて人の気を引くなんて、手の込んだことで恐れ入ります」

迷呪《めいじゅ》持ちで苦しんできた凛舲の心をつかむには、うってつけの作り話だった。あっさり信じ込んで面白いように転がされていたと思うと恥ずかしくなる。

精一杯の皮肉を受けて、明真はしばし言葉に詰まった。

「弁解の余地もございません。……しかしながら、祝迷なる言葉も祝経《しゅくきょう》という書物の存在も実在のもの。内書堂の司礼監《しれいかん》をつとめた、前の養父より聞き及んだ話にございます」

あくまで賢妃に対する態度を崩さずに明真は答える。

「内書堂？」

「象賢帝《しょうけんてい》の御代に創設された、宦官のため学堂です。前の養父はそこで学び、徳昌帝《とくしょうてい》のお側近くにお仕えしたこともございました」

「では……」

明真の前の養父は宦官だったのか、と凛舲は目をみはった。

「出世した宦官が養子を取ることは珍しいことではございません。ただ、私に宦官としての教育ではなく、官吏《かんり》となるための学問を身につけさせた理由はわかりませんが」

内書堂では宦官候補である十歳以下の者が集められ、公費で学ぶ。

その教育方針は苛烈《かれつ》な罰を含むものであったからか、あるいは養子を宦官とする意図がなかったのか、明真は去勢されることもなく、紘鎖《こうさ》の乱のあった年に十歳を迎えた。

叛乱軍《はんらんぐん》が迫る中、養父は明真を家僕に預けて静晏《せいあん》から送り出すと、当時仕えていた皇后のために自《みずか》らは後宮に残り、命を落としたという。

「むろん、賢妃さまを危険な目に遭わせたことに違いはございません。いかように責められても致し方ないことにございます。このちは、賢妃さまに危害がおよぶことのなきよう、身辺をお護りし、お側に仕えさせていただく所存にございますれば……」

「そろそろやめにしません？　その喋《しゃべ》りかた」

足を止めた凛舲は、頭《こうべ》を垂れる明真を振り返った。

「ここにはあなたと、あなたが連れてきた方官しかおりません。ひとに聞かれたくない話をするために、わざわざ園林に連れ出したのなら、最初にお会いした時のようにお話しになればいいでしょう。そのように畏まられるとかえって白々しいです」

ゆっくりと顔をあげた明真は、意外そうに目をまるくする。

「これは驚いた。てっきり、もう二度と顔も見たくない、殺してやりたいと、罵詈雑言《ばりぞうごん》を浴びせられるものと覚悟しておりましたが、私をお許しくださるのですか？」

なおも慇懃《いんぎん》な言葉を改めぬくせに、図々《ずうずう》しいことを言ってのける明真に凛舲は呆《あき》れた。

「囮にされたことは許してませんし、今後も許しません。私のような立場の者は死んだところで痛くもかゆくもない存在だとしても、そのように扱われるのは悲しいです」

怜悧《れいり》な顔をまっすぐ見つめ、凛舲が告げると、明真は絶句する。

「お怒りはごもっともです。……まことに申し訳ございません」

再度、深々と頭を垂れて口にされた陳謝は、先刻よりは幾分真に迫って聞こえた。

「私の申すことはもはや信用ならぬとお考えであれば、陛下に奏上して、後宮を出られるよう、取り計らいましょう」

本当にそれが叶うなら飛びつきたい申し出だが、これだけ後宮の内情を知ってしまった自分が、素直に放免されるとは思えない。

外へ出たとたん、何者かの手によって不審死を遂げるのが落ちだ。

かといって、このまま残ったところで凛舲は幽鬼に命を狙われ、下手をすれば殺される。

どちらにせよ、凛舲の命が失われたところで皇帝や明真は何の痛痒《つうよう》も感じないだろう。

（冗談じゃない）

彼らにとって塵芥《ちりあくた》のようなものだとしても、凛舲にとってはひとつしかない命だ。

いいように使い捨てられてたまるものか。

「桐婕妤を見つけ出すために必要だとお考えになったから、桐婕妤に瓜二つの私を後宮に送り込んだのでしょう？　私も彼女の行方――いえ、桐黎緑という方に興味を抱いておりますから、このまま残って調べを続けることに異存はありません」

注意深く言った凛舲の言葉に、顔をあげた明真は意外そうに目を細める。

「それは願ってもないお言葉ですが、ただで、というわけではなさそうですね」

「ええ。いくつか、条件を聞いていただけるなら、捜査にご協力いたします」

「どのような？」

明真の表情はどこか、小娘の悪あがきを楽しんでいるようにも見えた。

「ひとつは、私の身の安全をはかり、囮として使う場合は事前に教えてくださること」

「囮にするな、とは仰《おっしゃ》らないのですか」

「するなと言っても、必要とあらばそうするのではないですか。あなたは」

おそらく、この男は相当な食わせものだ。言葉どおりに受け取っては痛い目を見る。

警戒心を体いっぱいにみなぎらせながら身構える凜舲に、明真は目を伏せてほほえんだ。

「なかなか鋭くていらっしゃる。ほかには？」

「私が無事に後宮を出たあかつきには、不自由なく生活できるよう保証してください」

「いいでしょう」

造作もないと言いたげに彼はうなずく。

「それと、後宮にいる間に、私に祝経について話してくださることと、もうひとつ」

「まだあるのですか？」

要求が多いと言いたげな声に、凜舲はじろりと視線を返した。

「余人の耳目のない場所では、必要以上に私にへりくだらずに接してください」

これくらいは面倒な頼みでもあるまいと思ったが、明真はとたんに困った顔になる。

「ほかの希望は謹《つつし》んで承諾いたしますが、最後のひとつだけ、御寛恕《ごかんじょ》願いたく」

「なぜですか？」

「私は賢妃さまの僕《しもべ》として後宮に入ることを許されましたので、いかなる状況であろうと不躾《ぶしつけ》な態度を取ることは、私を任命くださった陛下の権威を傷つけることになります」

融通のきかないことを言った後で、明真は続ける。

「どうか私のことは、応殺、もしくは明真とお呼びくださいますよう。また、私に丁重な言葉を使う必要もございません」

一瞬、駄々をこねたい衝動にかられたが、意地を張っても仕方がないと諦《あきら》める。

「……わかったわ、明真」

せいぜい尊大に聞こえるように答えると、明真はほっとした顔になった。

「寛大なお言葉、痛み入ります」

無駄に整ったその顔を見ると皮肉のひとつも言ってやりたくなるが、ひとまず気持ちを切り替える。

「それで、幽鬼を捕らえて桐婕妤を救い出すと言っていたけれど、手はじめに何をするの？　私が迷い込んだ、あの通路でも調べるつもり？」

凛鈴の問いかけに、明真は意外な言葉を口にした。

「そちらも気になりますが、早急に取りかからねばならないのは、後宮の測量です」

「測量……って、道を舗装したり、家を建てたりする時にする？」

凛鈴がぽかんとすると、明真は首をめぐらせ、後にしてきた六華宮を振り返る。

「実際に足を踏み入れて、六華宮の構造の異様さに目を疑いました。桐婕妤失踪の謎を解くためにも、幽鬼の潜む場所を特定するためにも、六華宮の詳細な見取図を作成する必要がございます」

「見取図なら、宮廷に残ってるんじゃないの？」

凛舲の疑問に、明真は表情をひきしめた。

「これは、現在の通史から削除された項目ですが」

声を潜め、彼はそう前置きして話しはじめる。

「六華宮を造営させた象賢帝は、落成ののち、工事に当たった人夫を悉《ことごと》く処刑したと言われております。六華宮は国家の秘事に関わる場所だと、象賢帝は側近に打ち明けたとか。当時、後宮の建築や補修に当たったのは内官監《ないかんかん》と呼ばれる衙門《やくしょ》でしたが、紘鎖の乱で焼かれたため、六華宮の設計図はおろか、見取図一枚現存しておりません」

それればかりか、先々代の徳昌帝の御代まで、見取図の作成すら禁じられていたという。

「でもそれじゃ、宮殿を手入れしたり修繕する時に困るんじゃ……」

凛舲が呟《つぶや》くと、明真も首肯する。

「ええ。先の晃雅帝《こうがてい》の御代になって、さすがにそのような法は改められましたが、新たに見取図の作成や補修に当たった者が次々に事故死するなどの凶事が続いたため、象賢帝のご遺志に背いた報いではないかと噂する者もいたようです」

桐黎緑捜索のため、後宮に送り込んだ女官や宦官にも、明真は見取図の作成を命じていたが、果たされることはなかったらしい。

「それって、まさか……」

あの幽鬼のしわざかと凛舲は顔をこわばらせる。

「内侍省奚官局《けいかんきょく》で過去の記録を確かめてみましたが、徳昌帝の御代にも六華宮内部の清掃や修繕に当たっていた女官、宦官の中に失踪者や不審な死を遂げた者が見つかりました」

「そんなに昔から？」

凛舲が会った男は、どんなに若作りでも二十代より上には見えなかった。とはいえ、あの男が人ならざる存在だったのだとすれば、見た目などあてにはならないだろうが。

「……私が会ったのは、本当に幽鬼だと思う？」

声の震えを抑えながら、凛舲は問うた。無意識に喉元《のど》を押さえる凛舲を見つめ、明真は落ち着いた答えを返す。

「私はその者に遭遇したわけではございませんので何とも。ただ」

言葉を切り、明真は懐《ふところ》から手巾《しゅきん》を取り出した。畳まれたそれを慎重に広げてみせる。

何かと思ってのぞきこむと、丁寧に包まれていたのは萎《しお》れた花だった。

「これは？」

「賢妃さまがお怪我をされた日の朝、女官が房室で見つけたものです。おそらく、幽鬼に遭遇した時に服についたものでしょう」

凛舲は月光に照らされた奇妙な花苑《はなぞの》を思い出す。

「じゃあ、あの場所は実在している、というの」

「少なくとも花苑に関しては。見取図を作成すれば場所を特定できるはずです」

「でも、どこから様子をうかがっているかわからないわ。表立って測量なんかすれば、また襲われることになるんじゃないの」

　そのほうが好都合だとこの男は考えそうだと思っていると、明真はほほえんだ。

「おっしゃる通りです。さればこそ、賢妃さまのご協力が不可欠なのですよ」


「ここまであからさまなことをするなんて、呆れるわね」

　園林から翠嶂宮の門前まで戻ると、凜舲は不快感も露《あらわ》に言った。

「お褒めに預かり恐縮です」

　斜め後方に控えた明真が答えるのを聞いて、「褒めてないわよ」と思わずうなる。

　凜舲に与えられた房室は、四の殿舎、裏廊の最奥。桐婕妤が使っていた房室だった。

　賢妃ともなれば宮殿をまるごと与えられても不思議はない。宮殿の一角、しかも九嬪《ひん》より格式の劣《おと》る房室を与えられるなど本来はありえないことだ。

　しかし、凜舲の立場はあくまで桐黎緑が戻るまでのつなぎに過ぎない。失踪の直前まで彼女が使っていた房室を与えたのは、おそらく皇帝の意向も働いているのだろう。

「確かに私が使っている房室ならあなたも出入りできるし、調査も測量もし放題だものね」

　呟いた凜舲をたしなめるように、明真が低く口をひらく。

「賢妃さま。そういったお話はどうか、宮殿内ではお控えくださいますように」

　桐婕妤の捜索や見取図の作成、幽鬼にまつわる捜査のあれこれに関して、宮殿内で話をするのは避け、園林などの屋外でするとさきほど取り決めた。

窮屈だが、宮殿内ではどこに耳目があるかわからないのも確かだ。

翠嶂宮に入った凜舲たちを、九嬪の一人である姸充華《けんじゅうか》が出迎えに現れる。

これまでは凜舲が姸充華を敬う立場だったのに、一夜にして逆転したわけである。

賢妃となった凜舲の装いも、御妻《ぎょさい》の頃とは比べものにならないほど豪華になった。

宝髻に結いあげた髪は花釵《かさい》で飾られ、瑞花文《ずいかもん》の入った襦《うわぎ》の襟元には水晶の項鏈《くびかざり》が光っている。歩くたび、翠微色《すいびしょく》の長裙《ちょうくん》が揺れるさまは樹林のざわめきにも似て、ふわりとまといつく帔帛《ひはく》は霊峰をただよう雲海のように見えた。

「そのような装いをなされますと、ますます桐婕妤に似ておいでになりますね」

姸充華は凜舲の姿を見ると、感嘆のため息をもらす。

桐黎緑はその名もあってか、翠を基調とした衣服をまとうことが多かったらしい。

檐廊《えんろう》を進む一行を、向かいの殿舎から妃嬪たちが息をつめて見守っていた。

驚いたように目をみはる顔が目立つのは、凜舲の姿があまりに桐黎緑に似ているから、というより、ものものしい気配をただよわせた屈強な方官を引き連れているためだろう。

妃嬪の中に菖佳《しょうか》や香雪《こうせつ》の姿もあったが、彼女らの表情は上級妃に対する礼にかためられ、御妻だった頃の親しみは微塵《みじん》も感じられない。もう二度と、以前のように話すことはできないかもしれないと思うと、棘《とげ》が刺さったように胸が痛んだ。

交叉路《こうさ》にさしかかると、先に立った姸充華が立ち止まる。

「賢妃さまの房室は、こちらの廊の先にございます。本来なら、賢妃さまには表廊の房室をお使いいただくべきなのですが」

妍充華が困惑したように告げるのは、その房室を今、彼女が使っているからだ。

「私の立場はあくまで一時的なもの。どうぞお気になさいませんよう」

居たたまれない様子の妍充華に凛舲は告げた。妍充華には、婦学の授業でも心を砕いてもらっている。できれば、あまり負担に感じてほしくはない。

房室への案内を終えて妍充華が帰っていくと、明真は感心したように声をもらした。

「それにしても、噂には聞いていたものの、後宮建築の特異さは想像以上ですね。私もさまざまな建築物を見てまいりましたが、このような宮殿は見たことがございません」

昨日は着任したばかりで落ち着いて観察する暇がなかったせいだろう。ここへ来るまでの明真は、凛舲の目にも物珍しげに周囲を観察しているように見えた。

「特にあの、六面十二叉に分かれた交叉路は見事でございました。あれでは、賢妃さまでなくとも毎日のように迷子が出てもおかしくないのではありませんか」

さりげなく失礼なことを言う明真に、むっとしつつ凛舲は答える。

「梁《はり》にある彩陶画を目印にすれば、迷わなくてすむようになってるのよ」

一の殿舎は『鳳翔記《ほうしょうき》』、二の殿舎は『桃李古雅《とうりこが》』、三の殿舎は『梅宮春《せんきゆうしゆん》』、四の殿舎は『紅涙伝《こうるいでん》』、五の殿舎は『仙境夢話《せんきようむわ》』、六の殿舎が『錦繍録《きんしゆうろく》』。

記憶を照らし合わせながら指折り数え、古典にちなんだ各殿舎の装飾と、彩陶画の話を聞かせると、明真は興味深そうな顔をした。

「なるほど、そのような見分け方があるのですか。これは良いことを聞いた。柱などの装飾にも工夫が凝《こ》らされておりますし、ぜひじっくり鑑賞させていただきたいものです」

明真が柱の装飾に手を伸ばしそうになっていたのを思い出し、凛舲は釘《くぎ》を刺した。

「いちおう言っておくけれど、宮殿の装飾は紘鎖の乱をくぐりぬけた貴重なものだから、妄《みだ》りに手を触れるとただじゃすまないわよ」

日常的に手に触れる部分ならともかく、柱や梁の彫刻はどれも繊細で、掃除役の宮女などは刷毛《はけ》を使っているほどなのだ。

「交叉路の柱にあった生けるがごとき仙女の像、あれは象賢帝の御代に活躍した彫刻師の作と見たのですが……そうですか。触れないのですか」

「あなた、本当に俄仙丸を飲んでるのよね？」

無念をこらえる様子に一抹《いちまつ》の不安を感じ、凛舲が問うと、明真は心外そうに答えた。

「飲んでおりますとも。これは疚《やま》しい理由などではなく、あくまで彫刻師の絶技に対する敬意と関心にございますので」

そこはかとない煩悩《ぼんのう》を感じるが、気のせいだということにしておこう。

「まあいいわ。まずは陛下からいただいた房室をゆっくり拝見することにしましょう」

「では、方官たちにも警備の手抜かりがないよう、検《あらた》めさせます」

室内に視線を向けて凛舲が言うと、すかさず明真は部下たちに指示を下す。

今は宮殿の装飾にこだわっている場合ではない。凛舲がここを賜《たまわ》ったのは、桐婕妤が消えた房室と、隠し扉のあった庭院《なかにわ》を心ゆくまで調べるためなのだから。

与えられた房室は、檐廊に面した居間から奥に向かって細長く、書斎と寝房とが奥へと続き、三つの区画に分かれていた。それぞれの区画は薄い板壁で区切られているものの、扉などはなく、開口部が屏風《ついたて》や囲屏で遮られているだけだ。

来客を迎える目的もあるためか、手前の居間がもっとも広く、調度類も多かった。

桐黎緑が使っていた私物は六尚で保管されているそうだが、家具はすべて失踪時のまま残されている。置かれた角櫃《タンス》や博古架《かざりだな》などの細工に麗《うるわ》しい女人の装飾が多いのは、この殿舎が『紅涙伝』にちなんでいるからだろう。

凛舲は居間から書斎へと足を踏み入れた。

窓のそばには書案《つくえ》が置かれ、蠟燭《ろうそく》をさした燈台《とうだい》や、今は空になった書棚などもある。居間にもうひとつ大ぶりの書棚があったのは、多くの書物に親しんでいた名残《なごり》か。

「窓は思ったより高い位置にあるのね」

殿舎の端に位置する房室には、居間、書斎、寝房すべてに花窓が設けられていた。宮殿を囲む墻《かき》はかなりの高さがあるからか、明かり取りの役割を果たす窓も、凛舲の目の高さより上の位置にくり抜かれている。

「私が立ってようやく外がのぞけるといったところでしょうか」

窓に向かった明真は男性でも長身なほうだ。桐婕妤は明真より小柄であろうし、たとえよじのぼったとしても、嵌《は》め殺しの窓から外に出るのは不可能だろう。

壁や調度類の陰など、丹念に調べる明真を残し、凛舲は隣の寝房に移った。

こちらの壁際には帷帳《いちょう》でかこまれた牀《しんだい》があり、身支度を整えるための衣装櫃《びつ》や姿見、手《て》水《みず》盆のある盆《ぼん》架《か》などが置かれている。

壁を叩いたりさりげなく床を踏み鳴らしたりして、気になる場所を調べてみたものの、幽瞑《ゆうめい》に遭遇した時のように隠し通路の扉が開くようなことはなかった。

「どうかしら」

ひととおり室内の確認がすむと、凛舲は明真に尋ねた。

「さしあたり、不審物などはございませんでした」

明真の表情からは、本当に手がかりが発見できなかったかどうかは読み取れない。

「賢妃とおなりあそばしたからには、ほかの上級妃のみなさまにもご挨拶《あいさつ》を申し上げてはいかがかと存じますが」

房室の調べがすめば、いよいよ後宮内の調査に踏み出すということだろう。

六華宮の見取図を作成するためにも、できるだけ各所を訪れてほしいと言われている。

誰から訪問するかと問われた凛舲は少し考えて、口をひらいた。

「そうね。お聞きしたいこともあるし、まずは荘徳妃さまのところにうかがいましょう」

「して、わらわに聞きたいことというのは何か？」

堂観《てら》を思わせる客庁《きやくま》で巨大な玄黄図《げんこうず》を背に、玉色の装いにかためた荘徳妃が問う。

太白宮《たいはくきゆう》を訪れた凛舲を、荘徳妃は賢妃として丁重に迎え、方官の同伴も許した。

最初の時のように奇妙な舞が始まったり、六華宮に災いをなすものだと罵倒《ばとう》されるのではと身構えていたが、予想に反して荘徳妃の態度は友好的だった。

「このような質問をすることは不躾ではございますが」

賢妃となったことを祝われた後では聞きにくいが、凛舲が明真の意を受けて後宮に送り込まれたことは、荘徳妃にも知られている。今さら態度を取り繕《つくろ》っても仕方がない。

「桐婕妤がお姿を消される前、荘徳妃と口論を交わされたというのはまことでしょうか」

凛舲の問いかけに居並ぶ妃嬪たちがざわめき、荘徳妃のまなざしがすっと細くなった。

獲物を狙う蛇《へび》のまなざしで凛舲を見つめ、凍えるような声で返す。

「ほう？　一体どこの誰にそのような話を聞いたのかえ？」

わずかな動揺も見逃さぬような荘徳妃の眼力に、凛舲は表情を揺るがさないよう全力でこらえた。同席する妃嬪の中には香雪の姿もあるが、視線を向けるわけにはいかない。

「おそれながら、私の入れ知恵にございます」

口をひらきかけた凛舲を遮るように声を発したのは、傍《かたわ》らに控える明真だった。

「そなたか、応中大夫《ちゆうたいふ》」

凛舲から視線を移した荘徳妃に、明真は拝跪の姿勢で返答する。

「陛下より桐婕妤失踪の調査を任されたため、たびたび後宮に人を送り、内情を探らせておりました。後宮に巣食う幽鬼の存在は看過《かんか》できませぬが、桐婕妤みずからお姿をお隠しになった可能性も未だ捨てきれません。そして、後宮で囁《ささや》かれる噂の中には、荘徳妃さまと桐婕妤の口論に関するものがございましたゆえ、真偽のほどをお尋ねいたしたく、絳賢妃さまにお願い申し上げた次第にございます」

とっさの出まかせも、これほど滔々と流れ出るなら才能というべきか。

助け船を出されたありがたみより、同じ調子で自分も騙《だま》されている可能性を思って危機感を覚えていると、荘徳妃は胡乱げに笑った。

「ふん。御史台《ぎょしだい》の俊英であったそなたが、尚書省の大物を釣り上げようとして左遷《させん》された話は聞いておるぞ。濫州から呼び戻された後も、こそこそと陰で動き回っておると思うたが、あいかわらず、姑息《こそく》な知恵にばかり長《た》けているようだの」

「お褒めにあずかり光栄に存じます」

ふてぶてしい態度に「褒めてはおらぬ」と荘徳妃はそっぽを向くと、嫌味の通じぬ相手に興がそがれた様子で言う。

「桐婕妤との間で言葉を交わしたことは認めよう。考えの違いから、言葉に熱がこもったのも確かかもしれぬ。しかし、わらわは事実を事実として口にしたのみ。桐婕妤がそれをどうとらえたにせよ、わらわに責があるような言われようは迷惑にもほどがある」

「徳妃さまに恥じるところがないのであれば、桐婕妤との間で交わされたお言葉がどのようなものだったのか、参考までにお聞かせ願えませんでしょうか」

間を置かず食い下がった明真に、荘徳妃のそばに控える妃の一人が声を放った。

「なんと無礼な！　身のほどをわきまえよ！」

「よい。話したところで痛くもかゆくもないわ」

荘徳妃は鷹揚《おうよう》なしぐさでそれを止めると、明真に向き直る。

「桐婕妤が女官から妃へと取り立てられたことで、嫌がらせを受けていたことはそなたも知っておろう。わらわに仕える下級妃が、その不始末に加わっていたらしくてな。わらわからも、しかと仕置きを加えねばと思っていたところ、どういうわけか桐婕妤本人から、穏便に済ませてほしいと申し入れがあったのよ」

「桐婕妤はなぜ、嫌がらせの犯人を庇《かば》うようなまねをされたのでしょうか」

「その者が、心ならずも悪事に加担したと考えたようだな。わらわの託宣により、桐婕妤を妃にふさわしくないと判断した者たちが、動いた結果に過ぎぬと」

荘徳妃は桐婕妤が妃に迎えられたおり、例のごとく託宣を下ろしたという。おそらく、凛舲の時と同じように、「後宮に災いをなす存在だ」などと脅しつけたのだろう。

「新しい妃が後宮に入るたび、わらわの下す託宣が混乱をもたらしているのではないかと、遠まわしに非難する口ぶりだったゆえ、わらわも少しばかり熱くなってしもうてな」

屈辱だと言いたげに、荘徳妃はため息をついた。

「では、徳妃さまに混乱を助長する意図はなかったと？」

「当然であろう。わらわがいずれ皇后となることは、天より定められておる。新しい妃が幾人やってこようと、また陛下が一時の気の迷いで誰を寵愛しようと、わらわにとっては些末なこと。……だが、わらわの与《あずか》り知らぬところで下級妃が桐婕妤を排除しようとしたのであれば、その者を動かしたのは天の意志であろうと言うてやったわ」

勝ち誇ったような笑みをうかべる荘徳妃に、気がつくと凛舲は声を発していた。

「徳妃さまが本当に過去や未来を見ることがおできになるとしても、予言や託宣によって人の心を縛るのは、はたして正しいことでしょうか」

凛舲が発言すると思わなかったのか、明真が意外そうに目をみはり、荘徳妃は顔をこわばらせる。しかし、顔色が変わったのは一瞬で、荘徳妃は興味深げに凛舲を見つめた。

「顔が似ていれば思考も似ると見える。桐婕妤もそなたと同じことを口にしておったぞ」

天の定めなどというものが実在するのかはわからない。けれど、荘徳妃がそれを公言して憚《はばか》らなければ、彼女に仕える者が託宣を真実とするために動くことは予想できる。

香雪のように心ならずも悪事をはたらく妃を見て、桐婕妤も胸を痛めたのだろう。

そう思うと、不思議と彼女の存在が身近に感じられた。

「徳妃さまは何とお答えになったのですか」

「託宣は絵空事ではない。わらわは天より降りてきた直感と、明白な事実を口にしているまでよ。そもそも、罪人の一族たる元女官が陛下の妃となるなど、思い上がりも甚《はなは》だしい。陛下の閨《ねや》に侍《はべ》るため、いくつ嘘《うそ》を重ねたのかと申したら、顔色をなくしておった」

荘徳妃は顎《あご》をそらすように一息に言い放ち、少し気まずげに目をそらす。

「もっとも、最後はわらわも言葉がすぎたと思い、桐婕妤に詫《わ》びた。桐婕妤もわらわの謝罪を受け入れたが、ひどく消沈した様子であったことは認めよう」

　やり取りはそれがすべてだと言った荘徳妃に、凛舲は疑問を口にした。

「罪人の一族というのは、どういうことですか」

「隣に応中大夫がおるというのに、そなた、何も知らぬのか」

　荘徳妃は怪訝《けげん》そうな様子で明真を見やったものの、自ら凛舲に答えてよこす。

「桐黎緑は徳昌帝の御代に謀反《むほん》の疑いをかけられ、処刑された桐一族の生き残りよ。そのような者を陛下の妃に推薦するなど、孟貴妃も何を考えておるのか。わらわを疑うくらいなら、真っ先に孟貴妃をこそ問い質《ただ》すべきであろう」

　荘徳妃は言うと、用が済んだならさっさと往ね、とばかりに退出をうながしたのだった。


「どういうことなの」

　太白宮を出た凛舲は、傍らを歩く明真に尋ねた。

　高位の妃は輿《こし》や輦《れん》に乗って移動するものらしいが、三妃筆頭の孟貴妃からして格式ばった行動を嫌うせいか、あるいは担ぎ手たる宦官が少ないせいか、六華宮では見かけない。

　翠嶂宮ではなかなか密談はできないから、歩きながら話ができるのはありがたかった。

「桐婕妤が元罪人の桐一族の出だというお話ですか？」

白々しいほど落ち着いた声で問い返され、「他に何があるの」と凛舲はにらむ。

「荘徳妃のお話はまことにございますよ。名門の桐一族は謀反の疑いをかけられ、男子はすべて処刑されましたが、桐婕妤は女子であり、当時はまだ年端も行かぬ幼児だったため、婢《はしため》として後宮に送られたと聞き及んでおります」

処刑された罪人の遺族が奴婢《ぬひ》とされることは永晶国《えいしょうこく》では一般的だが、名家の一族となると、美貌や才覚を買われて後宮の妃嬪や女官候補になることが多いのだという。

「桐婕妤は母君と共に後宮に入ってきたと記録にはございますが、母君は紘鎖の乱の折に落命したため、後には桐婕妤お一人が残されたようです」

「なら、桐婕妤は紘鎖の乱の時に後宮にいたのね……」

桐黎緑の年齢は二十二だと聞くが、そんなに幼い頃から後宮にいたとは知らなかった。

「でも、それが本当だとしたら、荘徳妃のおっしゃるように、どうして桐婕妤は妃嬪の地位に昇ることができたのかしら」

「桐一族の汚名は、先の晃雅帝の御代に冤罪《えんざい》であったとして雪《そそ》がれております。桐氏は名家でございましたので、一族の名誉が回復されれば妃嬪となることに支障はございませんし、何より、孟貴妃さまの強い後押しで叶ったとか」

真っ先に孟貴妃をこそ問い質すべき、という荘徳妃の捨て台詞《ぜりふ》を思い出し、考え込んでいると、明真がほがらかにほほえんだ。

「次にご挨拶に伺うお方が決まったようで、何よりです」

その言葉に、孟貴妃の苛酷な鍛錬と筋肉痛がよみがえり、無意識に顔がひきつる。

できれば後回しにしたいところだと思いつつ、凛舲は話題をそらした。

「それはそうと、六華宮の測量は進んでいるの？」

「歩測や目測によるものですので正確な計算とはまいりませんが、おおよその全体像と、各宮殿の構造はつかめました」

「え、もう⁉」

時間がかかるだろうと思っていた凛舲は目をむいた。

凛舲が方官を伴って歩き回ったのは、いまだ翠嶂宮と太白宮の一部だけだ。

「各宮殿の構造はほぼ同じですから、さほど難しいことではございません」

明真はこともなげに言って、手のひらに図を描くしぐさをしながら説明する。

「六華宮の外周をめぐる御道《ぎょどう》は真円状で、六つの宮殿を区切る墻も同じく円環をなしております。御道の内側には、六つの宮殿が均等に配置されておりますゆえ、翠嶂宮ひとつの構造と面積がわかれば、全体図は自ずと導き出せるのですよ」

単純な算術だと言われたが、算術の心得がない凛舲には何のことやらわからない。

「ええと……大きなお盆に全部同じ大きさの包子《パオズ》の皮をきっちり並べたら、皮ひとつの大きさと枚数を調べるだけでお盆全体の大きさもわかるとか、そういうことなのかしら」

わからないなりに例えを使って理解を試みると、明真は目をみはる。

「左様でございます。のみこみが早くていらっしゃる」

「あなたが言うと、ものすごい嫌味に聞こえるわ」

馬鹿《ばか》にされているのかと疑いつつ、凛舲は言った。

「つまり、この六華宮は迷宮というほど複雑な造りをしていないということ？」

「いえ。構造を把握しやすいということと、迷いにくいということは同じではございません。特にあの、中央から各殿舎に伸びる交叉路。賢妃さまに見分け方をうかがいましたが、あれは慣れた者でなければ混乱は必至でしょう」

ならば、四六時中迷っていたのもさほど不名誉ではないわけかと少しほっとする。

「桐婕妤の使っていた房室についてはどう？　不審物はなかったと言っていたけれど、私が転がり込んだ壁も調べたのでしょう？」

「そちらは、残念ながら成果が得られておりません」

方官たちに房室とその周辺を確認させたさい、庭院側の殿舎の壁も調べたが、隠し通路の入口や扉の類は見つからなかったという。ただ、と明真はかたい顔で続けた。

「庭院側の壁面、そして、房室内の窓側の壁面には、空洞がある可能性がございます」

扉は発見できずとも、凛舲が迷い込んだ壁の内部に、通路が隠されていることは間違いないようだ。その報告に、凛舲は顔色を変えた。

「じゃあ、やっぱり桐婕妤は房室にいた時に攫われたってこと？」

菖佳の話は本当だったのかと思ったとたん、月下の花苑で遭遇した白髪の男の美貌が脳裏に浮かび、冷水を浴びたように体が冷える。

「おそらく、何らかの手段で壁の内部から扉を開くことができるのだと思われます。確証はございませんが、幽鬼が隠し通路の先に潜んでいたとすれば……」

あの男はいつでも自在に隠し通路から姿を現すことができるのではないか。

恐ろしい予測に、凛舲は明真につかみかからんばかりに詰め寄った。

「よりによってそんな場所で、私に毎晩寝起きしろと言うの⁉」

それではまるで、生餌《いきえ》として猛獣の檻《おり》で生活するようなものではないか。囮にされることは考えたが、容赦《ようしゃ》がないにもほどがある。

「ですから、私か部下を不寝番として控えさせていただきたいと申し上げたのです」

明真は凛舲の剣幕に息をつき、そう答える。

翠嶂宮を出る前、確かに、寝房内か隣の書斎に方官を常駐させてほしいと言われた。寝ている間まで方官が張り付いている状況はさすがに息が詰まると、夜間はせめて女官か侍女に代わってもらおうとしたのだが、明真は難色を示したのである。

「窓のある壁面を塗り込めるなどして塞ぐことも考えましたが、こちらが過剰な反応を示せば、隠し通路の奥に潜む幽鬼を刺激し、警戒心を起こさせる可能性がございます」

桐婕妤が囚《とら》われているなら、幽鬼をおびき出し、捕縛せねばならない。

「だからって……」

明真や方官たちに四六時中囲まれて過ごすのは息苦しいが、得体の知れない幽鬼がいつ現れるかもわからない状況で、無防備に暮らすのはもっといやだ。

究極の選択を迫られた凛舲は、脂《あぶら》汗が出そうなほど熟考し、やがて結論を絞り出した。

「わかっ……たわ。でも本当に、私の安全は保障してくれるのよね」

「もちろんでございます。私の一命に代えましても、賢妃さまをお守りいたしましょう」

明真は力強く請け合うものの、先刻、荘徳妃を前に披露した弁舌《べんぜつ》を思い返すに、どこまで信用できるか怪しいものである。

「そもそも、あなたは護衛役だと言うけれど、文官ではないの？」

背丈はともかく、明真の体格はどちらかといえば細身なほうである。はたして、いざという時にこの男で頼りになるのかと疑惑のまなざしを向けると、明真はほほえんだ。

「私に護衛役がつとまるかどうか、機会があれば賢妃さまにもお確かめいただきましょう」


その機会は思ったよりも早くに訪れた。

孟貴妃に挨拶のため訪問したいと申し入れると、翌日弓射場へと招かれたのである。

「おお！　五十本中七本も的に当たったではないか」

的の端すれすれに刺さった凛舲の矢を見て孟貴妃が声をあげる。

「はあ……どうも………」

凛舲は礼を言う気力もなく、ぎこちなく構えをといて息を切らせた。

もはや腕はろくに言うこともきかず、弓を持っているのもつらいほどである。

よろける姿を見かね、孟貴妃の侍女が出してくれた交椅《おりたたみいす》にありがたく座り込んだ。

「前回よりも上達しているぞ。そなた、本当に弓射の才があるのではないか？」

「ご……冗談を……」

こんなにへろへろになっているというのに、才も何もあったものではない。ぐったりしている凛舲をよそに、孟貴妃は涼しい顔で水を飲み、見守っていた明真を振り返る。

「どうだ、絳賢妃の弓射の腕前は。なかなか見事だと思わぬか？」

「感服いたしました。孟貴妃さまのご指導の賜物でございましょう」

拱手で答える明真は如才ない。

食えない奴めと言いたげに孟貴妃はふんと息を吐き、凛舲に視線を向けた。

「絳賢妃。そなた、黎緑について私に聞きたいことがたんとあるのだろう」

まっすぐ向けられた問いに、いやな予感を覚えつつうなずく。

「はい」

「私は腹のさぐりあいや優雅な談笑は苦手でな。目的があるなら、それ相応の覚悟を見せてもらいたい。そなたが私を納得させられたなら、どのような質問にも答えよう」

「覚悟……と仰いますと」

何をさせられるのだろうと戦々恐々《せんせんきょうきょう》としながら唾《つば》をのんだ凛舲に、孟貴妃は笑う。

「なに。大したことではない。そなたの手にしている弓で、的の中心を射抜いてみよ」

いくらなんでも無茶な要求に凛舲は凍りついた。

昨日今日始めたばかりで、今しがた五十本打っただけで腕がちぎれそうになっていると
いうのに、的の中心を射るなんて芸当ができるわけがない。

「な、何日か、お時間をいただけるのであれば……」

何日鍛錬したところでできる気はしないが、今ここでできませんと言えばそれで終《しま》いだ。

姑息な時間稼ぎを試みた凛舲に、孟貴妃は考えるそぶりを見せた。

「確かに、今のそなたでは難しいだろうな」

そんなことを呟き、おもむろに首をめぐらせる。

「だが、そこのニセ宦官ならば的の中心を射抜くくらい造作もなかろう」

狙いを定めた猛獣のような視線の先には、明真の姿があった。

「まことにおそれながら、私はニセ宦官などではございません」

「ああ、俄《にわ》か仙人気取りの方官どのだったな。賢妃の護衛をかねて随従《ずいじゅう》しているのなら、
武具の扱いくらいはわきまえているのではないか？」

「私めはあくまで賢妃さまの相談役という立場にございますれば」

「謙遜《けんそん》するな。かつては陛下と肩を並べて武伎《ぶぎ》を学び、先の晃雅帝から直々に手ほどきも
受けたことがあると聞いているぞ」

意外な言葉に凛舲は思わず明真の顔を見たが、彼は目を伏せたまま何も言わない。

「未だ騒乱の絶えぬ濫州に派遣されたのも、賊徒《ぞくと》を退《しりぞ》ける技倆《ぎりょう》を見込まれたためだとか。

鳴り物入りで後宮に乗り込んできたからには、ぜひともその腕前を示してほしい」

孟貴妃の言葉を聞いて、凜舲は悟った。

彼女の狙いははじめから凜舲などではなく、明真の方だったのだ。

ここは止めに入るべきだろうかと目をやるが、当の明真は落ち着き払っている。

「ご心配には及びません。どうか孟貴妃さまの申し出を受けよとお命じください」

真っ向から挑戦を受ける姿勢はよほどの自信の表れか。そこまで言うならどうなっても知らないと、なかば自棄《やけ》になりながら凜舲は口をひらいた。

「では明真。存分にやっておしまいなさい！」

指を突きつけてけしかけると、不意をくらったように孟貴妃がぶっと噴き出した。

どうかしたかとあわてて見れば、明真も拝命の姿勢のまま肩を震わせている。

こんな時にどんな言葉がふさわしいかわからなかったから、京師《みやこ》で見かけた旅芸人の口上をまねてみたのだが、大いに間違っていたらしい。

「存分にやるならば、それなりのものが必要だろう」

凜舲の言葉を挑発と受け取ったのか、孟貴妃は不敵に笑うと、おもむろに朱塗りの彤弓《とうきゅう》を差し出した。進み出て受け取った明真は、弓力を確かめるように構えを取って弦を引く。

「なかなかの強弓でございますね」

明真がわずかに顔をしかめたのも無理はない。孟貴妃が渡したのは、彼女自身さえ手に余ると評したしろものだったからである。

「そなたならば楽に引けよう。的はあれを狙うがいい」

明真の反応を気にするそぶりもなく、孟貴妃は隣の射圃《しゃほ》に置かれた的を示す。

視線の先にあるのは凜舲が狙っていた近的ではなく、百歩ほども先にある遠的だった。

「そ……っ」

それでは話が違うと思ったが、明真に目顔で制され、凜舲は口をつぐむ。

存分にやっておしまいと言い放ったのだから、黙って見ていろということなのだろう。

「矢は望むだけ使うがいい」

孟貴妃が言うと、明真は冷静に矢筒から一本を選び、拝領した。

「一度で充分と申すか」

眉を寄せた孟貴妃に、明真は答える。

「孟貴妃さまの貴重な刻を、私のために無駄にするわけにはまいりません」

自ら退路を断つ言動にはらはらしながら、凜舲は決《ゆがけ》をつける明真を見守った。

多少は武芸の心得があるようだが、あんな大言を吐いて、外したらどうするつもりなのか。孟貴妃をとりまく侍女たちも同じことを思っているようで、明真に向けられたまなざしは刺すようにとげとげしい。

凜舲の心配をよそに、射位に立つ明真の表情は凪《な》いだ水面《みなも》のように静かだった。

身幅ほどに開いた足も、的を見据える瞳も微塵も気負うところはなく、自然そのものだ。

弓手を高く差し上げて弦を引き絞り、狙いを定める姿は一片の揺るぎもない。

放箭《ほうせん》の刹那《せつな》、一迅《いちじん》の風に似た弦音が、飄《びょう》、と強く、耳を打った。

音が消えたような静寂の中、明真が放った矢は吸い込まれるように的の中心を射抜く。

かすかに聞こえた深いため息は、誰のものだったのか。

身じろぎもできずにいた凛舲は、孟貴妃の声で我に返った。

「見事だ」

孟貴妃の称賛に明真は弓を返し、恭しく礼を取る。

侮りに満ちていた侍女たちの表情も、その一言で感嘆へと変わった。

手のひらを返した白々しさより、新兵が将軍に力量を認められたような空気を感じ、これはある種の通過儀礼だったのだろうかと凛舲は考える。およそ後宮に似つかわしくない、漢気《おとこぎ》あふれた儀式だが、それで気がすんだのか、屈託のない表情で孟貴妃は言った。

「約束どおり、そなたたちの質問に何なりと答えてやる」


弓射場を後にした孟貴妃は、凛舲たちを連れ、木立の間を縫って進んでいた。

行く手に見えるのは、樹々の間に屹立《きつりつ》する高い塔だ。

「あれは、虚塔《きょとう》？」

凛舲が思わず呟くと、孟貴妃はにやりと笑った。

「さすがは後宮の迷姫だ。よく知っている」

確かに迷子になった時に見つけた場所ではあるが、それよりも。

「迷姫とはどういう意味です？」

「そなたが後宮に入って以来、道に迷わぬ日はなかったと聞いたのでな」

孟貴妃の言に、そんなに毎日迷っていたのかと言いたげな明真の視線が突き刺さる。

迷いたくて迷っていたわけではないのだから、あまり見ないでほしい。

「巷《ちまた》で迷娘と呼ばれていたのなら、ここではさしずめ迷姫かと思ったまでだ」

なかなかの命名だろう、と得意げに言って、孟貴妃は巨木の陰で立ち止まる。

聳《そび》え立つ虚塔とその入口を見つめると、孟貴妃はゆっくりと話しはじめた。

「私はここで、黎緑に会った」

後宮が開かれて間もなくの頃、孟貴妃は早々に後宮での暮らしに嫌気がさしていた。

広い草原も雄大な山並みも見えない。美しくはあるが狭く区切られた宮殿では馬を駆ることも叶わず、寂れた雑木林を散策することで無聊《ぶりょう》を慰《なぐさ》める毎日だった。

そんなある日、彼女は虚塔の前で一心に祈る女官を見つけたのだ。

身にまとう緑衣は位の低い女官のものだったが、その横顔は息をのむほど美しく、伏せた睫毛《まつげ》の先で涙の雫《しずく》が光り、肩を震わせる姿はさながら一幅《いっぷく》の画のようだったという。

その時、凛舲の傍らで話を聞いていた明真が、何か気になった様子で巨木を仰いだ。

どうかしたのかと思ったが、話の腰を折る気にはなれず、凛舲は沈黙を保つ。

「なぜ泣いているのかと私が尋ねると、黎緑は言った。後宮から出ることもなく、日の目を見ずに死んでいった妃たちを思うと涙があふれるのだと」

　孟貴妃は虚塔を見つめたまま話を続ける。

　後宮は長らく閉ざされ、再び開かれたのは最近のことだ。見たところ二十代の女官がなぜ昔の妃嬪たちの死をそれほど悼《いた》むことがあるのだろうと思っていると、桐黎緑は言った。

「自分は幼い頃に下働きとして後宮に入り、紘鎖の乱に遭ったのだと。徳昌帝の妃嬪や女官たちは、逆賊の慰みものとして多くが殺された。その中には自分に目をかけてくれていた女官や妃もいたから、彼女たちを思うと涙があふれてくるのだと言っていた」

　叛乱軍の脅迫によって、徳昌帝が宮城を捨てて落ちのびたため、後宮に残された皇后や妃嬪たちは軍勢に蹂躙《じゅうりん》されることになった。そこで何が起きたのか、どれほどの地獄《じごく》があったのかはつまびらかになっていないが、幼い彼女の心に落とした影は、はかり知れない。

「さぞおつらい目に遭われたのでしょうね」

「ああ。逆賊が後宮に踏み込んだ時はまだ幼かったこともあって、六尚の隅《すみ》に身を潜めていて難を逃れたそうだが、当時のことはほとんど話そうとしなかったな」

　その時の出会いを契機に、孟貴妃はたびたび桐黎緑と遭遇することになったという。

「どういうわけか、後宮を脱走しようとするたび、止めにやってくるんだ。あいつは」

「だ、脱走⁉」

　凛舲ばかりか明真までもがぎょっとすると、孟貴妃はいたずらめいた笑みをうかべる。

「そう驚くな。何しろあまりに退屈でどうにかなりそうだったんだから。実を言うと、侍女を振り切って雑木林を歩き回っていたのも、どこかに脱出する場所がないか探し回っていたからでな。このあたりの大木に登って虚塔の屋根に飛び移り、虚塔から外壁伝いに外に出られるのではないかと思っていたら、黎緑に会ったというわけだ」

「……なるほど。桐婕妤を見かけたのは、実際にはこの樹の上だったわけですね」

「よくわかったな」

孟貴妃が感心すると、巨木を見上げていた明真は、虚塔へ視線を向ける。

「虚塔に供物を捧げて祈っていても、この場所からでは背中しか見えません。この樹の太い枝の上から身を乗り出しでもせぬ限り、涙を流す顔までは確認できかねますので」

先刻、巨木を見あげていたのはそのためだったようだ。

「私としては脱出などと大それた考えではなく、少しばかり外の風に当たり、気が晴れたら後宮に戻るつもりでいたのだがな。そんなことをすれば大罪に問われるし、私の身の周りに仕える者たちも咎《とが》を受け、死罪になりかねないと諭《さと》されて思い止まった」

さらには、後宮に不満があるのならより良い環境にするために改善を図るのが貴妃としての役割ではないかと諫言《かんげん》までされて、いたく反省したのだという。

「宦官の少ない後宮では、女官や宮女が腕力を必要とすることも多い。そこで、私なりに鍛錬の仕組みを取り入れようとあれこれ考え始めたら、とたんに後宮での暮らしが楽しくなってきてな。黎緑にもたびたび意見を求めるようになった」

美しくたおやかな外見と同様、はじめのうちは慎《つつし》み深い態度を保っていた黎緑だが、言葉を交わすにつれ、それだけではない芯の強さと聡明さに孟貴妃は気づいた。

侍女や取り巻きの妃がひるむほどの覇気《はき》にさらされても、物おじせずに意見を言う気丈さが気に入って、ある時、孟貴妃は侍女として自分に仕えるように申し出たのである。

「だがあいつめ、私が侍女として取り立てたいと言ったとたん、自分のような出自の者が侍女となるのは畏《おそ》れ多いと固辞するんだ。仕えてくれなければ今度こそ本当に脱走すると言ったら、ようやく承諾してくれたが……本当に大変だった」

その時のことを思い出したように孟貴妃はため息をつく。

「桐婕妤は、あまり出世を望まれる方ではなかったのでしょうか」

疑問にかられたように明真が口をひらくと、孟貴妃はうなずいた。

「ああ。晃雅帝の御代に桐一族の冤罪は晴れたのだが、桐家を再興させることもなく、黎緑は六尚の女官として後宮に残ったと聞く。掌職への昇格の話も何度かあったようだが、若輩の身に余ると言って、ずっと流外の女史に留まっていたらしい」

流外は官品に属さぬ身分であり、女史は女官のうちでも最下位となる。

女官の属する六尚では、掌・典・司などの役職名がつくほど高位となって責任が増す。

「それほど謙虚な方を妃嬪として推薦したのは、いかなる事情でございますか？」

明真の踏み込んだ質問にも顔色を変えず、孟貴妃はあっさりと答えを口にした。

「見てしまったからな。あの時、陛下のお顔を」

それは、皇帝が日中、後宮の孟貴妃を訪れた日のこと。桐黎緑が孟貴妃に仕えるようになってしばらくが過ぎ、朱桜宮《しゅおうきゅう》に皇帝を迎えた時、黎緑は孟貴妃の傍らに控えていた。

いつものように雑駁《ざっぱく》な態度で迎えた孟貴妃に皇帝は苦笑をうかべたが、何気なく向けられた視線が黎緑のもとで止まった時、何かが起きたことをはっきりと悟ったのだという。

「私は、色恋には疎《うと》いが……陛下のことは幼少の砌《みぎり》より存じ上げている。皇位を継ぐにあたり、どれほどの決意で臨まれたのかも、己を律する厳格さも。長い付き合いだが私は、陛下のあんなお顔を見たことがない」

感情をのせず、孟貴妃は淡々と続けたが、じっと虚塔を見つめる孟貴妃の眸《め》には、皇帝と桐黎緑の邂逅《かいこう》がありありと再現されているかのようだった。

「陛下は己に厳しい方だ。後宮に太古の礼法そのままの制度を再現して、夜の務めまでも制度どおりに律儀に果たそうとなされる。……だが、それではあまりに息苦しい。せめて一人だけでも、陛下が真に安らげる妃が必要なのではないかと思ったんだ」

幸い、というべきか。後宮には未だ妃嬪の数はすべて揃っておらず、世婦《せいふ》の一人として桐黎緑を召し上げてほしい、という孟貴妃の推薦は、ほどなく正式に受理された。

「……孟貴妃さまは、陛下と桐婕妤のお二人を取り持たれたのですか」

皇帝の心が別の妃に向けられることに、葛藤《かっとう》や嫉妬はなかったのだろうか。

凛鈴の言葉に、孟貴妃は苦さを飲み込んだような笑みをうかべた。

「私とて貴妃としての誇りはある。仲を取り持つつもりはなかったが、幼なじみとして、少しばかり背中を押したくなっただけなんだ」

己を戒《いまし》めている炫耀《げんよう》は、欲望のままに侍女を妃嬪に取り立てることなど絶対にしないだろうと孟貴妃は思った。だからこそ、恋心など知らぬ顔で桐黎緑を推す必要があったのだ。

「妃嬪となることを望まれていると聞いて、黎緑は動揺していたが……それでも私の侍女に取り立てる時にくらべれば素直に受け入れてくれた。まあ、世婦となった後も、進んで寵愛を得ようとはしていないようだったが」

そういう控えめで無欲な態度が皇帝としても好ましかったのだろうと孟貴妃は呟く。

「このような質問をすることをお許しいただきたいのですが」

明真が厳《おごそ》かな声で前置くと、孟貴妃は煩《わずら》わしそうに振り向いた。

「余計な気遣いは無用だ。何なりと答えるという約束は違《たが》えぬ」

「もし仮に、桐婕妤が自らの意志で後宮を去ったのだとしたら、その理由は妃嬪としてのお立場を苦にしてのことと思われますか」

明真をじっと見つめ、孟貴妃はしばらく何も言わなかった。

「わからぬ」

ぽつりともれた言葉はおそらく本音であったろう。

「……だが、進んで寵愛を得ようとしなくても、黎緑の陛下に対する赤心《せきしん》が偽《いつわ》りであったようには見えなかった。後宮を逃げ出すほどに妃としての立場を嫌っていたのなら、推薦する前に黎緑の気持ちを確かめた時、はっきり拒絶していたはずだ」

だからこそわからないと、孟貴妃は巨木の幹に爪を立てる。

「私から話せることはこれがすべてだ。黎緑を救うためにそなたらが後宮へ来たのなら、私からも頼みがある」

こちらを見据える孟貴妃の瞳の力強さに、凛舲は思わず姿勢を正した。

「どうか、黎緑を無事な姿で取り戻してほしい。陛下には、黎緑が必要なんだ」

貴妃としての威儀をかなぐり捨てたように、彼女は二人に頭を下げたのだった。


「孟貴妃さまと陛下は、ご幼少の頃からお付き合いがあったのね」

話を終えた孟貴妃が先に弓射場へと立ち去ると、凛舲は呟いた。

もの思う様子で孟貴妃の背中を見送っていた明真は、振り返ってうなずく。

「ええ。先帝が皇族のお一人であられた頃、領地であった剰州《じようしゆう》の州師を率いていたのが孟将軍だったとうかがっております。先帝と孟将軍は知友の仲でございましたから、今上《きんじよう》陛下と孟貴妃さまは、兄妹のようにお育ちになったと」

辺境に封じられた皇族とその腹心という関係もあり、父親同士がそうであったように、炫耀と孟貴妃も身分を隔てた付き合いがあったようだ。

「あなたも、陛下と肩を並べて武技を学んだと孟貴妃がおっしゃっていたけれど」

先刻の見事な弓射を思い出して凛舲が言うと、明真は気まずそうに下を向いた。

「私自身は孟貴妃さまと面識はございません。紘鎖の乱において、静晏から逃亡する途中で私を拾ってくださったのが、先帝直属の部将だったもので、陛下にお近づきになる機会に恵まれただけのこと」

彼が引き合わされたのは、元養父が先帝と面識があったせいではないかと言う。

「炫耀さまと年齢も近く、学業や武芸を競わせるために手頃だったこともあるのでしょう。私が試験を受けて官吏となるまでの間、炫耀さまのお側近くにお仕えしておりました」

ぽつりともれた皇帝の呼び名からも、距離の近さはうかがえる。

後宮という、皇帝にとって限りなく秘め事の多い場所で起きた事件の調査に、明真が選ばれた理由が凛舲にもようやくわかった気がした。

「あの方には数え切れぬほどの恩義がございます。返せぬまでも、せめて一助なりともお役に立つことができればと、このような方法で後宮にまかり越したのですが」

俄仙丸なる怪しげな薬物を使ってまで後宮に踏み込んできたのはよほどの覚悟だろう。幽鬼をおびき寄せる囮として後宮に放り込まれたことを、まだ赦《ゆる》す気にはなれないが、彼なりに譲れない理由があるのだと思うと、ささくれ立っていた思いが少しはやわらぐ。

「だったら、一刻も早く桐婕妤を見つけましょう」

凛舲は言うと、孟貴妃とは逆の方向に歩き出した。

「どちらへ行かれます」

とまどったように続く明真を振り返らず、凛舲は行く先を告げる。

「虚塔を調べるのよ。せっかくこんな近くに来たんだもの。絶好の機会だわ」

四　祝経と予言書

天高く聳《そび》える虚塔《きょとう》は黒い瓦《かわら》屋根が幾重にも重なり、堂観《てら》の伽藍《がらん》を彷彿《ほうふつ》とさせる。欄干《らんかん》が取り付けられた最上部は五階以上あるだろうか。あの高さからなら六華宮《ろっかきゅう》を一望のもとに眺めることができるだろう。

虚塔の格子戸《こうしど》の前には祭壇が設けられ、日々の供物や花などはそこに捧げられていた。凛舲《りんれい》は祭壇前に歩み寄り、万象道《ばんしょうどう》の定めに従って礼拝する。虚塔に眠っているという、代々の妃嬪《ひひん》の霊に周囲を騒がせることを詫《わ》びると、祭壇裏の格子戸へと回ってみた。

「やっぱり鍵がかかってるみたいね」

古びた格子戸には頑丈そうな冶金《やきん》製の錠が下りている。禁域というからには中には入れないのだろうと思っていると、明真《めいしん》はおもむろに金属製の鍵を取り出した。

「虚塔の内部を調べる必要があると思い、陛下に立ち入りの許可をいただきました」

ずいぶん手回しがいいと思ったが、虚塔のことを報告した時、幽鬼の噂《うわさ》があると書き添えたから、そのせいだろう。

「私が先に様子を確かめてまいりますので、賢妃《けんひ》さまはここでお待ちを」

方官《ほうがん》たちに周囲を見張るよう命じると、明真は鍵を開け、虚塔の奥へと入っていく。

「どう？」

「やはり人の出入りしている形跡はございませんね。ずいぶん埃《ほこり》がたまっている」

自分の目で確かめてみたくて格子戸のすき間からのぞき込んでいると、ひととおり安全を確かめた後で、明真は凛舲を招き入れた。

「念のため、壁のそばには近寄らぬよう。できるだけ私の歩いた場所をお通りください」

慎重な指示は、隠し通路や仕掛けがあることを警戒してのものだろう。

凛舲はこわごわ足元を確かめ、虚塔の中へと立ち入った。

明真の言ったとおり、ずっと締め切られていたせいか、中は少し黴《かび》臭い。

敷石の上には砂埃が降り積もり、明真の足跡がはっきりとわかった。

その足跡の上を踏みながら、凛舲は虚塔の奥へと歩《ほ》を進める。

「何もないのね」

正面の壁には万象道の玄黄図《げんこうず》が掲げられ、その下に主祭壇が設けられている。

しかし、がらんとした屋内には階上へ続く階段もなければ梯子《はしご》もなく、ぽっかりとした空間が広がっているだけだった。

見あげれば、最上部まで吹き抜けになっており、開口部は凛舲たちの入ってきた入口部分しかない。それでも薄暗さを感じないのは、最上部に窓があるせいだろう。

屋根付きの井戸の底から上を見たらこんな感じだろうかと、凛舲は呆気《あっけ》にとられた。

「口が開いておりますよ、賢妃さま」

明真に可笑《おか》しそうに指摘され、赤くなって口元を手で覆う。人が上を向くと口が半開きになるのはなぜだろうと埒《らち》もないことを思いつつ、凛舲はすまし顔で言った。

「どうしてこんな造りにしたのかしら。これじゃ最上階なんて、誰も登れないのに」

「さて。虚塔というのはこの構造からついた名なのやもしれませんな」

明真は興味深そうに呟《つぶや》き、壁をコツコツと叩いて仕掛けの有無を確かめている。

いっぽう凛舲は、見慣れない種類の玄黄図に興味を惹《ひ》かれてまじまじと見つめていた。

円が重なりあう図像を眺めていると、意識が引き込まれるような軽い眩暈《めまい》に襲われる。

思えば仙鏡堂《せんきょうどう》にいた時も、玄黄図を眺めていると酩酊《めいてい》したような感覚に陥《おちい》ることがあって、そのたびに腑《ふ》抜けているとか修行が足りぬと堂主の怒りを買ったものだ。

嫌な記憶に凛舲は身震いをして、改めて塔内をぐるりと見回す。

これほど奇妙な造りならば、どこかに上階へ行くための階段があってもよさそうなものだと視線をめぐらせながら歩いていると、ふいに何かに足を取られてつんのめった。

「あっ」

気を抜いた隙《すき》だったため、身構える暇もなく石造りの床に顔面がせまる。

「……っ！」

これはだめだと覚悟した衝撃は弱く、ぎゅっと瞑《つむ》っていた目をまばたいた。

気がつけば、凛舲の体はがっしりとした腕に抱えられ、床に転がっている。

視線をあげると間近には明真の顔があり、ぶつかる寸前に受け止められたと悟った。

「ありが……」

息がかかりそうな距離に戸惑いつつ礼を言いかけると、明真がきつく眉根を寄せる。

「ですから、私の歩いた後をお通りくださいと申し上げたのです！」

「ご、ごめんなさい」

耳元で叱咤《しった》され、凛舲は身をすくめた。

隠し階段がないかと探すのに夢中になって、足元が疎《おろそ》かになっていたと反省する。

「目と鼻の距離でも迷われるとは、油断も隙もない」

「今のは迷ったわけじゃないわ。足跡を踏むのを忘れただけよ」

むっとしながら反論したが、明真はひややかだ。

「それは屁理屈というものです。恐れ入りますが、先に起きていただいても？」

倒れ込んだ明真の上にのしかかるような姿勢になっていた凛舲は、その言葉にあわてて起き上がる。戎服《じゅうふく》を着たままでよかったとしみじみ思った。

「あなたは怪我《けが》はない？」

「ご心配なく。受け身を忘れるほど愚《おろ》かではございませんので」

明真は不機嫌そうに身を起こす。

可愛《かわい》げがない答えだが、自分の落ち度が原因かと思えば文句は言えない。

「すごい砂埃よ。払った方がいいわ」

せめてもの罪滅ぼしに、黒い袍《ほう》服についた砂を払ってやろうと手を伸ばした瞬間。

「触れるな！」

鋭い声で叱責を浴び、凛舲は凍りついた。

何事かと外にいた方官の一人が飛んでくると、明真は押し殺した声で彼に命じる。

「しばらく賢妃さまを頼む」

そう言い置くなり凛舲には一瞥《いちべつ》もくれず、格子戸を蹴破るように出て行ってしまった。

あまりの剣幕に立ちつくしていると、方官の絛達《じょうたつ》が気遣うように声をかけてくる。

「どうかお気にされませぬよう。あれは俄仙丸《がせんがん》の作用が強く出た時の反応です」

その言葉で、明真が孟貴妃《もうきひ》に説明した時の記憶がよみがえる。

女人が近くにいるだけで苦痛を感じると、確かに明真は言っていたではないか。

虚塔を飛び出して行く寸前、明真の額《ひたい》に脂《あぶら》汗がにじんでいたことを思い、何か気に障《さわ》ったのかと浅はかなことを考えた自分を恥じた。

「すごく苦しそうだったけど、本当に大丈夫なの？」

「適切な距離で接するぶんには、ご心配いただくほどのことではございません。しかし、過度に女人に密着したりお体に触れるようなことがあると、嘔吐《おうと》などの反応を起こすことがございますので、賢妃さまもどうか節度あるふるまいをお心がけください」

明真の副官をつとめる屈強な青年は、ほがらかな顔でとんでもないことを言う。

「嘔吐って……」

不可抗力とはいえ、実に気の毒なことをしてしまったと凛舲は心の底から反省した。

しばらくすれば落ち着くとのことだったので待つことにして、そういえばと塔の奥を振り返る。さきほど足を取られたものが何だったのか、今さらながらに気になったのだ。

絛達にことわって確かめようかと思った時、けたたましい声が外から聞こえてきた。

「そこで何をしておるかァ！　罰当たりども！」

激昂《げっこう》する老婆《ろうば》の声と、宥《なだ》めるような方官たちの声に凜舲は格子戸から顔を出す。

「あら。奶……じゃなくて、杏璘《きょうりん》？」

聞き覚えのある声だと思ったが、曲がった腰もなんのその、屈強な方官すらもたじろぐ勢いで食ってかかっているのはいつぞやの生き字引であった。

「ん？　そなた、あれほど釘《くぎ》を刺したというに、懲《こ》りずに潜り込みおったか！」

杏璘は凜舲を見るなり血相を変え、つかつかとものすごい勢いで詰め寄ってくる。

「いえ、これには事情があって……」

「控えよ老太婆《ばばあ》！　賢妃さまに向かってその口のきき方はなんだ」

凜舲との間に條達が割って入ると、杏璘はさらに頭に血がのぼった様子でまくしたてた。

「老太婆とは何じゃ年寄りに向かってェ！」

「年寄りならば老太婆で間違いなかろうが！」

逆上する杏璘に、條達も負けじと声を張るものだから、ますます空気は混沌《こんとん》とし始める。

「なんだ、この騒ぎは」

どうしたものかと困惑した時、呆《あき》れはてた声がその場を収めた。明真が戻るのを見て、條達は我に返り、方官たちもほっとした様子で控えの姿勢を取る。

「明真、具合はいいの？」

「はい。お見苦しいところをお目にかけて申し訳ございません」

とは言うものの、明真の顔色はまだすぐれない。回復を待つ暇もなく、揉《も》め事の気配を聞きつけて戻ってきたことは察しがついた。

「おまえは六尚の古株だな。こちらは先日、陛下より上級妃の位を賜《たまわ》った絳《こう》賢妃さまだ。無礼なふるまいは慎《つつし》むがいい」

じろりと明真が睨《ね》めつけると、杏璘は曲がった腰をさらに縮めるようにして礼を取る。もごもごと形ばかりの謝罪が口にされたものの、凛舲に向けられた胡乱《うろん》げな目は「この小娘が賢妃か」と言わんばかりだ。

これ以上、話がややこしくなっては困ると、凛舲は杏璘に向き直った。

「杏璘。あなたが大切に守っている場所に勝手に踏み込んだりしてごめんなさい。桐婕妤《とうしょうよ》の行方を知るために、ここを調べる必要があったの。陛下の許可はいただいているけど、あなたにも声をかけるべきだったわね」

身をかがめて視線を合わせると、老婆は怒りの鉾先《ほこさき》を向けそびれたように声を落とす。

「……黎緑《れいりょく》の行方だと？」

「ええ。桐婕妤が幼い頃から知っていると言っていたでしょう？　あなたの話をもっと聞かせてほしいの」

低姿勢で凛舲が申し出ると、杏璘はふん、とそっぽを向いた。

「なんじゃ。賢妃さまにまで昇りつめたなら、今さら黎緑など気にすることもあるまいに。この役立たずの老いぼれが、賢妃さまのお役に立てるとは思えませぬなァ！」

ふてぶてしい態度に條達がかっとしたように何か言いかけたが、凛舲は目顔で制す。

ここで杏璘にへそを曲げられては、桐黎緑の話を聞くどころではないからだ。

「あなたはずっとこの六華宮で働いていたのでしょう？　徳昌帝《とくしょうてい》の時代も、象賢帝《しょうけんてい》の時代も知っている女官なんてそうそういないのに、どうして役立たずだなんて言うの？」

凛舲が尋ねると、杏璘は杖を握り、虚塔を見あげる。

「わしは本来、とうに年季も終えてどこぞの堂観で干からびて死ぬような老いぼれじゃ。そんなわしでも、後宮のしきたりを知る者が少ないからと六尚に残ることを許されたが、毎日やることといえば、こうして虚塔をめぐり、祭壇の供え物が鴉《からす》に食われていないか見張る程度。これなら市井《しせい》の小童《こわっぱ》にもできる仕事だわい」

六尚としても、腰の曲がった老人にあまり多くの仕事を押しつけるわけにいかなかったことは推察できるが、杏璘としては張り合いがなかったのだろう。

「だったらなおさら、お話を聞かせてもらいたいわ。毎日虚塔を見回っていたのなら、変わったことがあれば気づくでしょう。あなたしか知らないことはきっとたくさんあるもの。仕事の合間でかまわないから、私のところへ来て教えてくれたらうれしいのだけど」

四代の皇帝の御代を知る杏璘ならば、ほかの誰よりも六華宮に詳しいに違いない。

明真の言うように、宮殿の見取図を作ることも必要だが、杏璘のような存在は、どんな詳細な歴史書よりも得がたいはずだ。

凛舲の言葉が満更でもなかったのか、杏璘はわずかに態度を軟化させた。

「まあ。そなたがそこまで言うのなら、訪ねてやらんでもないが」

渋々の態を作りつつも杏璘は言い、くるりと背中を向けて歩いてゆく。

どうしたのかと呆気に取られていると、杏璘は振り向き、杖を振りあげた。

「ほれ！　わしの話を聞きたいのだろうが。さっさと行くぞ！」

老太婆め、と絛達がうなり、明真がその横でため息をつく。

虚塔の施錠を方官に任せると、凛舲は苦笑しながらも杏璘の後から歩き出したのだった。


「ふむ。饅頭《まんじゅう》は餡《あん》がいまひとつじゃな。しかし、こちらの雪花酥《せっかそ》はなかなかじゃ」

後宮の園林《ていえん》に設けられた回光池。その池の中心、岸辺から桟橋《さんばし》でつながる水榭《すいしゃ》へと凛舲たちはやって来ていた。

玉石で造られた卓子《テーブル》と椅子《いす》の、凛舲の向かいにちょこんと腰を下ろし、杏璘はずらりと並んだ点心《かし》を端から順に毒見している。

あれから、杏璘は埃っぽい服のままではいけないと凛舲を翠嶂宮《すいしょうきゅう》に連れ帰り、てきぱきと女官を差配して戎服から平服に着替えさせた。

その後、宮殿内では憚《はばか》る話もあろうと凛舲たちが再び園林に向かおうとすると、弓射の鍛錬で疲れているはずだと、六尚に伝達して水榭まで甜食《てんしょく》を取り寄せてくれたのである。

杏璘の手際はさすがの年季と貫禄を感じさせたが、毒見と称してさっきから舌鼓《したつづみ》を打っているところを見ると、単に自分が甘いものを食べたかっただけかもしれない。

「毒見はもうよい。一人で食べつくすつもりか」

見かねた様子で明真が止めると、杏璘は名残《なごり》惜しそうにしつつも箸《はし》をおいた。

「若い者はせっかちじゃな。おすすめはこちらの雪花酥じゃ。たんと召し上がるがよい」

などと言って口元をぬぐうと、やおら凛舲に向き直る。

「それで、わしに聞きたい話とは何じゃ」

「まずは桐婕妤のお話から伺いたいわ。幼少の頃から知っているという話だけど」

凛舲は杏璘がおすすめと評した雪花酥に手を伸ばした。

「黎緑は、徳昌帝の御代に謀反《むほん》の疑いをかけられ誅せられた桐一族の末子でな。母親とともに後宮の婢《はしため》として送られてきておった」

しかし黎緑の母親は後宮に来て病がちとなり、官舎で寝ついていたようだ。

「母親のほうは、一族の転落で身も心も弱り果てていたのだろう。娘もまだ五つかそこらで、いつも母親の腕の中に隠れておった」

どんな不幸とて長くさらされれば痛みも薄れる。時がたてば後宮の暮らしにも慣れるだろうと杏璘たちは見守ることにしたが、母子が慣れるより先に、後宮に終わりが訪れた。

「六華宮に叛乱軍《はんらんぐん》が押し寄せた日のことは、今もはっきり覚えておる。怒号と断末魔があちこちから響き、足音が地鳴りのように近づいてくるというように、どこにも逃げ場はない。妃も女官も宦官《かんがん》もいっしょくたに、徳昌帝は叛乱軍に売り払ってしまったからの」

額を覆う蓬髪《ほうはつ》の下で、杏璘の眸《め》が昏《くら》く沈む。

「六尚の女官らはまだそれでもよかった。園林や官舎に逃げ込む隙があったのでな。宮殿のほうは、それはもうひどいものだったわ。とても賢妃さまに聞かせられぬほどにな」

宦官は悉《ことごと》く殺された。叛乱軍の兵士らは、宦官への恨みが骨身に染み込んでいたから、目に映る者、遮《さえぎ》る者は容赦《ようしゃ》なく斬《き》り伏せられ、鉾で突かれた。

杏璘はその時、不幸にも宮殿のひとつに残っていたが、馴染《なじ》みの宦官が目の前で斬られ、覆いかぶさってきた際に気を失ったため、死体と間違われて難を逃れたという。

「鎖将軍《さしょうぐん》と兵士どもはしばらく後宮に居座り、好き放題に振舞っておった。妃嬪はみな犯され、抵抗すれば容赦なく斬られたが、わしは納戸《なんど》に潜み、貯《たくわ》えの糧食をかじって飢《う》えをしのいだ。六尚の様子を見に戻れたのは鎖将軍が死に鎮圧部隊が乗り込んできた後だ」

巻き添えで死なずに済んだ女官たちも、多くが昂《たかぶ》った兵士たちの慰《なぐさ》み者となり、逆らう者は殺されていた。そんな中で、黎緑が生きのびたのは奇跡だと杏璘は言う。

「わしが黎緑に会ったのは、六尚を見回り、あの虚塔のそばに向かった時じゃ」

叛乱軍の兵士たちが食い尽くしたため六尚のどこにも食料はなく、それどころか、建物の一角に火を放たれて焼け落ちているありさまだった。

杏璘が己の体を引きずるように虚塔に向かったのは、祭壇の供え物をあてにしたからだ。

「小餅のひとかけでも手に入るかと思ったが、そこは死体置き場になっておった……」

妃嬪も女官も婢も、身分の上下もごちゃまぜに積み上げられた死体は大半が誰のものかもわからぬようなありさまで、死肉をついばむ鴉の声が響くなか、杏璘は幼い黎緑が土を掘り返しているのを見つけたのだ。

「何をしているのかとわしが問うと、母親を埋めてやりたいのだと黎緑は言った。死してなお野ざらしでは、幽魂《ゆうこん》も安らかに眠れぬからと」

杏璘が黎緑の顔をまともに見たのはそれが最初で、血と泥で薄汚れていたが、黎緑の瞳は幼い童《こども》のものとは思えぬほど静かに澄んでいた。

黎緑を手伝おうにも、衰弱《すいじゃく》した女と童の手では到底間に合うはずもなく、死体の山は鎮圧部隊の兵士たちによって運び出されたという。

「晃雅帝《こうがてい》の御代となってから、わしらは六尚に残ることを許されたものの、妃のいない六華宮は廃墟のようだった。生き残りの宦官も手傷を負っている者が多かったゆえ、宮殿の修繕が追いつかなくてな。そんな折だったせいか幽鬼を見たという者も後を絶たなんだ」

甘味を口にするのも忘れ、話に聞き入っていた凛舲は、幽鬼という言葉に反応する。

「その頃から幽鬼の噂があったの？」

「紘鎖《こうさ》の乱の以前からもあるにはあったぞ。人影を見たとか、深夜どこからともなく音曲や声が聞こえてきたとかな。じゃが、乱より後は特に多かった。円墻《えんしょう》に登ろうとして足を引っ張られたとか、誰もいない庭院《なかにわ》で声を聞いたとか。ただでさえ多くの者が死んだ場所じゃ。さまよえる幽鬼が現れたとしても不思議はないわ」

「そなたは見たことがあるのか」

明真の問いに、杏璘はにぃっと笑う。いくつも欠けた歯がむき出しになり、わずかにひるんだ様子で明真は眉を寄せた。

「この目で見たことはない。が、気配ならば感じたことがあるぞ。わしが何かしておると、背後からじっと見つめる視線を感じるのじゃ。振り返るとすぐに消えてしまうがな」

「桐婕妤はどうだ。幽鬼を見たと話していたことはあったか？」

「さて。その手の噂には興味を示さなんだからな。ただ、やたらと怯《おび》える宦官に、幽鬼は寂しさゆえに人の気配に引き寄せられているだけで、害はないと諭《さと》したことがあったな」

まるで幽鬼の心がわかるような口ぶりだ。けれど、幽鬼が紘鎖の乱によって失われた命だというなら、同情的になっても不思議はない。

「これは例えばの話だが、紘鎖の乱の際に入り込んだ叛乱軍の兵士などが、長年、幽鬼として後宮に隠れ潜んでいるとは考えられないか？」

明真の疑問に凛舲は息をのんだ。しかし、杏璘は馬鹿馬鹿《ばかばか》しいと言いたげに鼻で笑う。

「そなたは鎮圧部隊がどれほど苛烈《かれつ》に後宮内の兵士どもを誅殺したか見ておらぬからそのようなことが言えるのじゃ。六華宮の隅《すみ》から隅までひっくり返し、虚塔には高梯子をかけて上に登り、紫霞壇《しかだん》まで丹念に捜索しておったのだぞ。隠れる隙などありはせんわ」

「だが、隠れるのが目に見える場所だけとは限らぬだろう。どこかに隠し通路のようなものがあれば、話は別ではないか」

なおも明真が食い下がると、せせら笑っていた杏璘がふいに真顔になる。

「何か心当たりがあるのか」

「いや。昔、誰かがそのような話をしていた気がしてな」

「いつ頃、誰から聞いた。その話の内容はどのようなものだ？」

「ええい！　そのように矢継ぎばやに問われても、すぐに思い出せんわ！」

苛立《いらだ》った様子で喚《わめ》き散らされ、口をつぐむ明真を横目に見つつ、凛舲は口をひらいた。

「思い出したらまた聞かせてくれればいいわ。できれば桐婕妤のことでもう少し聞きたいのだけど……彼女には、ほかに家族はいなかったのかしら」

「黎緑の家族か？　桐一族が罰せられた時に、一族の男子はみな殺されたと聞くぞ」

「いえ。男子じゃなくて、その、姉妹……とか」

ためらいつつも凛舲が口にした言葉に、明真の視線がこちらを向くのがわかった。

「そのような話は聞いておらぬな。もしいれば、共に後宮に送られておったであろうし」

「そう……」

杏璘の答えに、凛舲は肩を落とす。

ありえぬこととは思っていたが、ひょっとしたらという可能性が捨てきれなかった。

「家族といえば、兄がいたという話は一度だけ聞いたことがあるな」

「桐婕妤にか？」

「ああ。族滅されたのであればとうに生きてはおらぬだろうが、今も見守ってくれていると話しておった」

「なるほどな……」

明真は口元に手をあてて考え込む。

「桐婕妤のことで、ほかに何か気づいたことや気になったことはないかしら」

「さてなぁ」

首をかしげる杏璘がちらちらと視線を向けるのに気づき、凛舲は雪花酥を勧めた。

「私は今お腹《なか》いっぱいだから、よかったら食べて」

「そうか？　まあ、残しては申し訳ないゆえな」

杏璘はうれしそうに雪花酥をつまみ、少ない歯で丹念に嚙《か》みしめた後、満足げに言った。

「そういえば、今上の御代になって、後宮が開かれる少し前、妙な宦官を見かけたな」

「妙な宦官？」

「ああ。内侍省五局の宦官はみな顔を知っておるが、あのような者は見たことがない。背丈は高く、神経質そうな顔をした宦官じゃ。六尚にしばしば立ち寄り、黎緑と話し込んでいるのを見かけたことがある」

その宦官は何者だろう。ひょっとして、失踪《しっそう》と何か関わりがあるのだろうか。

「さてと。わしはもうそろそろ戻らねばならん。馳走《ちそう》になったな」

考え込んでいると、杏璘はさっさと立ちあがってしまう。

できればもう少し詳しく聞きたいところだったが、実際、そろそろ日も傾きつつあった。

型通りの挨拶《あいさつ》をすませると、苦々しい顔の明真や條達に見送られ、杏璘は桟橋の方へ歩きかけた。しかし、はたと立ち止まり、こちらを振り返る。

「そうじゃ、忘れておった。隠し通路の話、確か皇后さまがお話しされておったんだわ」

「皇后さま？」

「ああ。徳昌帝の御代、寧順皇后《ねいじゆん》が何かの折に仰せられたことがあった。この後宮は象賢帝がお造りになったものゆえ、隠し通路のひとつも残っていても不思議はないと」

　象賢帝は晩年、六華宮など、奇抜とも言える宮殿の建設を次々に行った。そのせいで、民は増税と夫役に喘《あえ》いだが、象賢帝は国家安康のためと言って憚らなかったという。

　六華宮の奇妙な造りは後宮の妃嬪も当惑するもので、なぜこのような宮殿を建てたのだろうと不思議がる者も多かったが、寧順皇后の発言はその疑問に答えたもののようだ。

「宮殿。特に後宮は、皇帝陛下がおわす六寝に次いで重要な場所ゆえ、いざという時には脱出のための通路があるのだろうと、わしら女官も納得したものじゃ」

「じゃあ、紘鎖の乱の時も、寧順皇后はその通路を使って脱出されたのかしら」

　凛舲の呟きに、首を横に振ったのは明真だった。

「いいえ。寧順皇后は乱のおり、鎖将軍から後宮を守るために亡くなっておられます」

　徳昌帝は我が身可愛さに後宮を見捨てて逃亡した。見捨てられたのは皇后さえ例外ではなく、残された妃嬪たちを守るため、寧順皇后は鎖将軍に立ちはだかったのだ。

「……そうじゃな。皇后さまをはじめ、無事に逃げのびた妃嬪は一人もいなかった。本当に隠し通路なんてものがあったなら、それを使って逃げ出していたじゃろうて」

　では、凛舲が迷い込んだ通路は何だったのか。あれはやはり夢か幻だったのだろうか。

「寧順皇后は、なぜ隠し通路などという言葉を口にしたのだろうな」

混乱する凛舲をよそに、明真はあくまで冷静だった。

「象賢帝はなぜ六華宮のような宮殿を造営させたのか。建設理由も見取図も、設計図すら残っていない。寧順皇后は何かご存じだったと思うか」

「一介の女官には想像もつかんが……知るすべがあるとすれば、玉塵閣《ぎょくじんかく》ではないかの」

「玉塵閣？」

その名には聞き覚えがある。確か、黄雲宮《こううんきゅう》にあるという書庫のことだ。

「寧順皇后は書物を殊のほか愛しておられた。ご自身が読むだけでなく、詩文も嗜《たしな》まれるほどにな。乱のおりに失われたのでなければ、手記の類も残っておるだろう」

たしか妍充華《けんじゅうか》も、桐婕妤がよく玉塵閣に通っていたと言っていなかったか。

三妃の許しがなければ立ち入ることはできないという話だったが、今の凛舲の立場なら、玉塵閣を調べることもできるはずだ。

杏璘が帰ってゆくと、傍《かたわ》らに立っていた明真が言った。

「明日にでも玉塵閣の書物を閲覧できるよう、取り計らいましょう」

凛舲はうなずき、向かいの椅子を勧める。礼を取って座った明真に、凛舲は尋ねた。

「さっきはあまり気遣えなくてごめんなさい。体調はもういいの？」

その言葉が予想外だったようで、明真は軽く目をみはる。

「……はい。一時的なものでしたので」

「俄仙丸の効果が強く出たからだそうだけど、あんなに反応が出るものなの？」

「薬と申しましても、元は毒物の一種ですので、あのような症状が出ることも稀《まれ》にございます。方官の導入は、あくまで桐婕妤の行方を捜すまでの措置《そち》にございますれば」

宦官の代わりを成年男子にさせる以上、厳重な手段を取らざるを得なかったのだろうが、まさか毒物を服用していたとは思わなかった。

体への影響はどの程度なのか、調査が長引くような時はどうするのか、気になることはいくつもあったが、明真とて危険性は百も承知で後宮に踏み込んだのだろう。

であれば、凛舲がここで余計な気を回して口を挟むのは筋違いかもしれない。

「私が不注意をしたせいね。これからはもっと気をつけるわ」

感情を抑えてそうとだけ言った凛舲に、明真は頰《ほお》をゆるめる。

「そのように仰《おつしや》っていただけると、こちらとしても助かります」

「杏璘の話だけど、あなたはどう思った？」

残っている雪花酥に手を伸ばそうとすると、明真が代わりに取り分けてよこした。

「あの者の話がどの程度まで信頼できるかにもよりますが、桐婕妤が自《みずか》らお姿を隠した場合と、何者かによって攫《さら》われた場合とで話が違ってまいりますな」

「自ら姿を隠した場合、どんな理由が考えられる？」

「後宮にいることで何らかの問題が生じたと考えるのが自然でしょうが、賢妃さまが遭遇した幽鬼や謎の宮女、隠し通路の存在を考えれば攫われた可能性の方が高いかと」

会話の途中で何気なく雪花酥を口に入れた凛舲は、思わず目を丸くした。

「……ほんとにおいしいわね！」

凛舲の知る雪花酥は麪《こむぎこ》と砂糖だけで作るものだったが、こちらは干し葡萄《ぶどう》や巴旦木《アーモンド》、砕いた酥餅《クッキー》などがみっしりと混ぜ込まれていて実に贅沢《ぜいたく》である。

さすがは後宮だと感心した凛舲は、明真の視線を感じ、赤くなった。

「ごめんなさい。話の腰を折って」

「いえ、お気になさらず」

明真は目を伏せて苦笑する。気を取り直し、凛舲は言った。

「もし、桐婕妤を攫ったのが幽鬼だとしたら、一体その正体は何者なのかしら」

やはり十七年前の叛乱軍の残党かと考えたが、明真はその予想を否定する。

「幽鬼が怪異ではなく、賢妃さまの仰る通りの容貌《ようぼう》をした生身の男なら、年の頃は三十を出ていないはず。であれば、叛乱軍の一人と考えるにはいささか年齢が合いません」

凛舲が遭遇した幽瞑《ゆうめい》という男は、確かにどう見ても二十代といったところだった。

「十七年前の時点で後宮に潜り込んだとしても、十歳にも満たないわね」

そんな童が後宮にいたとすれば、立場的に考えられるのは皇子くらいだろう。

「その者はまるで、皇帝のように振舞っていたというお話ですが、当時、皇太子を含め、徳昌帝の皇子はみな、逃げのびる過程で叛乱軍の手にかかったと聞き及んでおります。該当する年頃の皇子や公主が、当時の後宮にいたという記録は残っておりません」

「皇子でないとすれば……桐婕妤のように見習いや下働きをしていた童ということになるけれど。男の場合は、宦官候補とか？」

「宦官候補か」

凛舲の思いつきに、明真は口元を手で覆う。その仕種は考え込む時の癖なのだろう。

「何か思い当たることがあるの？」

「ああ。先刻、あの古株が、桐婕妤には兄がいたと話していただろう」

「謀反の疑いをかけられて、桐一族の男子は殺されてしまったと言っていたわね」

「そうだ。だがもし、桐婕妤の兄にあたる人物が当時まだ幼少であったため、死罪ではなく、宮刑を受けていたとすれば、後宮に送られていたとしても不思議はない」

明真の言葉に、凛舲もはっとした。

「今も見守ってくれている、というのが魂魄《こんぱく》としての喩《たと》えではなかったということ？」

しばしば幽鬼の出没が噂されていた虚塔に、桐黎緑は女官として供物を届けていた。

それが虚塔への捧げものではなく、隠れ潜む兄に糧食を届けるためだとしたら。

「推測の域は出ない。が、調べてみる価値はあるな」

そう呟いた明真は、そこでようやく我に返った。

「……申し訳ありません。非礼な口をききましたこと、お詫び申し上げます」

思考に集中するあまり、言葉遣いが崩れていたことに遅れて気づいたらしい。

「そのままのほうが話しやすかったのに」

少し残念に思いながら、凛舲は並んだ甜食の器を示す。

「でも、お詫びというなら、あなたも食べてくれる？　私一人じゃ多すぎるから」

一瞬、明真は虚を衝《つ》かれた顔をしたが、恭《うやうや》しく凛舲の招きを受け入れたのだった。

「では、謹《つつし》んでご相伴《しょうばん》に預かりましょう」

＊

翌日、妃嬪たちが集められた朝見《ちょうけん》の席で、凛舲は思わぬ報告を聞かされた。

「玉麈閣が荒らされた、だと？」

宝座のある壇上で孟貴妃が顔をこわばらせる。

どよめきの広がる中、尚儀局の貞司籍《ていしせき》は深く頭《こうべ》を垂れた。

「はい。今朝がた開錠に向かったところ、扉の鍵が壊され、棚の書籍が床一面に投げ出されておりました。手当たり次第に払い落としたものらしく、それは酷い有様にて」

玉麈閣を預かるという貞司籍は血の気を失っている。その傍らで、上役の尚儀が続けた。

「現在、宮正が調査を行っておりますが、お預かりしている貴重な書物がこのようなことになりましたことは、私どもの不始末。伏してお詫び申し上げます」

平伏する女官たちを前に、怒りに頬を朱《あか》く染め、声を荒らげたのは姚淑妃《ようしゅくひ》だった。

「そなたら……玉麈閣がどのようなものか、よもや忘れたのではないか⁉　頭ひとつ下げたところで許されると思うたか！」

　今にも女官たちに打ち掛からんばかりの姚淑妃を止めたのは、意外にも孟貴妃だった。

「そこまでにしておけ、姚淑妃。寧順皇后がお命を懸けてお守りした玉塵閣だ。そのことはこの者らもよくわかっている」

「確かに。叛乱軍に後宮が踏みにじられてもなお、失われることのなかった貴重な書物を手荒に扱うなど、わらわなら恐ろしくてとても真似できぬ所業よ」

　荘徳妃《そうとくひ》は嘆かわしそうに口元を団扇《うちわ》で覆う。

「宮正が調査を行っているとのことだが、現時点でわかっていることを報告せよ」

　孟貴妃がうながすと、戎服をまとい、髪を頭の後ろで結い上げた女官が進み出た。

　孟貴妃の薫陶《くんとう》を思わせる装いは葵《き》宮正司だ。彼女は簡潔な言葉で事実を述べる。

「状況から見て、昨日、尚儀局の女官たちが施錠して退出し、事件が発覚する今朝までの間に何者かが錠を破壊して中の書棚を荒らしたものと思われます。損なわれたり持ち去られたりした書物があるのかどうかは現在のところ不明です」

「とすれば、目録と照合してみる必要があるな」

「玉塵閣の復旧と目録との照合はすぐにでも取りかかるべきですが、それ以上に必要なのは、このような蛮行を行った者を捕らえて即刻処罰することです！」

　今にも犯人の首をへし折りそうな迫力で、姚淑妃は瞋恚《しんい》をみなぎらせる。

「であれば、まずはこの後宮で最も疑わしい者から取り調べては如何《いかが》か」

庁堂を見渡して言い放ったのは荘徳妃だった。

「最も疑わしい者？」

誰のことを指しているのかといぶかしげな顔をした孟貴妃に、荘徳妃は勝ち誇ったように口角をつりあげる。

「今まで六華宮にて、かように野蛮な出来事が起こったことはなかった。方官などという、不審な輩《やから》が乗り込んできた直後とあっては、到底無関係とは思われませぬ」

荘徳妃の言葉に凛舲は凍りついた。絶句している凛舲を一瞥し、孟貴妃は口をひらく。

「絳賢妃、応方官は控えているか」

「……はい」

凛舲は今のところ専属の侍女もなく、明真を侍官として帯同している。朝見の場にも、上級妃の侍女たちと同様、末席に控えていた。

「では、宮正司をまじえて後ほど話を聞く。そなたもこの場に残って待つように」

刺すような視線が集まる中、凛舲は礼を取って承諾する。

「畏《かしこ》まりました」

昨日、玉塵閣の話をした直後の事件だ。水榭には明真をはじめとした方官と、杏璘しかいなかったのに、何者かに見張られていたような感覚に、知らず背筋が冷たくなった。

「では、そなたらは玉塵閣の書物を調べようとしていたというのだな」

凛舲たちは朝見が終わった後、庁堂の隣にある書斎に場所を移していた。

もとは皇后の執務室だが、今は三妃が話し合いをするために使われているようだ。

現在、姚淑妃と荘徳妃はおらず、葵宮正司を伴い、孟貴妃だけが椅子に座っている。

自分も残ると主張する姚淑妃や荘徳妃を宥め、席を外させたのだ。

「昨日、明真が尚儀局に閲覧の申請を行いました」

翌日になれば堂々と玉塵閣を訪れることができるというのに、わざわざ錠を破壊して押し入るはずがないと凛舲は主張したが、孟貴妃も傍らの宮正司の表情も変わらない。

「そなたらが玉塵閣で調べようとしていたというのは、黎緑に関わることか？」

説明しようと口をひらくより先に、進み出て答えたのは明真だった。

「はい。桐婕妤は古典への造詣《ぞうけい》が深く、玉塵閣へもよくお通いだったと伺いましたので」

予想しない言葉に凛舲は目をみはったが、堂々と偽《いつわ》りを述べる明真を見て口をつぐむ。

「そうか……。だが、玉塵閣が荒らされた今となっては閲覧は難しいな」

孟貴妃が呟くと、明真は厳しい表情で言った。

「それこそが賊《ぞく》の狙いであったのかもしれません」

「調査を妨害するためだと？」

「少なくとも、我々の目から何かを隠したかったことは確かでしょう。もし、玉塵閣から特定の書物が持ち出されていたとすれば尚更です」

「ならば照合を急がせる必要がある。黎緑が閲覧した書物も、記録が残っているだろう」

「至急、尚儀局より取り寄せてまいります」

孟貴妃がうながすと、宮正は礼を取り、足早に退出していく。

書斎に三人だけになると、孟貴妃は言いにくそうに両手を組んだ。

「そなたらには悪いが、しばらく翠嶂宮に留まり、外での行動を控えてもらいたい」

事実上の謹慎を意味する言葉に凛舲は絶句し、明真のまなざしが鋭くなった。

「私も黎緑の発見を願う一人だ。このまま調査を続けてほしい。だが、そなたらを快《こころよ》く思わぬ者、疑いを抱く者も多くいる。まして、荒らされたのが玉塵閣とあってはな」

「……玉塵閣は、寧順皇后がお命を懸けてお守りした場所だと仰っておられましたね」

凛舲の問いかけに、孟貴妃はうなずいた。

「ああ。寧順皇后は徳昌帝の寵愛を誰よりも受ける立場でありながら、ほかの妃嬪にも心を砕いておられたと聞く。紘鎖の乱でも、せめて皇后だけでもお連れしようとした臣下の手を拒み、残された妃嬪を守るために鎖将軍に立ちはだかったそうだ」

しかし、怒りと怨嗟《えんさ》に染まった叛乱軍に説得が届くはずもなく、鎖将軍の刃をその身に受けた寧順皇后は、玉塵閣の入口まで逃げのびたところで息絶えたという。

「玉塵閣の扉は夥《おびただ》しい血と皇后の亡骸《なきがら》によって塞がれ、叛乱軍の兵士たちが壮絶な光景を厭《いと》うたために、中にあった書物は難を逃れたと伝わっている。それゆえ、六華宮において玉塵閣は特別な場所なのだ」

その話を聞いて、姚淑妃があれほど怒りを露《あらわ》にしていた理由がわかった気がした。同時に思う。玉塵閣で凶行に及んだ何者かは、手段を選ぶつもりはないのだと。


「どうしてあんなことを言ったの」

黄雲宮を出た凛鈴は、翠嶂宮へと歩きながら、明真に問いかけた。

昨日の話では寧順皇后の手記を探すために玉塵閣に行こうとしていたはずだ。

傍らを歩く明真は抑えた声で答える。

「犯人の目的がわからぬ以上、我々の意図を明かすのは得策ではございません」

「でも、玉塵閣を襲ったということは昨日の話を犯人に聞かれたってことじゃないの？」

「あの話が漏れていたなら、玉塵閣に忍び込み、目的の書物だけを持ち去れば事足ります。わざわざ大掛かりに書棚を荒らし、警衛に見つかる危険を冒す必要はない」

明真は昨日、尚儀局の女官を呼び、何について調べるとも言わず、ただ玉塵閣で閲覧をしたいとだけ申し伝えたという。

「我々が玉塵閣を訪れることは多くの女官たちが知っていた。その中に、陰火《いんか》という宮女が混じっていたとしたら、今回の凶行にも説明はつきます」

実際、凛鈴たちは翠嶂宮に足止めされてしまった。犯人の目的が調査の妨害なら、目的は充分果たされていると言っていい。

「測量も途中だし、虚塔もまだひとつしか調べてないのに、これじゃ身動き取れないわ」

凛舲が息をつくと、明真は早くも気持ちを切り替えた様子でこちらを向く。

「致し方ございません。こうなった以上、翠嶂宮でおとなしく過ごすほかないでしょう」

「おとなしくって言ったって……」

のんびりしている場合だろうか、と思っていると、明真は笑みをうかべた。

「良い機会です。翠嶂宮に戻ったら、賢妃さまのお望みをひとつ叶えますよ」


翠嶂宮に戻ると、明真は部下の方官に人払いを命じた。

事実上の謹慎を申し渡されてしまっては、桐婕妤の捜索に動き回ることもできない。

それゆえ、かねて約束した通り、祝経《しゆくきよう》にまつわる教示をすると申し出たのである。

凛舲が居間の扶手椅《ひじかけいす》に腰掛けると、明真は紫檀《したん》の方卓を挟んで向かいあう。

「はるか昔、この央華の大地には琉《リユウ》と呼ばれる国がございました」

身構える凛舲の前で、明真は静かに語りはじめた。

「祝経に書かれているのは、琉の国を築いた一人の男の生涯と、有為転変の物語です」

瞑目し、詩文をまじえた内容を諳《そら》んじる声は、目前に書物を掲げているように淀《よど》みない。

その男は、塗炭《とたん》にまみれる貧農《ひんのう》として生を受けた。

困窮《こんきゆう》する暮らしの中で、男はやがて非情な賊徒となり、数々の悪事を働いたかどで磔《はりつけ》に処されることとなる。悪運に恵まれた男は、刑場を襲った落雷により、直前で刑を逃れて逃走するが、その後、復讐者《ふくしゅう》の手によって片方の目と脚とを失うこととなった。

絶望と苦悶《くもん》の中で己の行いを悔いた男は、自ら芥《カイ》と名乗り、贖罪《しょくざい》の旅の過程で多くの民を救ったことで、琉の国を築くに至ったという。

「琉国芥王の生涯は、無垢《むく》でもなければ清廉《せいれん》でもございません。半生を彩《いろど》るのは多くの罪と過《あやま》ちですが、芥という男の穢《けが》れにみちた前半生がなくば、琉国の礎《いしずえ》となった法制や統治は存在しなかったと言われております。人の生はその時、その場かぎりの善悪だけではかれるものではない、というのが祝経に表される教えです」

開け放たれた格子戸から、庭院を抜けて涼やかな風が居間に流れ込んでくる。

その静けさにも似たまなざしに射抜かれ、凛舲は息をとめた。

「祝命は生まれに宿らず、才に宿らず、ただ行いと歩んだ道の軌跡より生ずる垂象《すいしょう》なり」

低く響きのよい明真の声が、凛舲の耳朶《じだ》をはっきりと打つ。

「祝命……？」

「生まれ持った能力や出自にかかわらず、過誤を犯しながらも学び取った経験こそが、人を造り、偉業の糧《かて》となる。すべての存在はひとしなみに祝福を受けているゆえ、迷い歩いた軌跡は過ちすらも天の導きにほかならぬ。その教えが祝命の一文に表されております」

「過ちすらも……天の導き」

教えの内容を受け止めかねて、凛舲は考え込んだ。

「それでは、大罪を犯した者も、祝福されていることになってしまうのではないの？」

極端な例えではあるが、他人を傷つけたり殺したとしても、それすら天の導きだと断じられては、傷つけられた方はたまったものではないのではないか。

凛舲の疑問をもっともだと言いたげに明真は答える。

「仰るように、祝経の中でも祝命のくだりは解釈が分かれております。多くの誤解や曲解を生んだがために、邪教と呼ばれ、焚書《ふんしょ》の対象となったこともございました」

万象道において、人の運命はあらかじめ天によって定められており、天の定める道を外れることは大いなる罪だと教えられている。祝経の教えは、その対極と言うべきものだ。

「道に迷うことには、迷呪《めいじゅ》と祝迷《しゅくめい》のふたつがあると前の堂主は教えてくれたわ。その考えは、祝経から来ているものなのでしょう？」

「ええ。迷呪や祝迷といった言葉は、祝命のくだりを万象道の道士が解釈して生まれたものです。苦難の中で怒りや憎しみに駆られ、また欲望に目が眩《くら》み、己が行くべき道を見失うことを、その道士は古《いにしえ》の詩人の詞《ことば》になぞらえて迷呪と呼びました」

「では、祝迷というのは？」

「あらゆる苦難に見舞われ、苦悩にさらされながらも己の心を正しくし、進むべき道を見失わぬこと。そのように、祝迷に関しては記されております。祝迷の中にある者は、天の導きによって王者となるが、迷呪の中に沈む者は身を滅ぼす、と」

「あなたは、祝命の解釈について、どう考えているの」

凛舲が尋ねると、明真は口もとに手をやって、しばし黙考する。

「そうですね。琉の芥王は多くの罪過を犯し、苦悩にまみれたからこそ、贖罪の道の先で数多《あまた》の民を救うことができました。迷いの中で己の為《な》すべきことを悟り、己の道をゆくことで多くの者の救いとなるなら、それは祝福にほかならないと、私は祝命の教えを、そのような意味でとらえています」

だから折にふれ、自分なりの答えを探し、己の道を探せばよいのだと明真は言った。

「私なりの、答え？」

「法や秩序は国にとって必要なもの。信仰や道徳も、人の世で生きるには大切でしょう。しかし世は移ろい、国は滅びるものです。多くの者が絶対と信じる正義や規範が未来永劫《えいごう》正しいかどうかは、誰にもわかりません。だからこそ、迷いながらでも自身の答えを探し続けることで、己だけの唯一無二の道を見出《みいだ》すことができるのではないでしょうか」

明真の言葉をすぐには消化しきれず、凛舲は息を吐いた。

「私には……わからないわ。私にとって毎日考えることは、生きのびるためにどうすればいいか、どうすれば罰を受けずにすむか、一人でも多く迷子を捜して手間賃をもらうにはどうすればいいかってことだけだったもの。私だけの道だなんて言われても」

うつむく凛舲を見て、明真はつかの間沈黙すると、やおら拱手《きょうしゅ》の姿勢を取った。

「賢妃さま。しばし方官の立場を忘れ、発言することをお許しください」

「え？　……ええ」

許すも何も、この場には凛舲と明真の二人しかいない。

律儀な断りにとまどいながらも返事をすると、明真は口をひらいた。

「そなたはなぜ、迷子捜しなどしていたんだ？」

直截《ちょくせつ》的な問いかけは、明真の邸《やしき》で最初に言葉を交わした時を思い出させる。

「なぜ、って……それが仕事でしたから」

気がつけば、凛舲もつられるように、出会った時と同じ言葉づかいに戻っていた。

「仕事とするからには、何か最初のきっかけがあったのではないか？　迷呪持ちと呼ばれるほどの方向音痴に、わざわざ迷子捜しを任せようとは、常人なら思うまい」

至極当然の疑問に、凛舲は記憶を掘り起こす。

そもそも、迷娘《めいにゃん》などと呼ばれ始めたのは、いつごろだったのかと。

「確か、十になった頃、仙鏡堂のそばに住む娘が迷子になったと聞いたのだと思います」

その娘は四つか五つほどで、堂観の裏門のそばで遊んでいるのをよく見かけた。

しかし、堂観の務めで忙しくしていた凛舲は、口をきいたことがあるわけではない。

母親らしき女が呼んでいた名を憶えていただけだ。

「母親が血相を変えて堂観に駆け込んできて、その童が神符《しんぷ》を持たないことを知りました」

娘の産み月を迎える前に夫が病没したため、万象道の堂観で神符を授かる余裕はなく、娘と二人、身を寄せ合うようにして暮らしていたらしい。

もし堂観で保護されることがあれば、今からでも謝礼を支払うからと、わずかばかりの銭を差し出す母親があまりに哀《あわ》れで、凛舲は思わず堂観を飛び出して捜し回っていた。

「けれど、少しばかり年長と言っても私も幼かったですし、広い静晏《せいあん》のどこを捜せばいいのか見当もつかなくて。自分も迷子になりながらさんざん歩き回るうち、その娘が母親に、父親の実家の話をせがんでいたことを思い出したんです」

漏れ聞こえた家を探すうち、路地裏で疲れきってしゃがみ込む娘の姿を見つけたのだ。

「一緒に帰ろうにも、私も迷ってしまって。結局、近くの堂観で保護を受けました」

迎えに来た時の母親のうれしそうな泣き顔は、今も忘れることができない。

「それから同じような迷子捜しの駆け込みが続くようになり、そのたびに捜し回っていたら、あそこに行けば神符がなくても迷子が見つかると評判になり始めたんです」

今まで誰かにこんな話をしたことはない。凛舲の身の上話などに興味を持つ者はいなかったからだ。こんなことを聞いても退屈なだけではないかと凛舲はちらりと様子をうかがったが、明真は意外にも興味深げにこちらを見つめている。

「放っておくこともできただろうに、なぜ駆け込みがあるたび迷子捜しに出かけた？」

続けて問われ、凛舲は首をかしげた。

「なぜって……困っているのが明らかでしたし、迷子を放っておけば人買いに攫われたり、事故に遭うかもしれないでしょう？」

「だが、幼いそなたには関わりがない。まして、己自身も神符を持たぬ身だ。自分も迷子になれば堂観に帰れなくなる可能性もあったはずだ。それでも他人の子を捜し回っていたのは理由があるのではないか？」

「それ、は……」

深く考えもしなかったところへ光を当てられ、言葉が途切れる。

理由、と呼べるかどうかはわからない。けれど、幼い自分を突き動かしたものが何だったのか、今の話をしたことではっきり思い出せた。

「私はただ、自分のように神符を持たない童が、たった一人でさ迷い歩いているのが耐えられなかっただけです。どこへも帰れずに困っているなら、家に帰してやりたかったし、行方を捜している家族に会わせたかった」

ありがとう、と涙ながらに礼を言われた時、まるで幼い頃からずっとさ迷い歩いていた自分の心まで、誰かに迎え入れられたような気がしたのだ。

一人迷子を見つけるだけで、こんなに胸があたたかくなるなら、もう一人、また一人と、何人でも見つけて、家族のもとに戻してやりたかった。

「そなたは立派だな」

思いもよらない言葉に思わず顔をあげると、明真の穏やかなまなざしがあった。

「なぜ……」

揶揄《からか》われているのかと身構えている凛舲に、明真はほほえみながら続ける。

「神符を持たず、迷呪持ちと呼ばれていたそなたは、己以外の童が同じように苦しむことをよしとしなかったのだろう。苦境の中にいる者は、その苦しみゆえに己と同じ苦しみを他者にも与えてやりたいと願うことが少なくないというのに。幼くとも、苦しむ者を救うために行動したそなたの心のありようは、人として充分に誇るべきことだと思う」

沁《し》み入るような言葉に、どのような反応を返せばいいかわからず、凜舲は混乱して下を向いた。自分のしてきたことはそんな大層なことではないと反論したかったが、なぜか胸がいっぱいで言葉にならない。

堂観の隅で奴婢《ぬひ》のように暮らし、毎日足を棒にして京師《みやこ》を歩き回っていた凜舲に、そんな言葉をかけた者はいなかった。

自分はうれしいのだろうかと、震える手を見おろして自問する。

黙り込んでいる凜舲の耳に、明真の声が続けて届いた。

「前の堂主がそなたに祝迷の話を聞かせたのも、私と同じように考えたからではないか。迷呪持ちと呼ばれ、神符を持たずに育ちながらも、そなたは同じ境遇にある者をいたわる心を失わなかった。それは、幼いそなたが見つけた、そなただけの道だ。現世の道にどれほど迷おうと、今も、そなたの心は迷ってはいない」

ぱたりと、頬をつたった雫《しずく》が手の甲に落ちる。

明真にとって凜舲は、皇帝の寵姫《ちょうき》を捜し出すための捨て駒《ごま》に過ぎないはずだ。

心を許していい相手ではないのに、その言葉で救われた気になっている自分が腹立たしく、それでいて零《こぼ》れる涙は止められない。

顔にかかる髪を払うふりをして凜舲は涙をぬぐい、ぽつりと言った。

「明真さまは思い違いをしておいでです」

　正面に座る明真の顔を見ないまま続ける。

「幼い頃はそのように考えていたこともありましたが、今は違う。私にとって、人捜しは唯一の日銭稼ぎの手段に過ぎません。ここへ来たのも、私の望みを果たすためで、人助けで自分を犠牲にするほど慈悲深いわけではありません」

　こうでも言っておかなければ、善意に付け込まれて献身を強《し》いられるかもしれない。

　脳裏でそんな打算を弾いている自分があさましく思えて、凛舲は唇を噛みしめた。

　明真はしばらく何も言わなかった。どんな顔をしているのか気になりはしたが、意地のようにうつむいていると、静かな声が問いかける。

「そなたは己が何者か知りたいと言っていたな。己自身が何者であるのか、手がかりをつかみたいと。……そなた、自分が桐婕妤と血縁にあると考えているのではないか？」

　凛舲は反射的に顔をあげていた。

　こちらを見つめる明真の顔の真剣さに、思わず息をのむ。見当違いも甚《はなは》だしいと一笑に付される話だと思っていただけに、凛舲は動揺しながら答えた。

「根拠のない、ただの憶測です。こんなにたくさんの人から、瓜二つだと言われるくらいに似ているなら、ひょっとしたらと思ってしまって……」

「そなたは十七年前の内乱の折、仙鏡堂の堂主に拾われたそうだが、何か、親となる者の手がかりなどはあるのか？」

「母と思《おぼ》しき女性が持っていた、形見の佩玉《はいぎょく》がありました」

膝《ひざ》の上で凛舲は両手を握りしめる。

「ありました、というと、今は手元にないのか？」

「……はい。生涯おまえは道女見習いとして過ごすのだから、佩玉など不要だろうと」

現在の堂主に代替わりした際に取り上げられ、売り払われてしまった。

「むごいことをする」

明真は不快そうにうめく。

「でも、手がかりが全くないわけではないんです。売り払われる直前に、やわらかい木に押しつけて型を取りましたから」

玉には玄黄図らしきものが刻まれていた。奪われるなら、せめて母の形見のよすがにと、残した押し型を革袋に入れて持ち歩いていたのである。

「その押し型は今どこにある」

持っているなら見せてほしいという明真に、凛舲は力なく首を振った。

「今はもうありません。おそらく幽……いえ、あの者に遭遇した夜に落としたのだと思います」

幽鬼の名を口にするのを憚り、凛舲が答えると、明真は絶句する。

「私も、本気で自分と桐婕妤との関係を信じているわけではないんです。桐婕妤のことを調べて、人となりを知るうちに、いつしか親しみがわいてしまったのかもしれません」

会ったこともない人に親しみを感じるなど、おかしなものだと自分でも思う。

「十七年前、静晏には逃げ惑う民が溢《あふ》れ、多くの者が命を落としたと聞きます。私の母も、その一人だったのでしょう。諦めはついておりますから、この話はお忘れください」

「……いや」

話を打ち切ろうとした凛舲を、明真は遮った。

「そなたの身元を確かめる手助けをすると私は約束した。その約束を忘れてはおらぬ」

「あれは、口から出まかせだったのではないのですか？　てっきり、あの時の会話はすべて、囮《おとり》として凛舲を後宮に送り込むため、適当に手なずけて言いくるめる方便だったのだと思っていた。

驚いている凛舲の反応が心外だったのか、明真は顔をしかめる。

「見くびってもらっては困る。そなたの身の安全をはかること。そなたが無事に後宮を出たあかつきには不自由のない暮らしを保証すること。約束はどれも忘れたつもりはない」

「忘れたつもりはなくても、守る気はないのかと」

「……なかなか辛辣《しんらつ》だな」

「申し訳ありません。育ちが悪いもので、疑り深くなっているようです」

つい本音を口にしてしまったと反省していると、明真は気まずそうに横を向く。

「いや。疑われるだけのことをしたのだから、信頼せよと言うのは虫のいい話だ」

自戒するような言葉とともに居住まいを正し、明真は拱手の礼をとった。

「これより後は言葉ではなく、私の行いによって信頼に足ることを示しましょう」

再び方官の立場に戻った彼を前に、凛舲は目を伏せる。

祝経の教示を受け、わずかばかりでも心が軽くなった今、少しくらいなら明真を信じてもいいのではないかと思う自分がいた。

しかし、裏切られ、失望することに慣れた身にとって、期待を寄せるのはあまりに怖い。

見捨てられたと後になって天を仰ぐくらいなら、信じないと拒絶する方がましだ。

舲《こぶね》のように揺らぐ己の心を見つめ、凛舲は静かに言った。

「あなたの約束が、偽りで終わらないことを祈ってるわ」


「ご報告申し上げます」

扶手椅に肘《ひじ》をつき、卓上の盤面を眺めていた明真は、條達の声に顔をあげた。

今は翠嶂宮を出て自由に歩き回ることができないため、せめて無聊《ぶりょう》を慰めようと、凛舲に象戯《しょうぎ》の手ほどきしていたところだった。

「しばし席を外します」

向かいの凛舲に断ると、代わりの部下に後を任せ、退出する。

「何があった」

檐廊《えんろう》に出て問い質《ただ》すと、かたい表情の條達は、厚紙に挟んだ金属片を差し出した。

「剃刀《かみそり》か」

「賢妃さまのお着替えから発見されました。運んできた尚服の女官は心当たりがないと申しておりますが、念のため宮正に拘束《こうそく》させております」

「襦裙《じゅくん》が切り裂かれたかと思えば次は剃刀とは。手を替え品を替え、飽きぬことだ」

明真は呟き、呆れまじりに嘆息した。

凛舲が賢妃となってから、些細《ささい》な嫌がらせが頻繁《ひんぱん》に起きている。すべて、凛舲に危害が及ぶ前に明真たちの手で取り除かれているものの、相手は容易に尻尾《しっぽ》をつかませない。

食事に腹下しが仕込まれたり、着るはずの襦裙が切り裂かれたり、化粧道具に肌荒れの元となる異物が混ぜられるといった手口は、桐黎緑に対して行われていたものと似通っており、背後には荘徳妃と彼女をとりまく妃嬪の陰《かげ》がちらついている。

実害には至らずとも、悪意を向けられればいい気はしないのは当然で、凛舲もうんざりしている様子だったが、房室《へや》に運ばれてきた水注《すいちゅう》から蛙《かえる》が飛び出した時だけは「今度は鳥じゃなくて蛙にしたのね」と、なぜか可笑しそうな顔をしていた。

「いかがいたしましょうか」

條達の問いかけに明真は口元に手を当てた。犯人を突き止め、徹底的に締め上げることも可能だが、そのために人手を割けば桐黎緑の捜索や凛舲の護衛にも支障が出る。

嫌がらせの背後にいる者たちもそのあたりの匙《さじ》加減を承知しているのだろう。

決して証拠を残さず、大事になる手前のところで留める辺りがいまいましい。

「賢妃さまのお世話は、できるだけ我々で務め、逐次《ちくじ》対応するほかあるまい。着替えの件は賢妃さまのお耳には入れぬよう。女官の取り調べは宮正に任せ、後ほど報告せよ」

「承知いたしました」

條達が拱手して戻ってゆくと、入れ替わりに別の部下がやってきた。

「それは寝房に置くものか」

彼が手にしているのは、凛舲が洗面と手水《てみず》に使う白磁の水注である。

容器にも水にも毒物などの異常はなかったと聞き、明真は念のため中を確認した。

蓋《ふた》を開けると、裏に残っていた水滴がぱたりと落ち、足元に小さな染みを作る。

その瞬間、不自然に動きを止めた明真を見て、部下が尋ねた。

「異常がございましたか」

「……いや、問題ない。運び入れよ」

明真は我に返り、部下をうながすと、しばし檐廊に留まる。

いくつもの記憶がふいに刺激されたように、脳裏をよぎったからである。

五歳の時に明真を引き取った養父は、何も持たない孤児に多くの知識を与え、官吏《かんり》としての道を示してくれた。その養父と別れ、夜陰を駆ける馬の背から、火の手のあがる静晏を遠く眺めた時、明真はもう二度と帰る家を持てないのだろうと思った。

しかし、落ちのびる道中で叛乱鎮圧を指揮する部将に拾われたことで、彼はもう一度、帰るべき家にめぐり遭ったのだ。

のちに晃雅帝となる皇弟の嫡子《ちゃくし》・炫耀《げんよう》は、明真より一つ年少だった。

母を早くになくし、正室へと昇格した継母からは煙《けむ》たがられ、邸では居場所がなかったためか、学業にも身が入らず、学友として引き合わされたのが明真だったのである。

父への尊敬と憧れゆえか、快活な父をまね、炫耀はことさら磊落《らいらく》なふるまいが目についたが、その実、正室や義弟から冷淡な扱いをされることにひどく傷ついていた。

炫耀の繊細な一面に気づくにつれ、明真はこれを護《まも》り、盾となるよう心がけた。

思えばそれは、兄が弟を庇護《ひご》するのに似た感覚であったかもしれない。

家族の情を呼び覚ます炫耀の存在は、明真にとって新たな家となり、炫耀が皇帝に即位したことで、仕えるべき主《あるじ》となったのだ。

だが、寵姫が後宮から姿を隠し、その主は普段の落ち着きからは想像もつかないほどに荒れ、遠方にあった明真が呼び戻されることとなった。

再びまみえた炫耀は数か月前とは別人のように窶《やつ》れており、このままでは失意と怒りの中で暗君に転じるのではないかと臣下にも囁《ささや》かれていた。

そんな中、凛舲を後宮に入れたのは、寵姫と瓜二つの娘を送り込むことで失踪に関わる何者かが動きを見せることを期待したからだ。炫耀が精神の均衡《きんこう》を失うようなことがあっては取り返しがつかないと、凛舲が何者かに襲われることも厭わなかった。

その選択が誤《あやま》りであったとは思わない。

しかし、凛舲に祝経の教示を施した際、明真の中で何かが揺らいだ。

凛舲の境遇が恵まれていないことは知っていた。仙鏡堂ではずいぶんひどい扱いを受けていたのだろう。折檻《せっかん》の痕《あと》を隠すのに苦心すると、女官が零すのを聞いたこともある。迷呪持ちと蔑《さげす》まれながらも迷子捜しに明け暮れる彼女が、心の奥底で家族を、肉親を、帰るべき家を追い求めていることにも気づいていた。

孤独の中さ迷いながらも心を枉《ま》げず、己と同じ神符を持たない童のために歩き続ける。そうした彼女の強さを讃《たた》えたのは、純粋な敬意からだ。だが凜舲が無意識に落とした涙を見た時、明真は自分が何を踏みにじろうとしていたのかを悟った。

凜舲は己こそ助けを必要とする境遇にありながら、同じように助けを必要とする者のために力を尽くした。翻《ひるがえ》って、彼はどうか。

同じく孤児同然の境遇にあったにもかかわらず、似た境遇の凜舲を道具のように使い、囮とすることも厭わない自分は、凜舲に遠く及ばぬほどの恥知らずではないのか。

身元を確かめる手助けをすると約したのは、ただ己の疚《やま》しさから目を背けるためだったのかもしれない。

水注から落ちた足元の水滴を見おろし、明真は凜舲の涙を思う。

人の流す涙にあれほど胸をつかれたことはなく、ひたむきに歩き続けた彼女の心そのままに美しかった。

翠嶂宮に葵宮正司が訪れたのは、それから数日後のことだった。

「孟貴妃さまよりご依頼のあった、桐婕妤の閲覧記録です」

あいかわらず凜々《りり》しい男装に身を包んだ葵は、明真に書面を渡す。

「玉塵閣の目録と蔵書の照合は完了してはおりませんが、桐婕妤が世婦《せいふ》とおなりになって以降、貸し出され書物は一冊を残してすべて無事に残っていることがわかりました」

「一冊を残して、というと？」

明真を通して書面を受け取った凜舲は、扶手椅にかけたまま一覧に目を走らせた。

ずらりと並ぶ書名の中で、確かに一冊だけ、朱色で囲まれているものがある。

「その書物だけが玉塵閣のどこにも見つからなかったという意味です。返却が遅れているのかと思い、桐婕妤の私物を確認いたしましたが、該当する書物はございませんでした」

「では、玉塵閣を荒らした賊が、この書物を持ち去ったのでしょうか」

「断言はできませんが、盗み出した書物を特定されることを恐れ、攪乱《かくらん》のために書棚を荒らしたことは充分考えられます」

「この……『玄覧集《げんらんしゅう》』という書物は、どのような内容なのでしょうか」

朱で囲まれた書名を口にした時、明真の顔が目に見えてこわばるのがわかった。

「尚儀局の貞司籍によると図版入りの詩選とのことですが、詳しい内容までは」

凍りついている明真の様子をいぶかりながら、凜舲は葵宮正司に続けて問う。

「桐婕妤のほかに、この書物を閲覧した方はどなたがいらっしゃるの？」

「二枚目の書面に貸し出しを受けた妃嬪の名を記載してございます。賊の捜査と蔵書の照合に手を割かれているため、こちらの方々への聞き取りはまだ行えておりませんが」

「では、聞き取りは我々方官が行いましょう」

ふいに口を挟んだのは明真だった。

「しかし、あなたがたは賢妃さまの護衛があるのでは」

不審げに返す葵宮正司に、明真はうなずきつつ凛舲を見る。

「ええ。ですから賢妃さまにもお力添えいただきながら、ということになります。桐婕妤の行方を捜すうえでも、これは必要な調査と思われますので」

「翠嶂宮を出て聞き取りを行うことを、孟貴妃さまがお許しくださるかどうか……」

「では、孟貴妃さまがお許しくだされば我々にお任せくださいますか」

渋る葵宮正司に、明真は強引とも思える口調で食い下がる。

確約はできないと言って葵宮正司が帰っていくと、凛舲は明真に向き直った。

「なくなった本は、そんなに重要なもの？　今回のことと関係があるの？」

「少なくとも、私には無関係とは思われません」

答える明真の表情はかたい。先ほどの態度といい、いつもの冷静な彼とは別人のようだ。

「あなたは『玄覧集』を読んだことがあるの？」

「実際に目にしたことはありませんが、どのような書物かは存じております」

凛舲が手にしている書面に視線を落とし、明真は低く口をひらく。

「『玄覧集』は焚書を避ける偽りの書名。正しくは、玄讖《げんしん》と呼ばれておりました」

「……玄識？」

「ええ。前王朝で禁書とされた、いわば予言書です」

五

滅亡の予言

「玄識《げんしん》を記したのは、万象道《ばんしょうどう》の開祖、玄寂《げんじゃく》だと言われております」

明真《めいしん》のかたい声が居間に響く。

「森羅万象《しんらばんしょう》の源《みなもと》となる冥晦《くらやみ》の中に心を遊ばせ、後の世の出来事をそこに見てつぶさに記したものだとか」

「それが予言？」

「ええ。万象道が興《おこ》ったのは、今から八百年あまり前ですが、玄寂の記した予言書には、その間に勃興《ぼっこう》する王朝やそれらが滅ぶさままでも克明《こくめい》に表されていたと言います」

前王朝では、もともと万象道への信仰が篤《あつ》かったが、王朝末期、治政が荒れたことで、予言によって人心が惑い叛乱《はんらん》を恐れた皇帝は万象道を弾圧した。

玄識の焚書《ふんしょ》もその時におこなわれたが、それがためにかえって多くの民と臣下の離反を招き、ついには王朝が仆《たお》れるに至ったという。

「皮肉なことに、焼かれた玄識には、万象道の弾圧によって国が亡ぶことまでも予言されていたそうですよ」

予言を恐れ、万象道を弾圧したはずが、その行いが予言通りの結果を招くとは。

「前王朝の皇帝は、玄識を読まなかったのかしら」

「読んでなお防げなかったのかもしれません。玄識に記されているのは、多くの比喩《ひゆ》を用いた詩と図版だそうですから、誰にでもそれとわかる内容ではなかったのでしょう」

玄識は『玄覧集《げんらんしゅう》』と名を変えることで焚書を免《まぬが》れたと伝わっているものの、肝心の現物は永晶国《えいしょうこく》皇帝の書庫である秘府《ひふ》にすら残されていない。

「一説によると、玄識にはこの永晶国の行く末や滅亡までもが記されているため、太祖が封じたと聞き及びました。眉唾《まゆつば》な風聞にすぎないと思っておりましたが……」

口に出すのも憚《はばか》られる内容のためか、明真の声は低く密やかだ。

彼が『玄覧集』の名を耳にしたとたん顔をこわばらせた理由が凛舲《りんれい》にも理解できた。

確かに、そんないわくつきの書物が後宮の書庫にあるとは思わなかっただろう。

「桐婕妤《とうしょうよ》がそれを読んでいたことと、今回の失踪《しっそう》にはどんな関わりがあるのかしら」

「書物を手に入れて、内容を確かめなければなんとも申せません。盗まれてしまったのだとすれば、桐婕妤より前に『玄覧集』を借り受けた妃嬪《ひひん》にお話を伺うのが最善でしょう」

明真が強引に妃嬪への聞き取りを実行しようとしたのもそのせいだろう。

書面に目を落としている明真の傍《かたわ》らで、凛舲は考え込む。

桐婕妤の貸し出し記録を目にした時から、ずっと引っかかっていた。

「書物に関しては、なんとかなると思うわ。妃嬪への聞き取りも私たちで行えるように、孟貴妃《もうきひ》さまにお願いしてみましょう」

うまくいけば『玄覧集』を手に入れて、さらには玉塵閣《ぎょくじんかく》を荒らした犯人を捕らえることができるかもしれない。

孟貴妃の働きかけもあり、凛舲たちが謹慎を解かれたのは数日後のことだった。

「お願いしたことは済ませてある？」

御道《ぎょどう》を歩きながら確認した凛舲に、明真はうなずく。

「はい。手はずどおりに終えております」

「そう。あとは、姚淑妃《ようしゅくひ》さまにお会いすればうまくいきそうね」

貸し出し記録にあった妃嬪のうち、三妃以外の妃は翠嶂宮《すいしょうきゅう》に招くことで、既《すで》に話を聞き終えている。いずれの妃も『玄覧集』が予言書であることは知らず、図版入りの詩選として手に取ったものらしい。内容をはっきりと記憶している妃は少なかったが、気に入りの詩を書写していた妃もいたため、いくつかの詩に関しては詳細を手に入れることができた。

そして、話を聞いた妃嬪のうち、一人がこうも言ったのである。

「姚淑妃さまは歴代の皇后陛下のように書物に親しんでおられますので、玉塵閣より借り受けた書物は、すべて侍女に書写させているとうかがったことがあります」と。

賢妃《けんひ》就任後の挨拶《あいさつ》もあり、姚淑妃に訪問を申し込むと、ほどなく承諾の返答があった。

「姚淑妃さまが『玄覧集』の写本をお持ちだとして、すんなり見せてくださる保証はございません。どうか、対面の場には私も同行をお許しください」

「でも、淑妃さまはあなたたち方官《ほうがん》が後宮に入ることを渋っておられたわ。かえって機嫌を損ねてしまわれるのじゃないかしら」

「だとしても、賢妃さまをお一人にして、万一のことがあればいかがします」

懸念を呈した凛舲に、明真はそう言って食い下がる。

「ほかの妃嬪も揃《そろ》っているのに、淑妃さまもおかしなことはなさらないと思うけど」

「ここは後宮です。何があっても不思議はございません」

「……わかったわ、明真」

嫌がらせが後を絶たないことで神経をすり減らしているのか、明真は近ごろ格段に過保護になった気がする。頑《がん》として譲らぬ様子に、凛舲は苦笑で応《こた》えたのだった。


「賢妃とおなりあそばして、お忙しいのではなかったの？」

凛舲を玄静宮《げんせいきゆう》の客庁《きやくま》で迎えると、姚淑妃は艶麗《えんれい》な唇に笑みを刻んだ。

同じ構造をしているとは言うものの、玄静宮の様子は翠嶂宮とは趣《おもむき》を異としていた。

この六華宮《ろつかきゆう》では、翠嶂宮は緑、孟貴妃の朱桜宮《しゆおうきゆう》は赤、荘徳妃《そうとくひ》の太白宮《たいはくきゆう》は白と、それぞれの宮殿を象徴する色が柱や梁《はり》に塗られているが、玄静宮はその言葉が示す通り、黒光りする黒曜石《こくようせき》の色に塗られていたのである。

しかし、玄《くろ》い柱に施された装飾や彫刻は金や極彩色に塗られているため、必要以上に昏《くら》く地味な印象は受けない。

それどころか、むしろ絢爛豪華《けんらんごうか》に着飾った妃嬪や女官が加わることで、彼女たちのあでやかさをより一層引き立てているのだった。

正面の宝座に腰を下ろす姚淑妃は、青冥《せいめい》の襦《うわぎ》に金糸で宝相華《ほうそうげ》を刺繍《ししゅう》した背子《はいし》をかさね、夜昊《よぞら》を思わせる紺蝶の長裙《ちょうくん》をはいている。優雅な仕種に薄絹の帔帛《ひはく》がひらめくと、さながさながら群雲《むらくも》のすき間から月明かりがのぞくかごとく映った。

「本来ならただちにご挨拶に参上すべきところ、非礼の儀、お詫《わ》び申し上げます」

謝意を示した凜舲を前に、姚淑妃は歩瑤《ほよう》を揺らし、柳眉《りゅうび》をひそめる。

「そなたはあくまでかりそめの賢妃。本来とるべき威儀など、もとより期待しておりません。それよりも、この場に無粋な方官を引き連れて来たのはどういうわけです」

「おそれながら、私は絳《こう》賢妃さまの護衛を兼ねておりますゆえ」

ひややかな問いに明真が拝跪《はいき》の姿勢で言上すると、姚淑妃はまなじりをつりあげた。

「黙りなさい！　そなたの直答は許しておらぬ。わたくしは絳賢妃に話しておるのです。そなたら方官が六華宮に立ち入るに際し、わたくしの視界に入ることなきよう申したはず。それを、厚かましくわが宮殿内に足を踏み入れたばかりか、わたくしが絳賢妃に危害を及ぼすと申すか！　侮辱《ぶじょく》にもほどがある！」

怒りを露《あらわ》にした姚淑妃に、やはりこうなったかと思いつつ、凜舲は頭《こうべ》を垂れた。

「ご無礼をお許しください。この者はお話がすむまで下がらせますので」

何か言いたげな明真を目で制し、凜舲は退出を命じる。

客庁に凜舲だけが残され、張りつめた静けさの中ひととおりの挨拶がすむと、姚淑妃の視線がつめたくそそがれた。

「して、わたくしを訪ねた本当の理由は何です。聞きたいことがおありなのでしょう？」

さっさと用件をすませて追い払いたいとばかりに、姚淑妃は本題に入る。

「姚淑妃さまは、玉塵閣の書物を愛読しておいでとうかがっております」

「ええ。ですから、こたびの事件には胸を痛めているのです。疾《と》く犯人を捕らえよと宮正にも命じておるというに、未だ首尾が上がらぬ様子」

嘆かわしいと言いたげにため息をついた姚淑妃に、凛舲は口をひらいた。

「その犯人を捕らえる手がかりを見つけたかもしれません」

「どういうことです」

姚淑妃の目が獲物を見つけた獣のように細くなる。

「淑妃さまは『玄覧集』という書物をお読みになったことがございますか」

記憶をたどるように眉を寄せた姚淑妃に、傍らの侍女が耳打ちした。

「その書物がなんだと言うのです」

探るようなまなざしを受けて、凛舲は答える。

「桐婕妤が姿を消す直前に玉塵閣から借り受けていた書物が『玄覧集』でした。しかし、返却されたはずのその書物は、玉塵閣から消え失せていたようなのです」

「では、賊《ぞく》が『玄覧集』を盗み出したと？」

「未だ憶測にすぎませんが、可能性は高いものと思われます。記録によると、淑妃さまも同じ書物を玉塵閣から借り受けたとか。もし写本をお持ちなら、お見せいただきたく思い、こうして伺った次第でございます」

凛舲の言葉に、驚いたように控えの女官や妃嬪たちが顔を見合わせる。その様子を一瞥《いちべつ》し、姚淑妃は目を伏せてみじかく告げた。

「事情はわかりましたが、写本をそなたに見せることはできません」

嫌がらせか、それとも何か疚《やま》しいことがあるからかと勘繰りそうになった凛舲に、姚淑妃は気まずそうに団扇《うちわ》で口元を覆う。

「見せられないのは、他意があってのことではなく、手元に残っていないからです」

「残って、いない……？」

思わず凛舲が目をみはると、姚淑妃は口惜しそうにうつむいた。

「ええ。玉塵閣での騒ぎが起きた後、わたくしの蔵書にも間違いがないか確かめさせたのですが、『玄覧集』の写本だけが紛失していたのです」

その話が事実だとすれば、玉塵閣を襲った賊は、姚淑妃の蔵書の内容までも知ったうえで『玄覧集』を持ち出したことになるのではないか。

凛舲はしばし考え込み、顔をあげる。

「もし『玄覧集』の内容を覚えておいででしたら、教えていただくことはできますか？」

「わたくしが記憶しているのは、謎かけめいた詩ばかりです。花鳥や神獣にまつわる詩が多い印象でしたね。桐婕妤の失踪に関わりがあるようなものだったとは思われませんが」

問題は、姚淑妃がどう思ったかではなく、玉塵閣に忍び込んだ賊が『玄覧集』をどのようなものだと認識していたかだ。

「お手元に残っていないのは残念ですが、そのようなご事情であれば致し方ありません。他の者に写本を借り受けることにいたします」

凛舲が答えると、姚淑妃は意外そうに尋ねた。

「まあ。わたくしのほかに写本をお持ちの方がおいでとは、珍しいこと」

「はい。実は、同じ翠嶂宮の張宝林《ちょうほうりん》が『玄覧集』を保管しているようなのです」

凛舲は、以前菖佳《しょうか》の房室《へや》を訪ねた時のことを思い出しながら言う。

「張宝林は自分のつたない写本などよりも、淑妃さまの写本のほうが正確で美しいだろうと固辞されたもので、先にこちらをお訪ねした次第にございます」

姚淑妃はまんざらでもない顔をしつつ、団扇の陰《かげ》で目を伏せる。

「それは張宝林にとっても気の毒なことをしてしまいましたね。確かに、わたくしの侍女は能筆揃いですから内容の正確さも文字の美しさも並びないことは保証できますが、ないものはお渡しできません。張宝林から見せてもらうのがよろしいでしょう」

「はい。不躾《ぶしつけ》な訪問にもかかわらず、お迎えくださり感謝申し上げます」

「礼には及びません。玉塵閣を荒らした賊を捕らえられるなら、わたくしも望むところですもの。命がけで玉塵閣を守った寧順《ねいじゅん》皇后の御霊《みたま》も、少しは慰《なぐさ》められるでしょう」

辞去の姿勢をとりかけた凛舲は、ふと姚淑妃を見た。

「寧順皇后は、本当に玉塵閣の書物を愛しておられたのですね」

「ええ。皇太子をお産み遊ばされてから徳昌帝《とくしょうてい》の訪れも絶えたことで、書物だけが癒《い》やしとなったと手記にも書かれておいでです。寧順皇后のご存命中であれば、こたびのような出来事も起こらなかったと思えば、わたくしも責任を感じずにいられません」

嘆息する姚淑妃に、凜舲は注意深く口をひらいた。

「身を挺《てい》して後宮と玉塵閣をお守りになった寧順皇后のお話には私も胸を打たれました。 差しつかえなければ、その手記がどのようなものか、お教えいただけないでしょうか。妃の一人として、寧順皇后のお言葉から少しでも学びたいのです」

へりくだる凜舲の様子を見て、姚淑妃はわずかに態度をやわらげる。

「そなたにしては殊勝な心がけですね。写本を一冊差し上げますから、よく励みなさい」

「感謝申し上げます。姚淑妃さま」

頭を垂れ、顔をあげたところで凜舲は小さく息をのんだ。

客庁の隅《すみ》で、目立たぬように退出する宮女の姿を視界にとらえたからである。

一瞬だったが、その宮女の髪型は、見覚えのある結い方に見えた。

姚淑妃への挨拶もそこそこに玄静宮を後にすると、凜舲は御道を急いだ。

「いかがなされたのです」

説明する間も惜しんで外に出たせいか、明真がそばに従いながら尋ねてくる。

「さっきの客庁に、私を襲った陰火《いんか》と、同じ髪型の宮女がいたの。姚淑妃がお持ちだった『玄覧集』の写本まで盗まれていたようだし、ひょっとして……」

早足で歩きながら凛舲が言葉を切ると、明真は表情を引き締めた。

「やはり、その者が玉麈閣を荒らした可能性が高そうですね」

「早く戻りましょう。張宝林……いえ、菖佳の房室に急がないと」

先ほどの話を耳にした犯人は、ひと足早く翠嶂宮に向かったに違いない。

豪奢《ごうしゃ》な衣装の裾《すそ》をさばくのをもどかしく感じながら、凛舲は足を速める。

翠嶂宮に戻ったとたん、複数の足音と女たちの悲鳴が耳を打った。

「構うな、追え！　五の殿舎の裏廊だ！」

叱咤《しった》する男の声に、凛舲たちは檐廊《えんろう》づたいに急行する。

交叉《こうさ》路には、方官の條達《じょうたつ》が首を押さえ、うずくまっているのが見えた。

「何があった、條達」

駆け寄って明真が質《ただ》すと、條達は懸命に体を起こそうとする。

「ご命令どおり、一の殿舎の房室に潜んでいたところ……宮女が……。声をかけましたところ……針を。……申し訳、ございま……せん」

もつれる舌を動かすように答えたところで、ふいに力尽きたように動かなくなった。

「條達！」

凛舲が思わず身を乗り出すと、すかさず明真が腕をあげて阻《はば》む。

「お手を触れませんように。おそらく毒針を受けております」

死んでしまったのではないかと凛舲は蒼白になったが、明真の表情は変わらない。

「まだ息はある。奚官局《けいかんきょく》に運んで解毒しろ！　おまえたちは賢妃さまを早く」

方官たちに指示を下すなり、明真は交叉路を抜け、檐廊のひとつに飛び込んでゆく。

「賢妃さま、ここは危のうございます」

方官たちに脇を固められ、凛舲は後ろ髪を引かれながらその場を離れたのだった。


蓮《はす》池を渡る風は涼やかで、鳥のさえずりが遠く響く。

あれから、凛舲は翠嶂宮を出て、杏璘《きょうりん》と話した水榭《すいしゃ》へとやって来ていた。

ここなら不審な者が近づいても発見しやすく、会話を盗み聞かれる危険もない。

池の中心に造られた水榭で待つほどに、桟橋《さんばし》を渡り、こちらへ向かってくる人影を見て、凛舲は小走りに近づいた。

「明真。條達はどうなったの？　あなたのほうも怪我《けが》はない？」

「私は何事もございません。條達は奚官局の処置により、持ち直したようです」

「そう。よかった……」

凛舲はほっと息を吐く。奚官局は宦官《かんがん》の務める内侍省五局に属し、後宮内の傷病に対応している。医師や薬も揃っていると聞くが、もしやと思うと気が気ではなかった。

「張宝林の房室を見張り、室内から書物を持ち出す者があれば泳がせて行き先を突き止めろと命じておいたのですが、相手が宮女とみて捕まえようとしたようです。油断の上に毒針を受けるなど、あるまじき失態。方官を司《つかさど》る者としてお詫び申し上げます」

明真はそう言って深く頭を垂れる。

「私の見通しが甘かったのかもしれないわ。危険があることもわかっていたのに」

宮正からもたらされた一覧の中に、『玄覧集』の書名を見つけた時、脳裏をよぎったのは菖佳の房室を訪れた時に彼女が読んでいた書物のことだった。

そこで、すぐに彼女に手紙を書き、事情を打ち明けて手元にある書物をどうか見せてほしいと頼み込んだのである。

菖佳は凛舲の依頼を受け、玉塵閣を荒らした犯人を捕らえる策にも協力してくれた。妃たちから聞き取りをする一方で、菖佳が『玄覧集』の写本を持っていると話し、犯人の注意を引いて、おびき出そうとしたのだが。

「危険を承知の上で、賢妃さまの策を用いたのですから、抜かりがあったとすれば私の責任です。條達には厳重な処分を与えますので、どうぞお許しくださいますよう」

命令にそむく行動をしたことは問題だが、毒を受けたことで本人には充分に罰になっているだろう。叱責に留めるよう凛舲は告げ、明真に向き直る。

「それで、菖佳の部屋に忍び込んだ宮女は結局見つかったの？」

「いえ、見失いました。面目次第もございません」

苦渋の表情で明真は答えた。

菖佳本人は犯人をおびき出すまでの間、孟貴妃の朱桜宮で匿《かくま》ってもらうことにして、菖佳の房室には條達に潜んでいてもらっていた。

さらに、庭院《なかにわ》を挟んだ向かいの房室には複数名の方官を張り込ませていたため、不審者が近づけばすぐにわかるはずだった。

しかし、忍び込んだ宮女を捕らえようとしたことで條達は毒針を受け、交叉路まで追ったところで倒れた。向かいの殿舎にいた方官たちもすぐに追いつき、宮女が走っていった檐廊に向かったが、そこに人影はなく、並びの房室をすべて確かめても、どこにも宮女は見つからなかったというのだ。

「私自身もあれから、翠嶂宮をくまなく捜索いたしましたが、方官たちが証言するような宮女は潜んでおりませんでした。走っていく宮女を見たという女官や妃嬪はいるものの、五の殿舎ではなく四の殿舎で見たなどと証言に齟齬《そご》が多いため、取りまとめに今少し猶予《ゆうよ》をいただきたく存じます」

明真がここへやってくるまでに時間がかかったのはそのためらしい。

「あの混乱の中でなら、証言が食い違うこともあるでしょう。もし、忍び込んだ犯人が私を襲った陰火なら、隠し通路に逃げ込んだのかもしれないし」

「だとすれば、今回の失態も少しは役に立つやもしれません」

どういうことかと目をやると、明真は口元に手をあてるしぐさで考え込んでいる。

「何かわかったの？」

「確証がつかめましたら改めてお話しいたしますよ」

明真はほほえむと、ふと蓮池の岸辺のほうを振り返った。

「それよりも、今はあちらの方とお会いするのが先でございましょう」

彼が示す先には、孟貴妃の侍女の警護を受け、水樹へと歩いてくる菖佳の姿があった。


「ありがとう、菖佳。こんなところまで出向かせてしまってごめんなさい」

凛舲が迎えると、菖佳は胸元の書物を大事そうに抱きしめたまま、萎縮《いしゅく》したように明真や護衛の方官たちに目をやった。

「もったいないお言葉にございます、賢妃さま」

礼を取ろうとする菖佳を制し、凛舲は首を振る。

「お願い。ここにいる間だけでも、以前のように凛舲と呼んで」

「ですが……」

ためらう様子を見せる菖佳の背後で、明真は孟貴妃の侍女や方官たちに退出をうながす。

水樹に凛舲と菖佳、明真だけが残されると、菖佳は意を決したように口を開いた。

「翠嶂宮で騒ぎがあったと聞きましたわ。怪我人も出たとか。凛舲はご無事でしたの？」

「ええ。私は何ともなかったけど、方官が一人、治療を受けているわ」

凛舲の答えに、菖佳は片腕で抱きかかえた書物に目を落とす。

「本当に、これを狙ってきたのかしら」

「桐婕妤がお戻りになるまでお預かりしているものだって、前に言っていたわよね」

凛舲の問いかけに、菖佳はこくんとうなずいた。

「桐婕妤がいなくなる少し前にお借りしたものなんですの。今思うと、あの時の桐婕妤のご様子はおかしくて……こんなことなら、ちゃんとお話をうかがっておけばよかったわ」

菖佳の話によると、その日、猫の味々《マイマイ》を触りに房室を訪ねたところ、桐婕妤はいつになく上の空で考えごとをしている様子だったという。

「いつもはわたくしが味々を撫《な》でている間、お茶を入れてくれたり、お話をきかせてくれたりするんですけど、あの時はぼんやり窓の外を眺めていらして……」

膝《ひざ》の上で眠ってしまった味々を起こすのもかわいそうで、榻《ながいす》に座った菖佳はなにげなく傍らの几案《つくえ》に重ねられた書物を手に取ったのだという。

「たまたま手に取ったのが、絵図の入ったこの詩選でした。わけがわからないことばかり書いてあるのが謎かけのようで面白くて、しばらく眺めていたの」

桐黎緑《れいりょく》はたびたび菖佳にも所蔵の書物を貸してくれていたから、帰りがけに『玄覧集』と書かれたその書物を貸してほしいと声をかけたのだそうだ。

桐黎緑はぼんやりとうなずき、菖佳が手に取った書物を確かめることもなく送り出した。

「この書物が、玉麈閣から桐婕妤がお借りしていたものだなんて、知らなくて……」

きっとすぐに彼女は戻ってくるはずだから、その時に謝罪して返そうと思い、ずっと保管していたのだと菖佳はうなだれる。

「まさか、こんなに長くお戻りにならないなんて思わなかったんですの。凜舲に会ってお話しした後、もっとあの時ちゃんと確かめていたらって、何度も後悔しましたわ」

失踪の後、大事になるにつれ、どんどん怖くなり、桐黎緑が姿を消した時の不可解な出来事もあいまって誰かに打ち明けることができなくなってしまったのだろう。

「この書物が桐婕妤がいなくなったことと何か関係あるんでしょうか。わたくしがこれを持ち出したから、桐婕妤はいなくなってしまわれたとしたら……」

菖佳は怯《おび》えたように書物を差し出す。その手を包むように受け取り、凜舲は答えた。

「それを確かめるためにも、内容を知りたいの。何もわからないまま、自分のせいかもしれないなんて思うのは、菖佳だって嫌でしょう？」

「ええ。でもわたくし、怖くて……」

「あなたに危害が及ぶことがないように、しっかり守ってもらうわ。状況が落ち着くまで、もうしばらく孟貴妃さまのところで過ごせるようにお願いしておくから、安心して」

涙をにじませていた菖佳は、凜舲の言葉にほっとしたように目じりをぬぐう。

「ありがとう、凜舲」

「朱桜宮で不自由はない？」

「大丈夫ですわ。翠嶂宮にいる時よりもうるさく言われませんし。わたくし、もともと体を動かすのは大好きですの。鍛錬は少し大変ですけれど、孟貴妃さまも朱桜宮のみなさまも気さくでおおらかな方ばかりですし、弓の腕も上達したんですのよ？」

菖佳は細腕を持ち上げて少し笑ってみせる。

「鍛錬ばかりしていたら、孟貴妃さまみたいに強くなってしまうわね」

「孟貴妃さまのおそばにいると、それも素敵だと思いますわ」

感化されすぎかしら、と菖佳は言い、凛舲を見つめた。

「桐婕妤を見つけてさしあげて。お願いよ」

「ええ。必ず」

決意をこめて凛舲がうなずくと、菖佳は安心したように帰っていった。

「……あのようなお顔もなさるのですね」

託された『玄覧集』を抱え、凛舲が見送っていると、ぽつりと明真が呟《つぶや》く。

「きっと、秘密を抱えて不安だったのだと思うわ。孟貴妃さまのところで鍛錬するのが、いい気分転換になってくれてるみたいだけど」

答えた凛舲に、明真は口もとだけでちらりと笑った。

「私が申し上げたのは賢妃さまのことですよ」

凛舲が虚を衝《つ》かれていると、彼は護衛に囲まれて帰っていく菖佳へと視線を移す。

「かつての同輩には、あのようにくつろいだお顔をなさるのかと」

後宮に来て、わけがわからないことにも遭遇したが、同じ御妻《ぎょさい》の菖佳や香雪《こうせつ》と、お茶を飲んだり婦学の課題を一緒に片づけたり、他愛《たわい》ないお喋《しゃべ》りをする時間は楽しかった。仙鏡堂《せんきょうどう》にいた頃とは別世界のような穏やかな時間を過ごすうち、考えたことはある。

「もし朋友《ともだち》がいたとしたら、あんなふうかなって思ったの。それだけよ」

何か言いたげな明真から逃げるように、凜舲は卓子《テーブル》のほうへ歩き出した。

「話には聞いていたけど、想像以上にわけがわからないわね……」

玉石の椅子《いす》に座り、卓子に『玄覧集』を広げたものの、凜舲は早々に音《ね》を上げた。

詩選と皆が話していた通り、記されているのは九十九に及ぶ短い古詩と図版である。ところどころ、凜舲でも知っている有名な詩が混じっているものの、形式や平仄《ひょうそく》を無視したような詩も多く、図版を見ても首をかしげるものばかりだ。

「禁書とされたとおり、原本にさまざまな古詩が取り混ぜられて『玄覧集』が編まれたのでしょう。これと……これ、これなどは異なる時代の詩選に同じものがございます」

傍らに立った明真は書物をのぞき込んで、無関係と思われる古詩をより分けてゆく。

そうすると、彼が玄識の原本であろうと特定した古詩はおよそ六十ほどになった。

「なかでも、前王朝で起きた叛乱と、永晶国の建国、太祖について書かれている有名な詩があるはずです。それを見つければ、今上《きんじょう》帝の御代、あるいは後の世の出来事についても知ることができるはず」

明真の声は心なしか上ずっている。

予言書など眉唾だと言いながらも、もしやという思いを捨てられないのかもしれない。

凜舲もまた、知りたいような、恐ろしいような思いで眺めていると、明真が声を発した。

「お待ちください。霊鳥である鸞《らん》が老いた魚の鱗《うろこ》を破り、中から晶光が差すというくだり。この詩が前王朝の滅亡を意味しているのでしょう」

前王朝は銀鱗《ぎんりん》の大魚を瑞徴《ずいちょう》とする。そして、永晶国の太祖の諱《いみな》は鸞《ラン》という。

ゆえに、前王朝の皇帝はこの詩を厭《いと》い、玄識を禁書としたのだと明真は説明した。

「じゃあ、この後に続くのが永晶国についての詩になるのね」

凜舲にわかるのは、せいぜい徳昌帝の時代に起きた紘鎖《こうさ》の乱から今上帝のあたりのことだ。史実に明るいわけではないから、明真の知識が頼みの綱である。

途中から明真が詩文をたどるのにまかせていると、あるところで彼の手が止まった。

「これが今上帝について書かれてる詩？」

凜舲は明真を見あげたが、彼は黙り込んだまま、ひどくこわばった顔をしている。

一体何が書かれているのだろうと目をやれば、そこには苦悶《くもん》する龍の図版があった。

「光龍、名玉を報じて禽獣《きんじゅう》に堕《だ》し、泯没《みんぼつ》に瀕《ひん》す――」

凜舲が読み上げると、卓子に置かれていた明真の手がぴくりと震える。

泯没とはどういう意味だろうかと考える間もなく、低い声が降ってきた。

「今上帝の御名は、まぶしい光輝を表します。そして泯没とは」

ほろびることを意味するのだと、彼は続けたのだった。

＊

深更《しんこう》、明真は書案《つくえ》に向かい、燈台《とうだい》の明かりで書物を読んでいた。

開いているのは寧順皇后の手記の写本である。

隠し通路について手がかりになる記述はないかと、凛舲が姚淑妃から拝領したものだが、妃が身につけるべき教養や心構えについて、寧順皇后が理想とするところが綿々と書かれており、手記というよりは婦学の教科書とでも呼びたいような内容だった。

特定の妃が皇帝の寵を独占することがあっても、嫉妬《しっと》を露に敵意を向けるのは醜悪《しゅうあく》だと強調されているあたり、徳昌帝から最も寵愛を受けた寧順皇后の苦労がしのばれる。

ただ、他者というより己を戒《いまし》めるような筆致は、皇后自身が嫉妬に苦しめられた経験を感じさせ、想像を刺激させた。

「いかがしました」

書案に向かったまま問いかけると、屏風《ついたて》の向こうで凛舲が息をのむ。

「あなた、背中に目がついてるの？」

素直な問いかけに苦笑して明真は振り返る。

「気配ひとつ感じ取れぬようでは不寝番は務まりませんので」

昼間の『玄覧集』の一文が気になっているのだろう。寝房の凛舲は、夜が更《ふ》けてもなかなか寝付けぬ様子で寝返りを打ち、ため息をつくのが読書していてもわかった。

「水注《すいちゅう》から、また蛙《かえる》でも飛び出しましたか？」

からかいまじりに尋ねると、むくれたように凛舲は答える。

「そんなんじゃないわ」

「眠れないのであれば、薬湯でもご用意しましょうか」

明真が立ちあがって言うと、凛舲はそっと首を振る。

「それより、手習いを見てほしいのだけど」

「今、でございますか」

手習いというのは、翠嶂宮で過ごす際の符丁のようなものだ。

宮殿内で余人に聞かれず、こみいった話をする際は手習いと称して筆談するのである。

明日にしてはどうかと言いかけたが、凛舲が寝衣ではなく日常着の襦裙を身につけていることに気づき、断念する。

「承知しました。蠟燭《ろうそく》の明かりでは心もとのうございますが、準備いたします」

文具盒《ばこ》から取り出した硯《すずり》で丁寧に墨をすり、手本や紙を並べて書くばかりとしたところで凛舲を呼ぶ。書案の前に座った凛舲は、慣れた手つきで筆をとった。

手本となる古詩に紛れて記されたのは『もうひとつの書物の調べは進んだの？』という問いである。傍らに立った明真は身をかがめると「文字が乱れているようでございますね」

などと言いながら、添削を始めた。

『該当する六十の詩文に関して、史実とあわせて再検証いたしました。五十一番目の詩文より先が、永晶国に関して記されているのは間違いないものと思われます』

『光龍に関しての詩文が、別の時代や別の皇帝について表している可能性はある？』

『歴代皇帝の御名に、光を意味する文字が使われているのは先帝と今上陛下のお二人のみ。先の晃雅帝《こうがてい》の諱にも光を意味する文字が用いられておりますが、大過なく御代を終えられていることを考えると可能性は低いでしょう』

明真の回答を、申し訳なさそうに墨で塗りつぶし、凛舲は問いを重ねる。

彼女の手蹟《しゆせき》は少しばかり弱々しいが、癖もなく読みやすい。

『桐婕妤が失踪したことと、『玄覧集』の光龍の詩文は関わりがあるのかしら』

『桐婕妤は玉塵閣の女官も務めておいででした。『玄覧集』がどのような書籍かもご存じだったでしょうし、国史と照らし合わせれば、予言の示す時代を特定することは難しくありません。ただ、失踪に関わりがあるかどうかは、現段階では断言できませんね』

答えを読み、凛舲は考え込むように手を止める。

『光龍の予言は、何を意味しているかわかった？』

続く問いに、今度は明真が考え込む番だった。

『玄覧集』の中からこのくだりを見出《みいだ》した時、明真の脳裏にある推測がちらついた。

しかし、未だ確信のない推測を口にするには、引き換えとするものが重すぎる。

答えあぐねて沈黙していると、怪訝《けげん》に思ったのか、凛舲がこちらを振りあおいだ。

平生《へいぜい》であればありえぬほどの近さに心臓が鳴り、服用した薬が警鐘を鳴らす。

胃の腑《ふ》を締めつけられるような重苦しさを感じながらも、明真は燈台の明かりで濡《ぬ》れたように光る凛舲の瞳から、目をそらすことができなかった。

夜の闇《やみ》が立ち込める静寂の中、蠟燭の炎が芯を焦がす音だけが届く。

もし、薬の影響のない立場でこの瞳を見たら、自分は何を思っただろう。

「明真？」

不思議そうな呼びかけに、明真は迷いに似た夢から醒《さ》め、返答を書き記す。

『明言はできかねます』

そっけない一文に不満げな顔をしつつも、凛舲は質問を切り替えた。

『桐婕妤は本当に攫《さら》われたのかしら』

誘拐ではなく、本人の意志による失踪ではないかとの疑問に、明真は問いを返す。

『そのようにお考えになる根拠はなんですか』

『彼女について調べてみて、桐婕妤は何の手がかりも残さずに攫われるような無力な方ではないと思ったの。それに、この場所でもし誰かに攫われそうになったら、抵抗したり、声をあげたりするはずよね』

桐黎緑に与えられた房室は、調度類こそ一級品だが、ことさら広いわけではない。

深夜ならともかく、日中、侍女と言葉を交わした後にここで攫われたとすれば、大声で助けを呼ぶことも、手足を振り回して調度を倒すこともできたはずだと凜舲は言う。

確かに、手頃な場所に扶手椅《ひじかけいす》や屛風、磁器の壺《つぼ》の並ぶ博古架《かざりだな》などが置かれているから、凜舲の推理は的外れなものではない。

『しかし、桐婕妤は孟貴妃さまの鍛錬にも耐えられぬようなか弱いお方だったと聞き及びます。そのように勇ましい行動はとれなかったのではありませんか』

明真が反論すると、凜舲はあえてのように肉声で返した。

「私も、少し前まではそう思っていたでしょうね」

桐黎緑の人となりを知るにつれ、何の手がかりも残さずに賊に攫われるとは思えなくなったというのだろう。

『お言葉を返すようですが、もし桐婕妤の失踪がご自身の意志によるものだとしたら、幽《ゆう》瞑《めい》に関してはどう思われますか。今回のことと無関係だとは考えられないのですが』

「それは私も同感よ」

文字を綴《つづ》るのが面倒になってきたのか、当たり障《さわ》りのない言葉で凜舲はうなずく。

彼女の言わんとするところは、明真にもわかっていた。

桐黎緑が消えた事件に、おそらく幽瞑は関係している。だが、攫われたわけではない。

相反するかに見えるふたつの事実を、成立させる推測が、ひとつだけある。

明真は身をかがめると、凜舲だけに聞こえる声で低《おつしや》く囁《ささや》いた。

「桐婕妤は自《みずか》ら、あの者とともに姿を消したと仰るのですか」

「あなたもそのことに気づいていたんじゃないの？」

幽瞑の存在が明るみに出る以前より、攫われたと見るには不自然な点が多かった。

桐黎緑は、姿を消す直前までに手掛けていた職務をすませ、私物の整理を行っており、書き置きこそなかったものの、覚悟の失踪を思わせる行動を取っていたからだ。

だが同時に、それは決して認めてはならないことでもあった。

『私は陛下のご命令により、桐婕妤の行方を捜すよう申しつかりました。重要なのは陛下が何を求めておいでなのかということで、私がどう考えているかではございません』

明真が記した答えは、我ながら煮えきらぬものだった。

何者かに攫われたなら、少なくとも桐黎緑に非はなかったと言うことができる。

しかし、彼女がもし、自らの意志で姿を消したとすれば、話は全く違ってくる。

後宮において、妃が皇帝の寵を望まないことなど、あってはならないからだ。

『陛下は彼女がいなくなった原因を、どうお考えなのかしら』

凛舲の手蹟を見つめ、明真は沈黙する。

「陛下の御心をはかることは、私の立場では畏《おそ》れ多いことですので」

彼女と目を合わせず、明真は官僚じみた答えを口にした。

桐黎緑の失踪によって、ただでさえ危ういところにある炫耀《げんよう》の心に土足で踏み入るようなまねは、明真にはできなかった。主君であると同時に、肉親に近い情を抱く相手であることを思えば、そのような態度は臆病《おくびょう》がすぎるのかもしれない。

人を迷わす後宮や、そこに潜む幽鬼の影を追うよりも、今やるべきは、炫耀と桐黎緑がどのような関係であったのかを知り、二人の胸の内を知ることなのではないか。

そう考えた時、こちらを見あげる凛舲のまなざしと、再度ぶつかった。

＊

凛舲に皇帝への二度目の進御《しんぎょ》が決まったのは、それからすぐのことだった。

できるだけ早く皇帝に会って話を聞かねばと思っていたものの、いざ希望が叶うと自分にそんなこと大それたことができるのかと恐ろしくなってくる。

不安を押し殺し、女官たちの手で身支度を整える時間は異様に長く感じられた。

六寝へ赴《おもむ》く際の付き添いの女官は前回とほとんど同じだったが、唯一違っていたのは、進御の先導を明真が務めたことだ。

深い夜の闇の中、明かりを携《たずさ》えて進む明真の背を、凛舲はじっと見つめていた。

御寝に着いて、皇帝の訪れを待っていたが、今宵《こよい》はなかなか姿を見せない。

ようやく現れた炫耀は袍《ほう》服姿で、ひどくこわばった顔をしていた。

「報告は受けた。玉塵閣を荒らした賊に逃げられたそうだな」

前置きもなく告げられて、凛舲は陳謝の姿勢を取る。

「力及ばず、まことに申し訳ございません」

「おまえの役目は賊を捕らえることではない。謝罪には及ばぬ」

炫耀はそっけなく言って、薄絹の帷帳《いちょう》がかけられた巨大な牀《しんだい》へと凛舲をうながす。

互いに閨《ねや》に潜り込むと、炫耀は凛舲の頤《おとがい》を持ち上げて灯《ひ》にかざした。

「顔色がすぐれぬようだが、おまえも賊に襲われでもしたか」

「いえ、そのようなことは。応《おう》方官をはじめ、充分な護衛をつけていただきましたので、大過なく過ごしております」

顔色が悪いのはこのところの寝不足と、緊張のせいだろう。

実際、明真が近くで目を光らせているおかげで、嫌がらせの類《たぐい》はすべて事前に取りのぞかれている。

毒針を受けた方官の絛達が一命を取りとめたのも、以前、後宮で宦官が毒によって不審死を遂げたことを受け、あらかじめ明真が解毒薬を常備させておいたためだと聞いた。

凛舲の言葉を聞くと、炫耀は当然だと言いたげにうなずいた。

「あの男は昔からそうだ。誰も気づかぬ異変に必ず気づく。たとえ不覚を取っても、失敗を逆手に相手を仕留めるような奴だ。俺が狙われていた時から、ずっとな」

「陛下が、狙われて……？」

無造作に口にされた言葉に凛舲は目をみはり、そっと帷帳の向こうを確かめた。

「構わん。俺が即位前から皇太后《こうたいごう》にたびたび命を狙われていたことは周知の事実だ。結局、悲願は果たせずに俺を恨みながら亡くなったがな」

褥《しとね》の上に立てた片膝に腕をのせ、淡々《たんたん》と語る炫耀の顔に感慨はない。

その顔を見れば余計なことは問うべきではないとわかっていたが、気がつくと、疑問が口からこぼれていた。

「なぜ、か。皇太后さまは陛下を……」

「なぜ、か。その言葉こそ、皇太后が俺に投げつけたい言葉だったのではないかな。なぜ、皇后たる自分ではなく、身分の低い亡妃の息子が皇位を継ぐのかと」

炫耀は不躾な問いを咎《とが》めることもなく、皮肉めいた苦笑とともに答える。

「いずれにせよ、あの男がそばにいるかぎり、おまえの身が危うくなることはあるまい。攫われた黎緑の行方も、いずれあの男が必ずつかむだろう」

確信にみちた響きを聞けば、明真がどれほど炫耀の信を得ているかがわかった。

「実は、今宵は陛下にひとつ、お願いしたい儀がございます」

凛鈴は居住まいを正すとまっすぐに竜顔を見つめる。

「なんだ、この次は皇后に冊立《さくりつ》せよとでもねだるつもりか？」

軽口めいた問いかけにも凛鈴が表情を崩さずにいると、皇帝のまなざしが鋭くなった。

「私がこれからお願いすることは、ある意味、それ以上に不遜《ふそん》かもしれません」

本当は、こんなことは聞きたくなかった。しかし、深夜に交わした明真とのやり取りで、凛鈴以外のなんぴとも、これだけは問うことをしなかったと気づいてしまったのだ。

「申してみよ」

凛舲の覚悟が伝わったかのように、炫耀はおごそかに告げる。

「桐婕妤がもし、自らお姿を消されたのだとしたら、陛下はその理由をどのようにお考えになりますか？」

「なんだと」

「後宮の者たちを除けば、桐婕妤と最も親密に接し、お言葉を交わされたのは陛下ご自身です。桐婕妤が何らかの問題や悩みごとを抱え、お姿を消したとすれば、何かお気づきになったことはないか、お答えいただきたいのです」

気を抜けば震え出しそうになる体に固く力をこめ、凛舲は要求を口にのせた。

ほとんど一息に発した直後、肩をつかまれ、力任せに褥に引き倒される。

「っ……！」

のしかかるように押さえつけられ、大きな手が喉元《のど》にかかった時、凛舲はこのまま殺されるのだと思った。

首に掛けられた手に力は込められていない。しかし、炫耀との体格差を考えれば、凛舲の首の骨を折ることもたやすいだろう。

「なるほどな。考えは育ちによるものらしい。わが妃が、下賤《げせん》の妻女のようにへそを曲げて実家に帰ったとでも思ったか」

屈辱と怒りに染められた声で皇帝は嗤《わら》う。

凛舲は恐怖と息苦しさで涙をにじませながらも、のしかかる男から目をそらさなかった。

「確かに……私は陛下の蔑《さげす》む、下賤の娘です。けれど、そのような身分の者だからこそ、わかることも、ございます。下賤の巷《ちまた》では、どれほどたやすく人が姿を消し、また、命が失われるか……陛下はご存じない……っ」

首に掛けられた指に力がこもり、凜舲は息を詰まらせた。

「この宮城でもたやすく人は消え、命を落とす。今それを教えてやることもできるぞ」

恫喝《どうかつ》に震えながらも、凜舲は言葉をつむいだ。

「人が消える理由は……さまざまにございます。道に迷うだけでなく、自ら姿を消すこともあれば、攫われること、事故や犯罪に遭うこと、天災に見舞われること……いくらでも、原因はある。私は巷で……そのような者を数多く見てきました」

皇帝の力が、わずかに緩む。

「迷娘《めいにゃん》などとおだてられ……迷子捜しに明け暮れてまいりましたが……尋ね人を、無事に見つけられることばかりでは、ございませんでした」

当人を見つけても、それが生きた姿とは限らない。既に亡骸《なきがら》となっていたことはいくらでもあった。河水に浮かんでいたことも、賊に襲われていたことも、獣の餌食《えじき》になったと思《おぼ》しき形跡だけが見つかったこともある。

そのたびに凜舲は思ったのだ。

「あとひとつ……手がかりがあったなら間に合ったかもしれない。親しい誰かや、家族が気づいた些細《ささい》な変化、言葉ひとつでも聞き出せていたら、生きた姿でその子を見つけられたかもしれない。……だから、私は桐婕妤のことをひとつでも多く、知りたいのです」

明真は凜紟を立派だと言ったが、己がそんな大層な者でないことはよくわかっている。

だが、祝命について聞かされ、そなたの心は迷っていないと言葉をかけられた時、凜紟は己を動かしていたものが何だったのか、おぼろげながらわかったように思えたのだ。

毎日のように迷子を尋ね歩いていれば、多くの者たちと出会う。老いも若きも、男も女も、永晶国の民だけでなく、中には異国から来た者も数多くいた。彼らに話を聞くたび、凜紟はいつも、無意識に可能性を探っていたのだ。この相手が、自分の家族を、血縁を、つながりのある誰かを知っている可能性はないだろうかと。

そしてあの日、凜紟は明真に出会い、後宮へ導かれた。

凜紟の顔によく似た人物がいるという理由で。

数奇とも言える状況が、ただのなりゆきではなく必然だとすれば、桐黎緑を見つけ出すことは凜紟にとっても意味あることかもしれない。

「陛下が信を置く明真にすら、お話しになっていないことがまだあるはずです。彼の立場ではお尋ねすることはできなくても、今の私には、賢妃としての立場がある。どうか包み隠さず、桐婕妤のことをお話しください。あの方を、無事に見つけ出すために」

いつの間にか、喉元に掛かった手は外されていた。

皇帝は、真上からじっと凜紟の顔を見つめている。まるで、寵姫《ちょうき》にそっくりの顔をした女ではなく、初めて凜紟という名の娘に出会ったかのように。

炫耀は深く息を吐くと、ふいに凜舲の視界から消え、どさりと傍らに身を投げ出した。助かった安堵《あんど》と、息苦しさから解放されたことでひとしきり咳《せ》き込んでいると、仰臥《ぎょうが》した炫耀はぐいと凜舲を抱き寄せ、胸元にその顔を押しつける。

やはり殺されるのかと凜舲が身を固くすると、その耳に低い声が届いた。

「いいだろう。そこまで豪語するからには、洗いざらい聞かせてやる。ただし、耳に入れるのはおまえだけだ。聞いたからには、黎緑を見つけられぬとは言わせんぞ」

炫耀が桐黎緑と出会ったのは、後宮が再び開かれるより前のことだった。

即位と時を同じくして決断を迫られたのが、后妃の選定と後宮の扱いだったからだ。

後宮には魔が棲むという先帝の言葉が影を落としてはいたが、後宮の再建は炫耀の意志にかかわらず、急ぎ進めなくてはならない理由があった。

紘鎖の乱によって国内の統治はゆるみ、先帝は治政の大半をその対処に追われた。皇都静晏《せいあん》に活気が戻る程度には回復したものの、いまや、帝威の衰《おとろ》えは隠しようもない。周辺諸国にとどまらず、各地の有力貴族や豪族、官僚、商家の公主・息女を妃として迎え入れねば、到底関係を維持できぬほどに。

しかし、後宮を再建するにあたり、先帝の言のほかにも避けて通れぬ問題があった。

それが宦官だ。

紘鎖の乱のおり、宮廷の宦官のほとんどが叛乱軍によって殺され、その後、新たに宦官を生み出す宮刑・自宮《じきゅう》は廃止された。

わずかに残された宦官は、閉ざされた後宮の維持管理のために留め置かれたものの、往時の権力は剝奪され、その地位は最下層に落とされた。

皇帝や皇后に対し家族同然にふるまうことは許されず、その役割は近侍や官吏《かんり》、女官のものとなったのである。

とはいえ、後宮を再び開くとなれば、男子である官吏を中へ入れることはできない。この問題にどう決着をつけるにせよ、後宮を己の目で確かめる必要が彼にはあった。

「そこで、宦官の官服を身につけ、ひそかに視察を行った。皇帝として赴くのはたやすいが、先帝が魔が棲むと言った場所を知るには、身分が邪魔になると思ったのでな」

凛舲を抱きかかえ、寝物語のように炫耀は話して聞かせる。

夥《おびただ》しいほどの血が流れた後宮とは、一体どのような場所なのかと覚悟して足を踏み入れた炫耀は、六華宮の様相を見て拍子抜けした。紘鎖の乱での破壊や殺戮《さつりく》の痕跡《こんせき》は丁寧に拭《ぬぐ》われ、修繕されて、各宮殿は美しく整えられていたからだ。

円状に連なる六華宮の構造は、永晶国のどこにも見られぬもので、栄華を極めた象賢帝《しょうけんてい》時代の技術の粋が建築装飾のそこここに集められていた。惨禍に見舞われたとはいえ、これほどの場所を長年閉ざし、見向きもしなかった先帝に炫耀は不審を抱いたほどだ。

だが、後宮とはたんなる建造物をさすのではない。

後宮を維持する六尚五局の女官や宦官たちにこそ、元凶が潜んでいるのかもしれないと足を向けた先で、彼は桐黎緑に出会ったのだった。

「六尚の片隅にある庭院で、黎緑は講義を行っていた」

集っていたのは下働きの宮女たちで、紘鎖の乱により帰る場所をなくし、先帝の慈悲によって六尚に留まることを許されていた者だと後で知った。

講義は初歩的な詩文の暗唱から礼法、古事など多岐にわたっており、高度な内容からは彼女の教養の深さがうかがえた。

「桐婕妤はなぜ、その者たちに講義を……？」

腕の中の凛舲が控えめな声で問うてくる。

「俺もはじめは疑問に思った。だから講義が終わるのを待って尋ねたのだ」

宮女たちが立ち去り、一人になった黎緑に「下働きの宮女などに学をつけて何になる」と声をかけると、彼女は怒ったように炫耀を見た。これまで、皇帝である彼が一度も目にしたことのない、燃えるような強いまなざしだった。

「卑《いや》しい身分だからこそ、身につけた知識や教養は力になるのだと黎緑は言った」

あの者たちは、新帝の即位によっていつ後宮を追い出されるか毎日のように怯えております。けれど、読み書きを覚え、詩文や礼法を身につければ、たとえ後宮から放逐されることがあっても生計《たつき》のひとつとなりましょう。

ましてや後宮が再び開かれることになれば、あの者たちがどれほどの助けとなるか。宦官なき世で後宮を守れるのは女たちだけではありませんか。

息をのむほどの美貌《びぼう》を怒りに染めて、はっきりと言い放った女官から炫耀は目をそらすこともできず、立ちつくしていた。

彼女が口にした言葉は炫耀が漠然と思い描いていた方策を明確に言い当てていたからだ。

「女たちは宦官の代わりとなりうるか、と俺が問うと、黎緑は迷わず、是と答えた。小気味よいほどにな」

記憶をたどり、炫耀は小さく笑む。

「宦官以上の働きができる者も多く生まれるでしょう。育てようという意志と正しい施策さえあれば、とそう言った後で、あれはようやく俺の顔をまじまじと見て尋ねたものだ。見慣れない顔ですが、新しく配属された宦官でしょうか、と」

胸の内を見透かすような舌鋒《ぜっぽう》に正体が露見したものと身構えていた炫耀は、間の抜けた問いかけを聞いて思わず破顔したのだった。

「その後も、宦官になりすまして後宮を視察する際には、黎緑とたびたび言葉を交わすようになった。各地から女官や宮女を集め、教育することを提案したのは黎緑だ」

「てっきり、孟貴妃さまの侍女としてお会いになったのが最初かと思っておりましたが、そうではなかったのですね」

意外そうな黎緑の呟きに、炫耀はうなずく。

「皇帝としての俺の顔を見たのは、あの時が初めてだったはずだ。そのわりに黎緑は顔色ひとつ変えず、孟貴妃のそばに控えておったが」

　少しは驚くかと思ったが、動揺を見せない姿を小憎らしく思う反面、黎緑ならばそうだろうと納得する自分もいた。

「立場を知られた以上、もう二度と宦官になりすましていた頃のように話すことは叶わぬと思っていたが……孟貴妃が気をまわしたのだろうな」

「では、陛下は桐婕妤を妃として望まれていたわけではなかったのですか？」

「……どうであろうな」

　煮え切らぬ声を他人のもののように聞きながら、炫耀は考え込む。

　宦官と偽《いつわ》って黎緑と相対していた頃は、言葉も気安く、身分の隔たりがあってはできないような話題も口にできた。しかし、ひとたび皇帝としての身分を知られてしまっては、以前のような関わりは望めない。それをつまらぬと考えたことは確かだ。

　だがその感情が女人としての黎緑を求めたゆえかといえば、判然としない。

　判然としないまま、孟貴妃の勧めを受け入れて黎緑を妃に加えたのは、そうすれば身分の隔たりに煩《わずら》わされることなく対話できると思ったからだ。

　実際、黎緑の見識と教養は、女官としてのみ用いるにはあまりに惜しいものだった。

「陛下？」

　沈黙したままの炫耀を気遣うように凛舲が呼びかける。

　黎緑に瓜二つのその顔を見つめ、炫耀はしばし逡巡《しゅんじゅん》した。

だが、一度話すと口にした以上、言わずにすませるのは信義に悖《もと》ると思い直す。

ほかの誰でもなく、黎緑を無事な姿で捜し出すため、手がかりとなりうる事実を話すと決めたのは己自身なのだから。

「黎緑は俺とは違うものの見方をする。異なる視点で、俺の行う道を照らす力を持っている。だからこそ、そばに置いておきたかった。進御のたびに議論に付き合わせ、情も与えぬくせに寵姫ともてはやされては、思うところもあったのかもしれぬが」

腕の中で凛舲が固まる。彼が口にした事実を飲み込むのに時間がかかっているようだ。

しばらくすると、信じがたいと言いたげな声が、確かめるように囁きかけた。

「あの……もしかして、私にしているのと同じように、桐婕妤がいらした時も何もせず、いつもお話だけで夜を過ごされていた、わけでは……ないですよね」

「回りくどい訊《き》き方をするな。結果としてそうなっただけで黎緑を抱く気がなかったわけではない。おまえとは違う」

苦い顔で炫耀はうめく。

「それでも、桐婕妤は一度も陛下と……なさらないまま消えてしまわれたのでしょう？」

「くどいぞ。仮にそうだとして、それが原因で姿を消したとは限るまい。そもそも、黎緑も同意の上だったのだ。夜伽《よとぎ》をするよりも議論する方が安心できると」

低声を保ちつつも、少しばかりむきになって弁明する炫耀に、凛舲は皇帝に向けるにしてはあまりに胡乱《うろん》なまなざしを向けてくる。

「桐婕妤のお立場ではそう仰るしかなかったのではありませんか？　いくら妃とはいえ、どうあがいても立場の上では陛下の方が上なのですから」

「確かにそうであったかもしれぬ。……が、だからといって黎緑を軽んじていたわけでも、妃として認めていなかったわけでもない。むしろ逆だ」

六尚で会った時と同じように話がしたいと告げた時、黎緑はうれしそうに笑っていた。彤史《とうし》の耳に届かぬよう、ぴったりと抱き合ったまま交わす議論は睦言《むつごと》よりも濃密に思え、学友と課業を脱け出し、家令の目を逃れて物置部屋に隠れた幼少期を思い出させた。

黎緑ほどの美姫は後宮でも数えるほどだというのに、寄り添っていても男女の情がわかぬのは不思議なことではあったが、それでも黎緑と過ごすひとときは他にかえがたいものだったのだ。

しかし、そう思っていたのはあくまでこちらだけのこと。

黎緑に女としての耐えがたい悲憤や屈辱を与えていたことは考えられる。

「最初の御子は、自分が仕えていた孟貴妃にこそ産んでほしい。そのためにも、孟貴妃との間に御子ができるまでは、自分はかりそめの妃である方がいいと言ったのも、本心ではなかったということか……」

己が思考に沈みかけた炫耀の胸元をとんとんと指先で叩き、凛舲が呼び戻す。

「お待ちください。桐婕妤は孟貴妃が最初の御子を授かることを望んでおられたのですか」

「そうだ。できることなら男児が生まれるまではと。それが、自分を妃に召し上げてくれた孟貴妃への、せめてもの恩返しだと言っていた」

「……今のお話が確かなら、陛下が仰るように、桐婕妤はお手がつかないことを苦にしておられなかったのかもしれません」

考え込んだ後で前言を翻《ひるがえ》す凛舲に、炫耀は呆《あき》れて息をついた。

「なんだ。この俺にここまで口を割らせておいて、結局原因はわからぬと申すか」

振り出しではないかと吐き捨てると、凛舲は粘り強く食い下がった。

「いいえ。まだすべてを伺ったわけではありません。桐婕妤がお姿を消す直前にお話しになったこと。その時の様子や変化などはございませんでしたか？」

最初に閨にやってきた時には身を縮めて震えていたというのに、今は物おじせず、ひたと炫耀を見つめてくる。相手が皇帝であることすら失念しているかのようだ。

その態度は弥《いや》が上にも桐黎緑を思い出させ、彼女の行方がわからぬ現状に腸《はらわた》が煮える。

「あの夜も同じだったはずだ。いくつか懸案となっている議題について言葉を交わし、少しばかり眠った後で、朝を迎えた。いつもと違うことなど――」

何もなかったと断じかけて、ふいに、耳になじむ音色が脳裏によみがえった。

「いや。そういえば、少しばかり違う話もしたのだったか」

あの夜、宮中で宴があったため、酒を嗜《たしな》んだ。そのせいで気がゆるんだのだろう。

寝入る直前、ふと口ずさんだ鼻歌を黎緑が聞きとがめたのだ。

「幼い頃に覚えた歌だと言ったら興味を示してな。俺が生まれた剰州《じょうしゅう》での暮らしや、母のことなどを話して聞かせたように思う」

酒精からくる眠気が勝って、詳しい会話までは記憶していない。

だが今思えば、あの後で黎緑はじっと考え込んでいる様子だった。

「その歌、私にも聴かせていただいてよろしいでしょうか」

「なんだと？」

凛舲の申し出に炫耀は目をむいた。

「何か手がかりになるかもしれませんので。お恥ずかしいようでしたら構いませんが」

「っ……恥ずかしいことなどあるか」

反射的に答えたものの、素面《しらふ》で鼻歌を口にするのはなかなかに苦行である。

「まあいい。とくと聴くがいい」

軽く咳《せき》払いした後、黎緑の前でそうしたように懐かしい音色を唇にのせる。

歌詞はない。音の連なりだけの素朴《そぼく》な歌だ。

ひとくさり闇の中に流れた歌声に耳をすませ、凛舲はぽつりと言った。

「あたたかい音色ですね。この歌は、剰州で歌われているものなのですか？」

「いや、そうではないな。母の故郷で歌われていたものと聞いたように思う」

炫耀の母は、永晶国北東の剰州に領土を接した霰《サン》族の出身だ。

徳昌帝の御代、皇族の一人として剰州を治めよと領地を与えられた炫耀の父は、たびたび国境を侵す霰族と協定を結び、首長の娘を娶《めと》ることで盟約の証《あかし》としたという。

だが、その母は没し、断片のような歌声だけが母にまつわる記憶となった。

「母君の故郷で歌われていた歌……」

凛舲は音色を反芻《はんすう》するように自らの口にのせる。

忘れぬようにするためか、繰り返し音色をなぞる様子に炫耀は思わず笑みをもらした。

「気に入ったのか？」

問いかけると、凛舲は我に返った様子で歌うのをやめ、ぽつりと答える。

「わかりません。……そうかもしれません」

「やめる必要はない。気のすむまで歌うがいい」

炫耀がうながすと、凛舲はためらうそぶりを見せた後、再び歌を口ずさんだ。

かすかなその声を聞くうちに、黎緑が姿を消してから訪れることのなかった安らかな眠気が瞼《まぶた》を閉ざす。

どこか拙《つたな》い、幼子めいた歌声に包まれて、炫耀はいつしか深い眠りに落ちていた。

＊

御寝の外で太師《たいし》が告げる鶏鳴《けいめい》は、皇帝と妃がともに過ごす夜の終わりを意味する。

傍らに眠っていた凛舲が目を覚まし、先に身支度を整えて御寝を出ていくと、炫耀は褥の上で体を起こした。いつになく深い眠りに体が軽くなっているのを感じる。耳にはまだ、凛舲のかそけき歌声が残っているかのようだった。

本来なら、皇帝である炫耀も朝政に出御するためすぐに身支度にかからねばならないが、今朝はその前にやるべきことがあった。

「応毅《おうき》はいるか」

彼が一声呼ばわると、帷帳の向こうに人影が揺れる。

控えの間で一夜を過ごしていた応毅――明真が御寝に入り、礼をとったのだ。

方官として明真が後宮に赴いて以降、凛舲の護衛と黎緑の捜索に集中するため、炫耀の前に姿を現すことはなくなっていた。

口頭での報告を受けたのは、昨夜、御寝で待つ凛舲のところへ赴く直前のことだ。

「例の件、当日は賢妃も翠嶂宮から退《しりぞ》けるよう取り計らえ」

「よろしいのですか」

意外そうな声の響きは、凛舲を囮《おとり》として使うはずではなかったのかと問うている。

「構わん。おまえが差配するなら幽鬼を取り逃すこともあるまい」

六華宮に巣食う幽鬼を引きずり出すため、贄《にえ》となってもらおうと後宮に入れ、かりそめの賢妃に据えたが、このまま手放すのは少しばかり惜しいような気がしてきたのだ。

「久しく訪れなかった、安眠の礼だ」

炫耀は牀を降りてそう告げると、明真に退出をうながす。

市井《しせい》から迷い込んだ童《こども》のような娘に女人としての情欲がわくかといえば、答えは否だ。

しかし、凛舲のあの歌声だけは、もう一度そばで聴くのも悪くはないと思った。


「近ごろ、よく歌っておられますね。その曲」

明真の声に、石造りの舗地を歩いていた凛舲は我に返った。

翠嶂宮を出た凛舲は、明真や方官たちを連れ、園林《ていえん》へと散策に出てきたところだった。

ここ数日、六華宮はいささかあわただしいことになっている。

なんでも、宮殿の屋根に修繕箇所がいくつも見つかったという話で、数日間、六華宮の妃嬪は離宮へと移動することになったのだ。

短期間とはいえ後宮を出ることもあり、妃嬪たちは何を着て、どんなものを持ってゆくかと悩ましい様子で、彼女たちの命で女官や侍女たちも休む間もなく働いている。

俄《にわ》か賢妃とはいえ、凛舲も本来ならば準備の采配を振るわなくてはならない立場だが、新参では荷が重いとの判断から、妍充華《けんじゅうか》をはじめとした九嬪《ひん》が指揮を執《と》ってくれている。

凛舲がうろうろしていると混乱の元となるようで、準備の間はおとなしくしていてほしいと遠まわしに言われたため、こうして邪魔にならぬよう外に出てきたわけである。

「なんだか耳について離れなくて」

皇帝炫耀から聞いた歌は、はじめは忘れないように繰り返していたのだが、いつの間にか定番の鼻歌となってしまった。

皇帝から聞いた話は他言しないと約束した以上、黎緑にまつわる話も、この歌のことも明真には詳細を話していない。もっとも、あの夜、控えの間にいた明真には、歌声だけは聞こえていたのかもしれないが。

「この歌……どこかで聴いたことがある気がするんだけど」

不思議な味わいがあるこの歌を教わった時、なぜか聞き覚えがある気がしたが、それがどこで耳にしたものだったか思い出すことはできなかった。

「後宮に入る前に聞いたことがおありなのでしょうか」

明真の問いに、凛舲は首をかしげる。

「そんなに昔じゃなくて、後宮のどこかで聞いたんだと思うわ」

とはいえ、後宮に入ってからさまざまな音曲に触れる機会があったため、記憶がまじりあってなかなか判然としない。

やたらと鼻歌を歌ってしまうのも、歌っているうち思い出せそうな気がするからだ。

「剰州で耳にした曲と似ておりますね」

ふいうちのような言葉に、凛舲はぎょっとして明真を見た。

彼は笑みをうかべ、敷石の浮いた場所につまずかぬよう注意をうながす。

「剰州の……どこで？」

炫耀から既に聞いたことがあるのだろうかと思ったが、彼の答えは違っていた。

「剰州で見かけた霰族の男たちが酒宴でよく歌っていたのですよ。霰族は遊牧の民で、遠くにいる者と歌声で言葉を伝えあったり求婚したりするとか。歌の節回しにはさまざまな意味があり、氏族や階級によって異なるそうなのです」

「私が歌ってる曲にも意味があるのかしら」

「さて。霰族の者ならば聞き分けられるのでしょうが、私にはそこまでは」

歌に意味があるのだとすれば、黎緑が皇帝からこの歌を教えられた直後に姿を消したことと、何か関係があるのだろうか。

「気になることがございましたか」

「思い過ごしかもしれないけど、歌の意味を確かめたくて」

「では、剰州に使いを出してみましょう。霰族に詳しい者を当たらせます」

お願い、と答え、再び歩き出すと、凛舲は回光池のほうへ足を向けた。今まで何度となく訪れた水榭へとやってくると、護衛の方官たちを遠ざけて、明真に向き直る。

「離宮行きのことだけど、私はここに残るのよね？」

宮殿の屋根の修繕が必要になったなどと、明らかに口実めいている。本当は妃嬪や女官を遠ざけて、六華宮を無人にする計画だろう。とすれば、翠嶂宮の隠し通路を徹底的に検《あらた》め、幽鬼を捕縛し、桐黎緑を救い出す以外に考えられない。

にもかかわらず、何を意図しているのか、明真は全く打ち明けようとしなかった。

いずれ言い出すものと待ち構えていたが、そろそろ我慢《やうや》の限界だ。立ち聞きされる恐れのない場所でなら口を割るかと思ったのだが、明真は恭しい態度を崩そうとしない。

「いえ。賢妃さまも離宮にお移りいただき、そちらでお過ごしいただく予定です」

凛舲は絶句し、せきこむように尋ねた。

「だっ……て、じゃあ、あなたはどうするの？」

「私は同行できませんが、護衛役の方官は何名かお供いたしますので、ご安心ください」

「でも、私には桐婕妤をお捜しする役目があるのよ。修繕だなんて言ってるけど、本当は桐婕妤を救い出すために何かするつもりなのでしょう？」

ここまで調査を続けてきて、何も知らされず遠ざけられるのは納得がいかない。

なぜかたくなに明真が口をつぐむのか、もどかしさに凛舲は語気を強めた。

「六華宮を空にして一体何をするつもりなの。私には聞く資格があるはずよ。私を遠ざけるつもりなら、せめて理由を話しなさい」

いつになく賢妃らしい態度で命じると、明真はしばし沈黙し、拱手《きょうしゅ》で応える。

「計画に関し、口外することは陛下より固く禁じられております」

拒絶の言葉に失望を感じながら凛舲がうつむくと、彼は続けて口をひらいた。

「ですが、ここまでご協力くださった賢妃さまにならば、お話ししてもよろしいでしょう」

話すのはあくまで彼の独断によるものだとことわると、明真は一巻の図面を取り出した。

「それは？」

「六華宮の見取図にございます」

「完成していたの？」

見取図作成のためには、六華宮のあちこちを歩き回って測量する必要があったはずだ。玉塵閣の事件で謹慎するはめになり、自由に歩き回ることもできなくなってしまったから、見取図の作成は中断したままだと思っていた。

「以前にも申し上げた通り、六つの宮殿はすべてほぼ同じ構造をしております。翠嶂宮の構造が明らかになれば、見取図の作成自体はさほど難しいことではございません」

明真はそう言って、図面を玉石でできた卓子に広げてみせる。

図面に目を落とし、凛鈴は息をのんだ。

「これが、六華宮……？」

そこに描かれていたのは、見取図というにはあまりに象徴的な絵図だった。

円環状に連なるのは、互いに縁を接した六つの真円。

六つの真円を囲むように記された大きな円は、宮殿同士をつなぐ御道だろうか。

各宮殿を表す六つの真円の中には、内側にたわんだ三角形が均等に配置されている。

殿舎や庭院の形が花びらのように見えるためか、到底宮殿の図面とは思われない。

凛鈴は驚きにうたれながらも、無意識に胸元をさぐり、上襦の合わせを握りしめた。

「見取図というより、これはむしろ玄黄図《げんこうず》と呼ぶほうがふさわしい」

蒼白になっている凛鈴の顔を一瞥し、明真は見取図に視線を戻す。

「図面に起こすと、いかに卓越した技術と強固な意志で六華宮が建造されたものか、思い知らされます。象賢帝が見取図の作成を禁じたのは、これを秘するためでしょう」

胸元を握りしめたまま、凛舲は唇を震わせた。

見取図に描かれているのは六つの宮殿だけではない。

円環状に連なった六つの真円の中央には、もうひとつの円が置かれていたのだ。

宮殿ではないその場所に、凛舲は一度だけ行ったことがあった。

「……真ん中の円は、紫霞壇《しかだん》ね」

「はい。中央の紫霞壇をとり囲むように六つの宮殿が配置されているため、紫霞壇とほかの宮殿の円墻《えんしょう》との間に、三角形の空き地ができております」

凛舲が幽暝と遭遇した場所は、おそらくこの空き地ではないかと明真は言う。

「じゃあ、幽暝が潜んでいる場所って」

問わずとも、予想はついている。この絵図を見ればわかる。口に出したのは別の可能性を明真が示すことを期待したからだが、彼の答えは簡潔だった。

「中央の紫霞壇。その内部をおいてほかに、考えられません」

凛舲は深い息とともに目を瞑《つむ》り、華央舞《かおうまい》の儀式の夜、己がたどった道筋を思い返す。

儀式に参加する妃嬪は、黄雲宮《こううんきゅう》に入ると北側の階段をのぼり、紫霞壇に至っていた。

紫霞壇の下は胸壁で見えなかったが、高さは他の宮殿を見おろすほどであったろう。

紫霞壇がただの儀式のための祭壇ではなく、巨大な建造物だとしたら、内部に別の何かを隠していたとしても不思議はない。

この件に関して皇帝が口外を禁じた理由は明白だ。こうなれば隠し通路も緊急時の脱出路などではあるまい。明らかに中央の建造物を隠す意図で、六華宮は造られている。

考え込んだ凛舲は、ぽつりと疑問を口にした。

「明真。私が会ったあの人は……何者なの？」

白髪を月下になびかせた男は、宮女に「大家《だんなさま》」と呼ばれていた。

十七年前、後宮には公主や皇子はいなかったと言っていたが、それは真実だろうか。

あの男が幽鬼でも、十七年前に潜り込んだ叛徒の一人でもないとしたら。

そして、象賢帝や徳昌帝が秘していた紫霞壇の内部に、彼が潜んでいるのだとしたら。

「彼は、皇家の」

僭称《せんしょう》している賊ではなく、本来「大家」と呼ばれるべき人物なのではないか。

「賊を捕らえてみるまでは、何者とも申し上げられません」

かすれた凛舲の呟きに、被せるように明真は答える。

「そして、現時点で明白なことがもうひとつございます」

冷静な声は、凛舲の動揺をねじ伏せるような落ち着きがあった。

「紫霞壇の中に潜む者が生身の人間、しかも宦官ではなく成年の男子だと仮定して、彼の者に桐婕妤が囚《とら》われているのだとしたら、桐婕妤のお命がご無事でも、貞操までご無事とは限らないということでございます」

凛舲はぎくりとして明真を見たが、その表情に変わりはない。

桐黎緑が姿を消した時点で、彼女の貞操が奪われる可能性は考慮していたのだろう。

「いずれにせよ、たとえ桐婕妤を連れ戻せたとしても、再び陛下の妃嬪にお戻りになることは難しい。そのことは、陛下もよくおわかりでしょう。だからこそ、紫霞壇に潜む賊は必ず誅滅しなくてはならないのです」

「誅滅……って」

凜舲は顔色を変えた。その響きはもはや、調査や捜索などという穏便な段階ではない。

「後宮に、兵を入れるつもりなの？」

「そこまで大事にするわけではございません。臣下の中には紘鎖の乱をいまだ昨日のことのよう語る者も多い。兵を後宮に入れれば、影響は計り知れませんから」

確かに即位まもない新帝が、叛乱軍を彷彿《ほうふつ》とさせる行動は取りにくいだろう。

「修繕のための工人を装い、手勢を整えて隠し通路を開きます。そのさい、どのような危険が及ぶか予測できない以上、賢妃さまにお残りいただくわけにいかないのです」

「でも、だったらなおのこと、私は囮役として残った方が都合がいいんじゃないの？」

もともと凜舲はそのために後宮に入れられたはずではないか。

しかし、明真はことさら丁重な態度で返す。

「賢妃さまは充分にお役目を果たされました。陛下も大層お喜びです。この上は、本来のお役目にお戻りいただくことこそ、最善の道かと存じます」

明真が何を言っているのかわからなくなり、凜舲は混乱した。

「先日、賢妃さまが進御された際、陛下はことのほかよくお休みになられたご様子」

このところ不眠が続き、心労のせいで窶《やつ》れていた炫耀が、ひさびさに生気を取り戻したという話は凛舲も聞いていた。

「だから何だっていうの。そんなの私の力でもなんでもないわ」

炫耀が安心して眠りについたのは、歌声に幼い記憶を刺激されたからだろう。そばにいたのが凛舲でなくとも、大して変わらなかったはずだ。

「しかしながら、わずかなりとも陛下がお心を開かれたのは事実。であれば、このまま桐婕妤がお戻りにならなかった場合、賢妃さまがお立場を引き継ぐことも充分考えられます。万一に備えて、危険を伴うお役目からは解放されてしかるべきかと」

明真のまっすぐなまなざしから意味するところを悟り、凛舲は愕然《がくぜん》とする。

「わたしを……桐婕妤の代わりにするっていうの」

「左様にございます」

首肯した明真に、凛舲は嚙《か》みつくように反論した。

「だって……私が似てるのは顔だけで、桐婕妤とは似ても似つかないってあなた言ってたじゃない！　陛下だって、私のことなんて抱く気も起きないって……！」

取り乱した凛舲を落ち着かせるように手を差しのべ、明真は静かに言う。

「それらはあくまで、現時点での事実にすぎません。人の心は移ろうもの。陛下のお心がどのように変化するかは、誰にも推し量ることはできません」

「だからって……！」

あくまで自分はかりそめの妃、ただの囮役の身代わり。桐黎緑が見つかれば即座にお役御免となるものと思っていた。それなのに。

「桐婕妤が攫われたにせよ、自らの意志でお姿を消したにせよ、幽瞑なる男が関わっている以上、連れ戻したとしても妃嬪に復帰できる保証はございません。そうなった時、陛下のお心を慰める役割が必ず必要になります」

凛舲はかっとして明真を睨《にら》みあげる。

「勝手なことばかり言わないで！　私との約束はどうなったの⁉」

怒りにまかせ、明真の袍服の胸元につかみかかると、彼は眉を寄せた。

「陛下の寵姫となれば、そなたは何ひとつ不自由のない暮らしを得ることができる」

間近となった凛舲の気配に苦痛を覚えているためか、素のままの言葉で明真は告げる。

後宮を無事に出られたら、という条件は無視するつもりらしい。

冷静な意識の片隅では、明真の示す道が最善であることはわかる。それなのに裏切られたような怒りと悲しみを感じるのはなぜなのか、自分でもわからなかった。

凛舲は虚脱したように袍服を握っていた指をほどき、うなだれる。

足元の影が動き、明真が距離をおいて礼を取るのがわかった。

「これは御身の安全と栄達のために必要な措置《そち》。どうかご理解くださいますよう」

蠟燭の炎が音もなく揺れ、書案に向かっていた明真は気配に意識をこらした。

凛舲は夜半になっても寝付けぬ様子だったが、明真のいる書斎に出てくることはない。

いつ幽鬼に襲われるともわからない状況で眠れというのは酷な話で、明真が不寝番につく夜は、せめてもの償いにと安眠できる薬湯を作ったり、凛舲のとりとめのない話に付き合って過ごすことが多かった。

だが、今夜ばかりはそれをしてはならないと、明真もわかっている。

書物を広げているものの、昼間の凛舲の剣幕と、燃えるようなまなざしが脳裏にちらついて、少しも先へ進んでいない。

皇帝の寵姫となれば何ひとつ不自由のない生活ができると告げたのは、それが最善の道であろうと考えたからだ。

身寄りのない彼女にとって、真の幸福とは出自を知ることだけではない。

明真がそうであったように、帰る家を見つけ、あるいは新たな居場所を得られるなら、何よりの救いになるはずだ。

頭ではそう理解していても、自分につかみかかってきた時の、今にも泣き出しそうな凛舲の貌《かお》を思い出すと、鉛を飲み込んだように心が重く沈んだ。

「申し上げます」

静寂をはばかるように部下の一人が房室に顔をのぞかせ、明真は立ちあがった。

困惑したその顔から異変を悟り、説明をうながすと、部下は低声で答える。

「見回りに立った者が未だ戻りません」

宮殿内を巡回する方官たちが交替の刻限になっても帰ってこないばかりか、使いに出た隣の殿舎の侍女が、なぜかこちらの殿舎に迷い込む事態も起きているという。

何かが起こりつつある気配に、明真は表情を引き締めた。


いっぽう、凜舲は牀に横になったまま、その夜何度目かの息をついていた。

昼間の水榭での話は、一度に受け止めきるにはあまりに多く、重すぎた。

明真に見せられた見取図は凜舲に衝撃をもたらし、今なお紫霞壇の内部に潜んでいる幽鬼を思い、戦慄《せんりつ》した。彼の正体についても考えなくてはならないが、今、凜舲の心の多くを占めているのは、最後に明真が告げた言葉だ。

自分が本当に皇帝の妃になるなど、とてつもない幸運であることは凜舲にもわかる。

たとえ桐黎緑の代わりだとしても、身に余る栄達を喜んでもいいはずなのに、なぜか手ひどい裏切りに遭ったように心が沈んでいた。

こんなふうに思い悩むくらいなら、明日にでも明真と話してみようと考えた時、月明かりの差し込む花窓の下で、ごとりと物音がたつ。

凜舲は無意識に胸元に当てていた手を握り、耳をそばだてた。

先刻、外の警護を固めている方官が、明真に何事か報告する気配を感じたが、今の物音は明らかに凜舲のいる寝房の中からするものだった。

声をあげようにも、体ばかりか喉の奥までこわばって、かぼそい息しか出てこない。

つばを飲み込み、大声を出すために腹に力を入れた時、窓の近くを黒い影が横切った。

影を追って視線を動かしたとたん、何者かにのしかかるように押さえつけられる。

「……っ！」

腹に膝頭を押しつけられ、口を覆われてもがいたが、動きは難なく封じられた。

かすかな月明かりの中、目の前で、にいっと艶《つや》やかな紅唇《こうしん》が笑みをかたちづくる。

「おまえは図に乗りすぎた。大家は見逃しても、私は許さぬ」

そう囁きかける声は、幽鬼と遭遇した夜に聞いたのと同じものだった。

目をみはるより早く、ばしゃっと水音をたて、液体があびせられる。

鼻をつく匂いに油だと悟った凜舲は蒼白になった。

陰火は無造作に油壺を投げ捨て、懐《ふところ》から何かを取り出す。

それが火打石《ひうちいし》だと気づいた凜舲は、口元から手が外されるやいなや悲鳴をあげた。

「いやぁぁぁぁっ‼」

本能的な恐怖に喉が裂けそうなほどの声がほとばしる。

「凜舲！」

仕切りの屏風を蹴破るように飛び込んできたのは明真だった。

火打石を構えた陰火につかみかかるや、床に叩きつけるようにねじ伏せる。

「取り押さえろ！」

なだれ込んできた方官に明真は命じ、錯乱する凛舲を助け起こした。

「無事か!?」

問いかけに声を発する気力もなく、凛舲は震えながらうなずく。

あの火打石がもし火花を放っていたらと思うと、再び恐怖で鳥肌が立った。

「逃れられると思うな！　必ず報いを受けさせてやる！」

取り押さえられながらも、呪詛《じゅそ》のように吠える陰火の声は、女と思えぬほど太い。

方官の一人が黙らせようとした時、突然、彼女はのたうつように苦しみ始めた。

「毒だ！　飲み込ませるな！」

明真は顔色を変え、方官に吐かせようとしたが、陰火は意地のように歯を食いしばる。

地獄絵《じごくえ》のような光景に、知らず明真にしがみついた凛舲は、ふと異変に気づいた。

どこからか、ひんやりとした風を感じたのは、全身に浴びた油のせいだろう。

月明かりの差す花窓の下。黒々と闇の落ちた部分から、ゆっくり立ちあがる人影がある。

背に流れ落ちる黒髪と、絹の襦裙が艶やかに月光を弾いた。

こちらを向いた白いおもてが、自分と瓜二つなのに気づき、凛舲は呆然《ぼうぜん》と呟く。

「桐……婕、妤」

その呟きが耳に届いたように、彼女がはかない笑みをうかべるのを見たとたん、凛舲の視界は水面《みなも》のように揺らぎ、意識が途切れたのだった。

六 寵姫の秘密

迷宮のように深く長い眠りだった。

脱出できたと安堵《あんど》する間もなく再び奈落《ならく》に引きずり込まれ、そのたびに悪夢を見る。炎と熱風に炙《あぶ》られる感覚に幾度もうめき、声にならない悲鳴をあげて凛舲《りんれい》は目覚めた。

寝衣はぐっしょりと汗に濡《ぬ》れており、起き上がろうとしたとたん、額《ひたい》から布がこぼれる。

「んん？　ようやっとお目覚めかえ」

間の抜けた声に目をやると、牀《しんだい》の傍《かたわ》らに腰を下ろした老婆《ろうば》が眠そうに瞼《まぶた》をこすっている。

「……杏璘《きょうりん》？」

見覚えのある顔にほんの少し不安がやわらいだものの、いつもと違う寝房の様子に混乱していると、杏璘は大儀そうに立ちあがり、凛舲の額から落ちた布を手に盆架《ぼんか》へ向かった。

「丸二日も眠っておったのだぞ。あんな目に遭えば無理もないがの」

そんなにたっているのかと驚いたが、杏璘の言葉に、気を失う前の恐怖がよみがえる。

「…………あれから、どうなったの？　明真《めいしん》はどこ？」

寝房で襲われた後、何が起きたのか。噴き出すように疑問がもたげてきてせきこむように尋ねると、水盆で布をゆすぎながら杏璘がたしなめた。

「そうせっつくな。六尚は人手が足りぬでな。こんな老いぼれまでそなたの看病に駆り出されるしまつじゃ。わしとて何が起きたのか詳しくは知らん。ただ、あの方官《ほうがん》は、そなたの側付きの役を解かれたと聞いておる」

「明真が、どうして……！」

牀から身を乗り出すと、濡れた布を手に杏璘が戻り、凛舲の額に手をあてた。

「ほら。まだ熱があるゆえ、寝《しとね》ておらねばならんぞ。司《し》醫《い》が来れば詳しい話も聞けよう」

なだめすかされ、凛舲は褥に横たわったものの、とても落ち着けるものではない。

ほどなくして、司醫が呼ばれると、少しは詳細がわかってきた。

賊《ぞく》の手で油を浴びせられた凛舲は、油の臭気により中毒を起こして意識を失ったらしい。

侵入した賊は捕らえられたが、毒を飲み、自決をはかったと伝えられた。

明真は凛舲を翠嶂宮《すいしようきゆう》の別室に移し、念入りに油を落とさせ、司醫に治療の指示を行った後は、方官数名に警護を命じたまま姿を見せなくなってしまったようだ。

「明真が役を解かれたというのは本当なの？」

ひととおり診察を終え、薬の処方をした司醫は凛舲に憐《あわ》れむような視線を向ける。

「いずれご挨拶《あいさつ》に見えるとは思いますが、今は多忙にて当分は難しいやもしれません」

その答えで、凛舲の脳裏に、気を失う直前に見た光景がよみがえった。

月明かりの下、こちらを見た自分そっくりの女性の顔も。

「明真がここにいないのは、桐婕妤《とうしようよ》が戻ったからなの？」

まっすぐ見つめて問うと、司醫は諦《あきら》めたように息をつく。

「お気づきだったのですね」

まだ極秘事項なのだと前置きしつつ、司醫は桐黎緑《れいりよく》が姿を現したのだと明かした。

衰弱《すいじやく》した様子ながら彼女は意識もはっきりしていたため、すぐに保護されたという。

本来なら後宮を脱走した罪で厳しく取り調べられるところだが、桐婕妤の帰還を知った皇帝は自《みず》ら太医《たいい》に診察を命じ、黄雲宮《こううんきゅう》で手厚く看病させているらしい。

凛鈴はしばし言葉を失ったが、衝撃が去るや、つかみかからんばかりにまくしたてた。

「桐婕妤は今まで一体どこにいたの？　戻ってこられたのはどうして？」

「攫《さら》われていた間のことはよく覚えていないと仰《おつしや》っているようです。どこか、暗いところに長らく閉じ込められていたとか。桐婕妤のお心が落ち着くまで聞き取りは控えるよう、陛下より厳命が下っておりますから、詳しいことはわかりかねます」

桐黎緑が後宮に戻った知らせを受けるや、炫耀《げんよう》はすぐさま見舞いに訪れ、執務の合間を縫うように足繁く彼女のもとを訪れていると司醫は話した。

経緯を聞き出した凛鈴は、さきほど憐れむように司醫《ぎよさい》が自分を見た理由を悟る。よく見れば、今いる寝房は間取りや広さからして、御妻が使うためのものだ。

明真が役目を解かれたなら、凛鈴も賢妃《けんひ》の座を追われたということだろう。

もともと、桐黎緑が無事に戻るまでの、かりそめの立場だったのだから、無理はない。

彼女はなぜ姿を消し、どこに囚《とら》われていたのか。なぜ今になって突然戻ってきたのか。

不可解な点は幾多もあるが、本人が無事に見つかったのならば、いずれそれらの疑問も立ち消えになってしまうに違いない。

これで解決したのだと自分を納得させようとしたが、何もかもが宙に浮いたままのような、すっきりしない感覚はいつまでも拭《ぬぐ》えなかった。

正式に、凜舲が賢妃から御妻へ降格される旨《むね》が発表されたのは、病状が回復し、朝見《ちょうけん》に出席できるようになってからのことだった。

桐黎緑が戻り、療養している旨も同時に明かされると、妃嬪《ひひん》たちは憐れむような、揶揄《やゆ》するようなまなざしを凜舲に向ける。だが、その中でただ一人、孟貴妃《もうきひ》だけはひどく申し訳なさそうな顔で、凜舲を丁重にねぎらった。

かくして凜舲は元の采女《さいじょ》に戻ったのである。

「ものは考えようだと思うわよ」

采女として使っていた最初の房室《へや》に帰ってくると、何食わぬ顔で香雪《こうせつ》が訪ねてきた。

凜舲がかりそめの賢妃として調査を進めていた時は、はじめから関わりなどない顔で見向きもしなかったが、厄介《やっかい》事の匂いがしなくなったとたんに現れる辺り、香雪の処世はすがすがしいほど徹底している。

「後宮にいるかぎり、女としての生が終わるまでここにいなくちゃいけないけど、あなたは堂々と外に出られるんだもの。たっぷり謝礼をもらって悠々自適に暮らすことね」

侍女の諄々《じゅんじゅん》に茉莉花《まつりか》茶を淹《い》れさせて、点心《かし》を頬《ほお》張りながら彼女は言った。

「気楽に言ってくれるわね」

「それはそうよ、他人事だもの」

息をついた凛舲に、香雪は悪びれもせず即答する。

「わたしは後宮で生きていくしかないのよ？　せいぜいうまく立ち回って平穏に生きのびて、陛下からほんの少しお情けをいただいたら、あとは玉塵閣《ぎょくじんかく》の書物を読みながら、おいしいお茶や点心を堪能してのうのうと暮らすっていう、絶望の未来が待ってるんだから」

そちらの未来の方がよほど悠々自適に聞こえるが、言うほど気楽でも簡単でもないことは、短い後宮暮らしで凛舲も身に染みている。

「何なら、将来有望そうな官吏《かんり》を見つけて夫人の座に収まるのも悪くはないと思うわよ。あなたにくっついてた応《おう》ってひとなんか、手頃そうでいいじゃない」

「冗談はよして。見舞いどころか、顔も見せないような薄情者なのに」

あれから、明真からの連絡はぱったりと途絶えた。凛舲が襲われ、その直後に桐婕妤が戻ったことで対応に追われているのだろうが、せめて報告くらいはあってもよさそうなものだ。後宮を無事に出たら、その後の生活を保障してもらう約束だったが、このぶんだとそちらが守られるかも怪しい。

「桐婕妤がお戻りになったから、謝礼を踏み倒してお払い箱にするつもりかもしれないわ。そんな不誠実な人の夫人になるなんてまっぴらよ」

憤慨しながら凛舲は吐き捨て、お茶を口にする。

「後宮を出ても、きっと元の堂観《てら》には戻れないでしょうし、なんとか仕事を見つけて生活していくことを考えなくちゃ」

それもこれも、口封じに殺されるなどという事態を回避できればの話だが。

香雪はちらりと格子戸《こうしど》の外に目をやると、同情するように身を乗り出した。

「後宮を出て、行くあてがなくなったら、私の実家を訪ねるといいわ。兎月館《とげつかん》ていう旅亭が窓口になっているから、あなた一人くらいなら雇ってもらえるはずよ」

実家に書簡《しょかん》を書いておいてあげる、という親身な言葉に凜紟はまばたく。

「ありがたいけど、どうしてそんなに良くしてくれるの？」

不思議議がる凜紟に、香雪は少し気まずそうに横を向いた。

「何だっていいじゃない」

「ひょっとして、蛙《かえる》の件の罪滅ぼしかしら」

水注《すいちゅう》から蛙が飛び出してきたことを思い出して言うと、香雪は赤くなる。

「そんなことより、さっきからお客さまがお待ちかねよ。邪魔者は退散するから、気がすむまで鬱憤《うっぷん》を晴らすといいわ」

香雪ははぐらかすように諄々に茶道具を片づけさせると、そそくさと立ちあがった。

来客がいたのかと開いたままの戸口を振り返り、凜紟は絶句する。

「明真……」

香雪と入れかわりに房室に入ると、明真は拱手《きょうしゅ》した。

「退任のご挨拶に参上いたしました。お見舞いにもうかがえず、申し訳ございません」

含みのある口ぶりに、凜紟は顔を引きつらせる。

「いつからそこにいたの？」

「冗談はよして、の辺りでしょうか」

あまりの間の悪さに顔を覆いたくなったものの、開き直って明真に視線を戻した。

「文句のひとつも言いたくなるわ。あなたには聞きたいことが山ほどあるのよ」

「さて。噂《うわさ》となっている以上のことを私がお話しできるでしょうか」

「そんな話し方でごまかすのはやめて。私はもうただの釆女よ。それとも、私の方があなたにへりくだるべきかしら」

凛舲が席を立って礼をとろうとすると、明真は手をあげて止める。

「わかった。では、互いに言葉を飾るのはやめにしよう」

さきほどまで香雪が座っていた席を明真にすすめ、凛舲は尋ねた。

「気を失う前、桐婕妤の姿を見た気がするのだけど」

「ああ。桐婕妤はそなたを襲った賊と同じ扉を使い、寝房に姿を現したようだ」

隠し扉は窓側の壁面に造られていたらしく、ぶ厚い石造りの壁の継ぎ目でかろうじてそれとわかる程度のものだった。しかし、寝房側から開くようにできていないのか、桐婕妤が現れた時に閉ざされたことで、いくら動かそうとしてもびくともしなくなったという。

「破城槌《はじょうつい》を使えば打ち破れるかもしれないが、後宮を騒がせるのは陛下の御心に沿わぬ」

桐婕妤が無事に戻ったことで、炫耀は強硬手段を取ることをやめさせたらしい。

「今は桐婕妤の静養と回復を待つと仰せで、調査は二の次で構わぬとお考えのようだ」

「じゃあ、私を襲ったあの宮女はどうなったの？　毒を飲んだと聞いたけど……」

「どうにか一命は取りとめた。ついでに言えば、あれは宮女ではない」

身分を偽《いつわ》っていたのかと考えた凛舲に顔を寄せ、明真は声をひそめる。

「あの者は宮刑を受けた男だ。掖庭局《えきていきょく》の簿籍にも載っていないから、宦官《かんがん》とも違う」

「どういう……こと？」

宮刑は十七年前に廃止されたはずではないのか。

「わからん。今はまだ昏睡《こんすい》しているゆえ、拷問《ごうもん》で口を割らせることもできぬ」

ぞっとするようなことを口にして、明真は腕を組んだ。

「いずれにせよ、桐婕妤がお戻りになったことでそなたの役目は終わった。陛下のお許しが下りたらすぐに後宮を出る手はずを整える。いつでも出立できるよう準備しておけ」

「そんなに急がなくてもいいけれど」

後処理で忙しいという話だったし、実際、明真の顔には疲労がにじんでいる。

凛舲の言葉に、明真は厳しい表情で答えた。

「そなたは一刻も早く後宮を出るべきだ」

「どうしてそんなこと言うの」

「それを私に問うのか？」

理由はわかっているのではないかと言いたげなまなざしに、凛舲は小さく息をのみ、無意識に胸元に手をあてた。その仕種を見て、彼は目を細める。

「凜舲」

賢妃としてではない、聞きなれぬ呼び名に心臓が跳ねた。

ぎこちなく視線を向けると、明真のそれとぶつかる。

「そなたの望みは私が必ず叶えるゆえ、余計なことはせず、ここで知らせを待て」

「余計なことって、目を離したら迷子になる童《こども》じゃあるまいし……」

冗談めかした凜舲をよそに、明真の目は笑っていない。

「そなたは自分が消えたところで、誰も捜さず、誰も悲しまぬと思っているだろう」

心の奥底に踏み入るような言葉に、凜舲の口元からも笑みが消えた。

「……それが何なの」

凍えた声で言い返せば、間髪入れずに明真は言い放つ。

「私が捜す」

「え？」

「そなたが消えれば私は悲しい。迷子になっているなら、私がそなたを捜しに行こう」

予想もしない言葉に凜舲は固まった。

「急に、どうして」

「そなたは桐婕妤の代わりに消えたがっているように思えたのでな」

明真は席を立つと、目をそらしたままの凜舲に身をかがめ、視線を合わせてくる。

「凜舲。そなたは一人で動くな。何かあったら私を呼べ。良いな？」

強引に念を押されて凜舲がしぶしぶうなずくと、明真はようやく表情をやわらげた。

「では、できるだけ早く使いを送る。用事があれば方官に言付けるように」

明真が帰っていくのを見送り、物思いに沈んでいると、戸口に再び人影がさした。

「うふふふふ」

あやしげな笑い声と共に顔をのぞかせた香雪を見て、凜舲は苦い顔になった。

「香雪。帰ったんじゃなかったの」

「もちろん帰ったわよ？　でも、ちょっとした忘れ物をして戻ってきたってわけ」

香雪はいそいそと室内に入ってくるなり興味津々《きょうみしんしん》ではやしたてる。

「なにが不誠実な人よ。必ず捜しに行く、だなんて口説き文句の連発だったじゃないの！」

「くど……っ」

「なぁに？　吃驚《びっくり》した顔して。あんなに熱烈に言い寄られていたのに、まさか、気づかなかったなんて言うんじゃないわよね」

愕然《がくぜん》としている凜舲を見て、憤慨したように香雪は腰に手をあてた。

「いえ、そういうわけじゃ」

立ち聞きしていた香雪には、どうやら先刻のあれが口説き文句に聞こえたらしい。

色事じみた会話でないことは噴き出た冷や汗からもよくわかっていたが、勘違いされているなら好都合かもしれないと思い直す。

「あなたを一刻も早く後宮から連れ出したい、だなんて素敵よねぇ。『紅涙伝《こうるいでん》』の台詞《せりふ》みたいでどきどきしちゃったわー」

香雪の脳内では明真の言葉がだいぶ曲解されているようだが、凛舲はあえて訂正せず、導師の講話でも聴くような虚無の表情を保ったのだった。


六華宮《ろっかきゅう》を出た明真は、疲れの残る顔で眉間《みけん》を揉《も》んだ。

向かう先は、調査の拠点としている、青い瑠璃瓦《るりがわら》の楼閣である。

「お待ちしておりました」

明真が客庁《きゃくま》に戻ると、旅装の部下が礼をとる。以前放った密偵だった。

桐黎緑が後宮から姿を消した後、桐一族の支配していた悍河《かんが》地方へと皇帝の捕吏《ほり》が送られたが、彼女が故郷に戻った形跡はなかった。しかし明真は満足せず、再度密偵を送って彼女の身辺調査を詳細に行わせたのである。

「本人を知る者は見つかったか」

明真が調べさせたのは桐黎緑本人の身上と、家族の消息に関することだ。

「なにぶん古い話のうえ、紘鎖《こうさ》の乱による影響もございましたので難渋いたしましたが、どうにか母子を知る老爺《ろうや》を見つけました」

転落の直前まで権勢を誇っていた桐一族ではあったが、黎緑の母は夫から虐《しいた》げられ、生まれて間もない娘までもが暴力にさらされるようなひどい暮らしぶりだったらしい。

「老爺は桐一族が罪に問われる少し前まで下働きとして邸《やしき》に出入りしていたんだとか。主《あるじ》の不興を買って放逐され、その後は各地を流転する暮らしをしていたそうですが、後々《のちのち》まで母子のことが気がかりだったと言っていましたよ」

「母子と言ったが、桐黎緑に兄弟姉妹はいなかったのか？」

「桐黎緑の父親には第一夫人と第三夫人の間に男児がおりましたが、いずれも族滅された際に命を落としております。生き残ったのは第二夫人の母子だけのようですね」

「第二夫人の子はほかにいなかったのか」

明真がそう訊《き》いたのは凛舲の件があったからだが、部下の答えは簡潔だった。

「おりません。桐黎緑一人だけです」

桐一族の男子は悉《ことごと》く死罪となったが、第二夫人の母子は後宮に送られ、娘の黎緑は皇帝の寵姫《ちょうき》となったことを知り、老爺はたいそう驚いたという。

「あんなことがあって赤児の行く末が気がかりでしたが、奇跡のような出来事もあるものだ、皇帝陛下は神仙のごとき慈悲深さをお持ちなのだろうと涙を流しておりました」

あまりの感激ぶりに、あんなこととは何かと部下が問うたところ、老爺は答えた。

「赤児は酔った主人に火箸《ひばし》を押しつけられ、額に大火傷《おおやけど》を負ってしまったのだそうです。目立つ場所ゆえ、化粧を施したとしても隠せぬだろうと医師も匙《さじ》を投げるほどだったとか」

明真は顔をこわばらせた。

「その話は確かか」

「はい。桐家に仕えていた医師が悍河地方から離れた土地に移ってしまったので、見つけ出すのに手こずりましたが、会って話を聞いたところ、よく覚えておりました」

老爺と医師の証言をたどり、その後も火傷の薬を処方した薬師などに当たったが、あれほどの火傷ならば大人になっても痕《あと》が残るはずと、みな口をそろえたという。

「その者たちがたばかっている可能性は薄いのだな」

調査には細心の注意を払う部下ではあるが、念のため問うと、彼ははっきりうなずく。

「証言した者たちに個々のつながりはございません。偽りを申したところで益はないかと」

明真は口もとに手をあて、考え込む。

彼が目にした桐黎緑は、陽《ひ》の光など知らぬかのような白い肌をしていた。

凛舲に瓜二つの美貌《びぼう》にはしみはおろか、火傷の痕などどこにもなかったと断言できる。

悍河の老爺や医師たちが見た赤児と、後宮にいる桐黎緑が別人だとするなら――

「お話し中、失礼いたします」

めまぐるしく思考をめぐらせる明真のもとへ、別の部下が知らせを携《たずさ》えて現れた。

次は何事かと顔をあげた明真に、彼は耳打ちする。

「かの者が目を覚ましたようでございます」

凛舲を襲い、服毒した陰火《いんか》だが、奚官局《けいかんきょく》で解毒をおこない、一命を取りとめていた。

すべてを知るであろうその賊に、尋問する機会がようやく訪れたのだ。

薄暗い房室に入ると、簡素な牀に寝かされている者がこちらを見た。

四肢《しし》は麻痺《まひ》しているのか、ぴくりとも動かない。しかし、黒い眸《め》には爛々《らんらん》とした意志の光が宿り、眼力で射殺さんばかりに明真を凝視している。

彼が声を発しないのは、舌を噛《か》まぬよう猿轡《さるぐつわ》を噛まされているためだ。

「質問に答える気があるのなら口枷《かせ》を外してやる」

牀の傍らに立って明真が告げると、怒りをたたえながらも彼はうなずく。

治療に当たった方官が慎重に猿轡を外し、口中に含ませた布を取り去ると、うめき声とも喘鳴《ぜんめい》ともつかない音が流れ出た。

「おまえの名は呂柊《りょしゅう》に相違ないか」

呼気が落ち着くのを待って問いかけたとたん、静かに目がみはられる。

「宦官の白狼《はくろう》がおまえの顔を見おぼえていた。紘鎖の乱による死没者として扱われていたようだが、生きのびていたか」

「ち……がう」

ざらつく声で彼は否定した。

「私は、そのような者、ではない。我が名は……陰火。あの方が、名づけてくれた」

「あの方とは、幽瞑《ゆうめい》という白髪の男か」

「軽々しく、大家《だんなさま》の御名を口にするな……！　あの方は……っ」

激昂《げっこう》したように陰火は声を荒らげたが、呼吸が続かず、のたうつように咳《せ》き込む。

苦悶《くもん》する様子にも顔色を変えず、明真は陰火が反論するに任せた。

「あの方は、私を……騒乱の中で、救ってくださった。あの方は、あの方こそ、我が君主。だから……誓った。私は、あの方の道具。あの方の、望み……叶えるための」

朦朧《もうろう》とする意識と同様、言葉も呼気も千々《ちぢ》に乱れ、陰火は切れ切れに答えを紡《つむ》ぐ。

この様子では拷問しても長くはもたぬだろうと観察しながら、明真はどれだけの証言を引き出せるか冷静に分析した。

「桐黎緑を攫ったのはおまえか？　それとも『あの方』か？」

「どちらでも……よい。私は、あの方の望みに従う」

明真が問いを重ねると、陰火は嘲笑《あざわら》うように目を細める。

「望みとは何だ」

「おまえのような下賤《げせん》な官にはわかるまい。あの方の、真なる望みなど」

「そうとは限らぬぞ」

女人のように白く整った顔をひややかに見おろしながら、明真は答えた。

おもむろに隠しから古びた革袋を取り出し、陰火の目に映るようかざしてやる。

「おまえの懐《ふところ》から出てきたものだ。望みを果たせず死ぬのが嫌なら、私の質問に答えよ」

食い入るように革袋を見つめる眸が、迷うように初めて揺れた。

桐婕妤からの使いが訪れたのは、明真が凛舲を訪れた後のことだった。

いまだ療養・謹慎中の身ではあるが、彼女の行方を捜すために尽力した凛舲の存在を知り、一度会って礼を言いたいと招かれたのである。

翌日の朝見の後、凛舲は黄雲宮に残り、桐婕妤と面会するために待った。

失踪《しっそう》から帰還までの経緯があまりに不審すぎるせいもあるのだろう。

未だ世婦《せいふ》の身分にもかかわらず、桐婕妤が黄雲宮で療養することに妃嬪の多くが疑念や不快を抱いているようで、非難めいた囁《ささや》きをそこかしこで耳にした。

桐婕妤付きの女官に呼ばれ庁堂を出た凛舲は、向かいの檐廊《えんろう》に長身の人影を見た。

「明真……？」

気づいた時には既《すで》に後姿となっていたが、今さら見間違いようもない。

正門へと向かう明真は凛舲に気づかなかったのか、あるいはそれどころではなかったのか、いつにないほど厳しく引き締まった横顔が脳裏に焼き付いた。

「よくぞいらしてくださいました」

凛舲が訪れて挨拶をのべると、桐黎緑は居間の大椅《だいい》にかけたまま出迎えた。

療養中とは聞いていたが、今は来客を出迎えるため、大袖《そで》の衫《さん》に長裙《ちょうくん》をはき、結い上げた髪には銀釵をひとつだけさしている。

体が弱っていることは確かなのか、白い面は血の気を失ったように蒼白《あおじろ》く、大椅にもたれるように座っていなければ姿勢を保つのも覚束ないように見えた。

「お加減はよろしいのですか」

寝ていなくてもいいのだろうかと気遣った凛舲に、黎緑はほのかな笑みをうかべる。

「見た目ほど衰弱しているわけではないのです。先ほどおいでになった応方官にもご心配いただきましたが、あまり陽の光の入らぬ場所で育ったせいか、もともと血色の良いほうではございませんので」

伏せた睫毛《まつげ》は影を落とすほど長く、膝《ひざ》の上で重ねられた指は象牙彫刻のごとき繊細さで、目の前にいるのが本当に生身の人間なのかと疑ってしまう。なるほど、桐婕妤と顔はそっくりでも、凛舲とは似ても似つかないと誰もが口を揃《そろ》えて言うわけだ。

「お会いできてよかった。しばらく寝ついていたとうかがってから、ずっとそなたとお話ししたいと思っていたのです。もうお加減は良いのですか」

凛舲が襲われた夜のことも、気を失う直前に目が合ったことも口にせず、黎緑はただ、慈《いつく》しむようなまなざしを凛舲に向ける。月のない夜にも似た静かな黒い瞳を見たとたん、胸が詰まるような感覚に襲われ、凛舲はとまどった。

「ご心配にはおよびません。私も……桐婕妤にお目にかかりとうございました」

返した言葉は世辞ではない。この後宮で彼女の人となりを知り、さまざまな人の記憶に残る桐黎緑の影を追ううち、いつしか会いたいと願うようになっていたのだから。

「わたくしが姿を消したばかりに、そなたは後宮へ入ることになったと聞いています。そなたの献身に厚く報いてくださるよう、陛下にお願いしておきましょう」

姿勢を正し、感謝をのべた黎緑に、凛舲はあわてて頭《こうべ》を垂れた。

「もったいないお言葉にございます。卑賤《ひせん》の身で後宮に上がり、陛下に拝謁《はいえつ》する僥倖《ぎょうこう》にも恵まれました。桐婕妤がご無事にお戻りになっただけで充分すぎるほど報われております」

言葉を飾るだけの口上から、いかにして踏み入った質問を投げるか、凛舲は考える。

黎緑は付き添いの女官に席を外させ、居間には凛舲と二人しか残されていない。

失踪していた間の質問は控えるよう厳命が下っているが、おそらく、この機会を失ったら、二度と尋ねることはできないだろう。

「ただ、もし少しでも私の労をねぎらうお気持ちがおありなのでしたら、なぜ突然後宮からお姿が見えなくなったのか、一体どこにいらしたのか、なぜまたお戻りになることができたのか、お聞かせ願えませんでしょうか」

慎重に願い出て顔色を窺《うかが》うと、黎緑は目を伏せてうなずく。

「そなたの疑問はもっともなことです。わたくしの愚《おろ》かな行動のために、そなたには多大な面倒をかけたのですから」

「愚かな、行動とは……」

「わたくしは、攫われたわけではありません。自ら姿を消したのです」

やはりそうなのかという思いで凛舲は息を吐き、身を乗り出すように問いを重ねる。

「なぜそのようなことをなさったのですか」

「許されない罪を、わたくしが犯してしまったからです。あの日、わたくしは寝房で自らの喉《のど》を裂いて死ぬつもりでした。けれど、あの人に剃刀《かみそり》を奪われ、防がれてしまった」

思わぬ告白に呼吸が止まった。瞬間的に、白髪の男が脳裏に浮かぶ。

「あの人……とは、幽瞑、ですか？」

「そなたも会ったのですね。あの人は、わたくしを幼い頃から見守っていました。わたくしが衝動的に死を選べば多くの人を、誰よりも陛下を傷つけることになると説得され、心が揺れました。黙って姿を消せば、いずれみな、わたくしの存在など忘れるものと、そんな愚かなことを考えて、発作的に彼の手を取ってしまったのです」

黎緑の答えに揺らぎはない。しかし、理解が追いつかず、凛舲は混乱した。

「わかり、ません。許されない罪とは何なのですか。自らお命を絶たねばならないほどの罪なんて。あの男は……幽瞑とは一体何者なのですか⁉」

せきこむように尋ねると、黎緑の瞳が迷うように揺れた。

「今はまだ、お話しできません。まずは陛下の前で罪を告白し、罰を下していただかねばならないことですから」

静かに拒絶され、凛舲は唇を噛む。

「では、せめて最後にもうひとつだけお聞かせください。お姿を隠したままでいることもできたのに、再びこうしてお戻りになったのはなぜなのです」

まっすぐ凛舲が見つめると、黎緑は少し考え、大袖を振って立ちあがった。

どうしたのかと考える間もなく彼女は凜舲に近づき、身をかがめる。

打擲《ちょうちゃく》でもされるのかと身構えた凜舲は、包まれるような抱擁《ほうよう》に目をみはった。

「桐……婕妤？」

経験したことのない人のぬくもりに戸惑い、動けずにいると、黎緑は耳元で詫《わ》びる。

「ごめんなさい。あなたを巻き込むつもりはなかった。こんなことになるのなら、もっと早く、陛下の目の前で命を絶つべきでした」

「な、にを」

黎緑の頰に涙が流れるのを見て、凜舲はうろたえた。答えのかわりになぜ詫びるのか、なぜそんな恐ろしいことを言うのか、頭の中は疑問でいっぱいなのに深いところではその理由を知っている気がして、抱き返すこともできずに視線をさまよわせる。

黎緑はそんなとまどいすらも慈しむように抱擁する腕に力をこめ、囁いた。

「早くここを出て、思うままにいきなさい。わたくしの――」

続く言葉に、凜舲の瞳からも涙がこぼれた。

＊

「お許しください。檐廊を見誤《みあやま》ったようです」

ぼんやりと歩いていた凜舲は、方官の声で我に返った。

黄雲宮を出た後、翠嶂宮に戻るまでに自分がどんな顔をして、どう歩いてきたのか。護衛の方官が先導してくれるのをいいことに、ずいぶん放心していたらしい。

桃を主題とした檐廊の装飾を見るに、なるほど、今いるのは二の殿舎である。

迷呪持《めいじゅ》ちの凛舲ならばともかく、道に迷うことなどないはずの方官がなぜ誤ったのだろう、と疑問に思った時、ふいにその理由が閃《ひらめ》いた。

蒼ざめた顔で交叉路《こうさ》へと引き返し、凍りついたように立ちつくしていると、過失を咎《とが》めていると見て取ったのか、方官が声をかける。

「ここでしばしお待ちください。私は先に廊を確かめてまいりますので」

「わかったわ」

かたい声で答え、方官を見送ると、凛舲は六つの殿舎に続く廊に視線をめぐらせた。

白昼夢《はくちゅうむ》でも視《み》る者のように、ある夜の記憶がよみがえり、凛舲は歩き出す。

一人で動くなという、明真の言葉を忘れたわけではない。

それでも、黎緑が最後に凛舲に囁いた言葉の意味を、どうしても確かめたかったのだ。

「絳《こう》采女？　どうされたのです」

迷い込んだのは四の殿舎の裏廊で、ちょうど通りかかった女官が声をかける。

とがめる声は、凛舲が檐廊の途中で欄干《らんかん》を乗り越え、庭院《なかにわ》に下り立ったからだった。

背後で女官が何か言うのが聞こえたが、凛舲は振り返ることなく歩《ほ》を進める。

ぎこちなかった足はこびは我知らず早くなり、気づけば駆け出していた。

方官が再度この庭院を調べた時には開かなかった。

けれど確信がある。偶然迷い込んだあの夜のように、今ならば通路への扉が開くはずだ。

息を切らせながら庭院の端へたどり着いた凛舲は、壁に手を伸ばした。

これ以上進めば、もう戻れないかもしれない。

それでも、己が何者なのかもわからぬまま、再び一人きりになるよりましだ。

不自然に浮き上がった石壁に体重をかけたとたん、重い音とともに中へと引き込まれる。

無明《むみょう》の闇《やみ》の中に転がり込んだが、今回は頭を打たなかった。

うずくまって目が慣れるのを待ち、風の流れに意識を凝《こ》らす。

石壁に手をついて、風の流れ込むほうへとゆっくり歩を進めてゆくと、前方に光のこぼれる出口が見えた。

外に出ると、三方を墻《かき》に囲まれた花苑《はなぞの》は、今日は陽の光に包まれていた。

月明かりの下で青白く見えた花々は、今は赤や黄、青など色あざやかに咲き誇っている。

極彩色にあふれる花苑に、人影が立つのもあの時と同じ。

ただ、銀褐色《ぎんかっしょく》の袍《ほう》に真っ白な髪を結いもせず、背中に落ちるままにしている男の姿は、そこだけ色彩を失ったようだった。

「幽瞑……」

男は振り返り、こちらを見る。

静かに凪《な》いだ顔からも、凛舲がここへたどり着くことを予期していたとわかった。

「愚かな娘よ」

呆《あき》れるようにも、嘆くようにも聞こえる声で、幽瞑は嘆息する。

「命はないと言ったはずだ」

「私を殺したければ、そうすればいいわ」

男の持つ唯一の色彩とも言える青い瞳を見据え、凜鈴は言い放った。

「でも、その前に教えて。あなたと桐婕妤のこと。桐婕妤が姿を消した、本当の理由を」

一歩も引かぬ構えで立っていると、幽瞑は微風に白髪をなびかせ、つと腕を差しのべる。

「ならば、来るがいい。呪われた宮へ」

長い指が示す先には、立ちはだかるように聳《そび》える紫霞壇《しかだん》があった。


「あの娘がいなくなった、だと?」

書卓に向かい、上奏文の票擬に目を通す途中で、炫耀は急報を受けていた。

「はい。つい先ほど、桐婕妤のお見舞いから戻られた際、取り憑《つ》かれたように翠嶂宮をさ迷い歩き、目撃した女官の話によれば、突如《とつじょ》として壁の中に姿を消したとのことです」

明真はかたい声であらましを告げる。

「なぜそのような事態を呼んだのだ。護衛の方官は何をしていた!」

炫耀が叱責すると、部下の不手際を詫びて明真は頭を垂れた。

「目を離したわずかな隙《すき》のことだったとか。その間、何かに気づいたものと思われます」

「何かとは？」

「おそらく、あの者に関すること、もしくは隠し通路に関する何かでございましょう」

あの者、という独特の響きに炫耀は顔をしかめる。後宮に巣食う幽鬼の存在を思うだけで、腹の底にどす黒いものがわだかまった。

「危地に自ら飛び込んだというのか。愚かな」

「真実がわからぬまま、桐婕妤がお戻りになったことで幕引きとなれば、納得できぬのは道理にございましょう。まして、桐婕妤に失踪中の取り調べも行わぬとなれば尚のこと」

「言いたいことがあるならはっきり口にしたらどうだ。応毅《おうき》……いや、明真」

幼少時のように呼びかけると、目の前の男は拱手の中に伏せていた顔をようやく上げた。

秘書官や侍従は遠ざけており、書斎には今、炫耀と明真の二人だけになっている。

この永晶国《えいしょうこく》すべてを見渡しても、彼ほど信のおける存在は数えるほどしかいない。

「では、申し上げます。陛下が煮え切らない態度をお示しになっているために、後宮内に桐婕妤への不審と反感が生じているのはおわかりでしょう。長らくの失踪を咎めもせず、黄雲宮に留めて手厚く遇するなど、寵愛にしても度を越しているとは思われませんか」

手加減のない舌鋒《ぜっぽう》に苦い顔になり、炫耀は書卓の上に両手を組み合わせる。

「生きていてくれただけで充分だと……そう、思ってしまったのだ」

突如として姿を消した黎緑の行方が一向につかめぬ中、もはや命は失われたものと諦めかけていた。しかし、彼女が衰弱しながらも命長らえて再び現れたことで、もう二度と手放したくないという執着が生まれたのである。

自ら後宮を脱走したのであれば罪は重い。死罪となっても不思議はないほどに。

たとえ賊に攫われたとしても、桐黎緑を妃の座には留めておくことはできないだろう。

本来ならすぐにでも宮正に桐黎緑の取り調べを命じ、明真に隠し通路をあばかせ、その奥に潜む幽鬼を誅伐《ちゅうばつ》せねばならない。にもかかわらず、衰弱した黎緑が快復するまでと時間を稼いだのは、少しでも長くそばに置いておきたかったからだ。

「そのお気持ちは理解できます。ですが、陛下は至尊の冠を戴《いただ》き、民や臣下の規範となるお方です。守るべき則《のり》や法をまげて疑いある者に偏《かたよ》った寵を与えることが、陛下の目指す君主のお姿と言えましょうか」

「わかっている……」

組んだ手に額をあて、炫耀は息をついた。

明真の言葉はいつも正しい。遠慮ない諫言《かんげん》に苛立《いらだ》つこともあれど、幼少時から彼の言は常に炫耀を救い、導いてきた。ただ、ゆくゆくは宰相となるべく、実績と経験を積んできたとはいえ、少しばかり情に疎《うと》く、融通が利かないところが欠点でもある。

「真実を知ることが必ずしも正しいことなのか、迷いがあったのは認める。六華宮の奥に潜むあの者が、俺やおまえの考えている人物ならば、尚のことな」

これ以上、終わりのその時を引き延ばしたところで、得られるものはない。

炫耀は未練を断ち切ると、ゆっくり顔をあげた。

「当初の予定通り、六華宮を無人とし、宮殿の奥に隠れ潜む賊を誅伐せよ。必ずおまえの手で討ち果たせ」

「謹《つつし》んで、お受けいたします」

明真は命を受け拱手する。

「ですが、いまひとつ、桐婕妤のことで陛下のお耳に入れておかねばならないご報告が」

最後に差し出された報告は、炫耀をさらなる苦悩に突き落とすものだった。


黄昏《たそがれ》のせまる中、皇帝の急な訪《おとな》いに黄雲宮の女官たちがせわしなく出迎える。

もともと、口数が少なく表情に乏《とぼ》しい皇帝の、これまでにないほど厳しい顔つきに女官たちは萎縮《いしゆく》し、礼をとった肩が震える者もいた。

「桐黎緑に話がある。声をかけるまで誰も近づくことまかりならん」

炫耀は感情のこもらぬ声で告げると、明真一人を従えて檐廊を進んだ。

桐黎緑が療養する殿舎に入ると、付き添いの女官や侍女も同様に遠ざける。

「お待ち申し上げておりました、陛下」

広間に入った炫耀を出迎えたのは、凍縹《とうひょう》色の袍服をまとった桐黎緑だった。

梳《くしけず》られた黒髪は結わずに背に下ろしたままで、青白い膚《はだ》に化粧はのせられていないが、唇だけは生まれながらのように朱《あか》い。

「黎緑。そなたに聞きたいことがある。包み隠さず申せ」

罪を愧《は》じるがごとく膝をつき、叩頭《こうとう》した黎緑は顔を伏せたまま答える。

「罪人の身にもかかわらず、過分なほどの待遇をお与えくださり、深く感謝申し上げます。陛下のお許しもなく御前を退《しりぞ》き、後宮から姿を消したこと、何ひとつ弁明の余地はございません。どうぞ、何なりとお尋ねの上、いかようにもお裁きくださいますよう」

平伏する元寵姫を見おろし、炫耀は告げた。

「応毅がそなたの故郷での身上を調べた。そなたの生家に仕えていた者の証言によれば、赤児だったそなたの額には大人になっても消えぬほどの火傷があったとか」

黎緑の背中がぴくりと揺れる。その眼前に身をかがめると、炫耀は「面を上げよ」と命じた。まっすぐ顔をあげた黎緑の顎《あご》を指ですくい、秀でた額を視界に入れる。

「その顔のどこにも、火傷の痕など見えぬ。そなたはまことに桐黎緑か」

漆黒《しっこく》の瞳が炫耀を見つめた。深淵《しんえん》の闇にも似た黒瞳はすべてを飲み込んだように、いかなる感情も映さない。映さないまま、朱唇がかすかに動いた。

「……いいえ、わたくしは、桐黎緑ではございません」

ぞくりと悪寒が這《は》いのぼるのをこらえ、炫耀は問いを継ぐ。

「では、そなたは何者だ」

桐黎緑は——いや、桐黎緑を名乗っていた女は、睫毛を伏せた。

「わたくしは、この六華宮最奥の、秘宮にて生まれた女です」

「秘宮？」

「表の後宮とは異なる、秘《かく》された宮。誰にも知られることのない、皇帝だけの城」

澄んだ声が告げるのは、炫耀にとって許しがたい事実だった。

「皇帝だけの城、だと。そなたの言う皇帝とは、どの皇帝だ！」

顎をすくっていた手で肩をつかみ、問い詰めるが、黎緑の表情は凪いだままだ。

「十七年前、紘鎖の乱まで帝位についていた男。徳昌帝興慶《とくしょうていこうけい》」

既に覚悟を決めてでもいるように、黎緑は二代前の皇帝の御名を呼び捨てる。

「後宮でたびたび噂となっていた白髪の幽鬼。かの者は、わたくしの兄。徳昌帝の忘れ形見にして、陛下の従弟《いとこ》にございます」

＊

滴《したた》るような水音がかすかに耳に届く。

花苑から再び通路に入った凛舲は、幽瞑の後に続き、しばらく闇の中を進んだ。

幽瞑は慣れているのか、明かりもない通路を迷いなく進んでいくため、やむなく凛舲は手を伸ばし、袍服をつかんで見失わないようにするしかなかった。

陽の光の下では目立つ白髪さえも、暗闇の中では見分けられなかったからだ。

ほどなくして通路から出ると、そこは淡い光の差し込む庭院だった。

また外に出たのかと思ったが、見あげた先、はるか高い場所には白く輝く天井があるだけで、空は見えない。屋内にもかかわらず庭院には草花が植えられ、背丈は低いながらも果樹が実をつけていた。

「何なの、ここ」

呆然《ぼうぜん》と発した凜舲の声は、大きな堂観に入った時のように反響して聞こえる。

「ここは秘宮。我の棲《す》み処《か》だ」

幽瞑は答え、庭院を横切るように歩いてゆく。

庭院は六華宮のそれと同じく、巨大な楕円《だえん》を思わせる形をしていた。

庭院に沿って造られた檐廊も、そこにいくつもの房室が並ぶのも六華宮の宮殿と同じだが、房室の扉が木製であることを除けば、柱も床も白い花崗岩《かこうがん》が使われている。

見たことや行ったことはないが、はるか西域にある異教の神殿とはこのようなものだろうかと、凜舲は物珍しさに不安も忘れ、視線をめぐらせた。

「あの白い天井は何？　陽の光が透けているみたいだけど」

「水晶だ」

幽瞑の答えに、後宮に入って間もなく参加した、華央舞《かおうまい》の儀式が脳裏によみがえる。

紫霞壇には、紋様めいた形に水晶の敷石がはめ込まれ、月の光に輝いていたのだ。

「ここはやっぱり、紫霞壇の中なのね……」

明真の予測は誤りではなかったと納得しながら呟《つぶや》く。

「秘宮って言ったけど、どうして紫霞壇の中にこんなものがあるの？」

「おまえに見せたいものがある。来るがいい」

凛舲の問いにそうとだけ告げて、幽瞑は庭院から檐廊へとのぼり、歩き出した。

ためらいながらも幽瞑の後から檐廊に続く階《きざはし》を上がり、いくつも並ぶ房室を行き過ぎると、やがて、十二本の柱に囲まれた交叉路にたどり着く。

どうやら、庭院だけでなく、秘宮全体が他の宮殿と同じ造りになっているようだ。

しかし、見慣れないものが交叉路の中心に設《しつら》えられていて、凛舲は思わず足を止めた。

「ここは六華宮すべての中心。秘宮の主にのみ許された、玉座のあった場所」

「玉座？　これが？」

磨きこまれた花崗岩によって造られたそれは、凛舲の目には玉座というより巨大な牀といったほうがふさわしいように思われた。

玉座と言われたその場所が、ほのかに輝いているのに気づいて顔をあげると、ずっと高いところには、先ほどの庭院で見たのと同じ、水晶の天井が光を通している。

秘宮の構造を脳裏に思い浮かべた凛舲は、玉座の真上がちょうど、華央舞で二人の妃が舞う祭壇の中心なのだと気がついた。

「どうして祭壇の真下にこんなものを……」

「華央舞の儀式のさなか、ここで秘妃《ひき》と交わることで真の帝王の胤《たね》を宿すことができる。

そう信じたゆえ」

　幽瞑の答えに凛舲は絶句した。

　満月の夜に行われる華央舞の儀式。後宮の主たる皇帝がそこに不在の理由。真白い牀を前にしたとたん、生々しく浮かびあがる事実に背筋が寒くなり、凛舲は思わず後退《あとずさ》った。

「あ……」

　その様子から無感動に目をそらし、幽瞑は交叉路の先に歩を進める。

「おまえに見せたいものはこんな遺構ではない」

　そっけない声に拍子抜けしながらも、内心ほっとして凛舲は小走りに後を追った。

　幽瞑は十二本の廊のひとつを迷いなく選び、奥の一室へと凛舲を導く。

　古びた木製の格子戸を開けると、そこは書案《つくえ》や扶手椅《ひじかけいす》の置かれた房室で、竹簡《ちくかん》の巻子《かんす》や紙の書籍がいくつもの書架に詰まれていた。

　書斎だろうかと室内を見回した凛舲は、幽瞑が奥の壁の前に佇《たたず》むのを見て、歩み寄る。

　彼の前には、いくつもの円を何重にもかさねてできた、図象が掛けられていたからだ。

「……玄黄図《げんこうず》？」

「栄華万象図《ばんしょうず》。象賢帝が記したものだと言われている」

　今まで目にしたどんな玄黄図とも違う。しかし、凛舲はこの図を見知っていた。

「象賢帝《しょうけんてい》は晩年、落馬による事故に遭い、昏睡から目覚めた後、たびたびこの世の万象を読み解く紋様を幻に視るようになったらしい。最も鮮明に脳裏に焼き付いたこの図こそ、万物の真理であるとして、栄華万象図と名付けた」

「でもこれは……まるで見取図だわ」

明真に見せられた六華宮の見取図そのままの図象を見つめ、凛舲は呟く。

「そうだ。六華宮は、栄華万象図を元に象賢帝が造営を命じたもの。この書斎は象賢帝がただ一人、思索と研窮《けんきゅう》に耽《ふけ》るために使われていたと、そうあの男に聞かされた」

幽瞑は書架に積まれた巻子や書籍をゆっくり見渡す。

「あの男？」

「象賢帝の太子として生まれ、六華宮を受け継ぎし者。そして、我に命を与えし者だ」

淡々《たんたん》とした答えの意味するところを悟り、凛舲は顔をこわばらせた。

「徳昌帝が……あなたの父親？」

かすれた声で問いかけると、幽瞑は冷えきった声で言い放つ。

「母を見殺しにし、後宮を捨てて逃げ去った臆病者《おくびょうもの》を父と呼ぶならば」

凛舲は混乱する頭を落ち着かせようと息を吐き、書案に手をついた。

明真の話では、確か、徳昌帝の皇太子や皇子は紘鎖の乱で死没していたはずだ。

「わからないわ。あなたが本当に皇子なら、どうして徳昌帝は弟君に帝位を……」

叛乱軍《はんらんぐん》を恐れ、静晏《せいあん》を脱出した徳昌帝は、落ちのびる途中の寒村で病にかかり死に瀕《ひん》していたところ、皇弟が叛乱軍を打ち破ったとの報を受けた。回復の見込みもなく、死期を悟った徳昌帝が弟に禅譲の意志を伝えたというのは有名な逸話だ。

「我は存在するはずのない皇子だった。いるはずのない妃から生まれた皇子に、帝位を継がせることができると思うか？」

幽瞑はぞっとするほど醒《さ》めたまなざしを凜舲に向ける。

「象賢帝は真の君主を生み、永晶国に百代の繁栄をもたらすことを望んだのだろう。その熱望を受け、あの男は紫霞壇の下で胤を宿された。だが――」

幽瞑の眸がよりいっそうの昏《くら》さをおびた。

「あの男は秘宮を永晶国の未来のためではなく、己の欲望を満たすためだけに使ったのだ」

欲望という響きのおぞましさに、凜舲はぞっと肩を震わせる。

「当時の後宮には美姫がひしめいていたにもかかわらず、あの男は気に入りの女を攫い、秘宮に囲って己が妃とした。その秘めたる妃こそ、我が母だった」

知らず己の肩を抱いた凜舲は、幽瞑に視線を向けてはっとする。

彼の顔には涙が伝い、静かに流れていた。

＊

彼はそこが後宮の中心であり、彼の父が皇帝であることを長らく知らずに育った。

外に出て陽の光を浴びることは一日のうち、限られた時間のみで、水晶の天蓋《てんがい》から降りそそぐ光は明るくはあったが、空は遠かった。

「母はそれゆえ、ここを秘宮と呼んでいた。我らは、秘宮に囚われた罪人にひとしいと」

秘宮に仕えていたのは年嵩《としかさ》の宦官と彼の母に仕える女官たちで、身の周りのことは彼の世話を焼く女官たちが、書を読み文字を記すことは宦官たちが教えてくれた。

彼は日頃から側にいる宦官こそ父だと信じて疑わず、稀《まれ》に訪ねてくる長袍の男は得体の知れないならず者だと思っていた。

「母はその男が来ると、こんな場所に閉じ込めるくらいならばいっそ母子ともに殺してくれと懇願した。男はそれを聞くと母を痛めつけ、怒鳴り散らし、かと思えば人が変わったように泣き崩れて母に詫びるのだ。到底まともな男とは思えなかった」

しかし数年後、あるきっかけを経て、ならず者のような男と母の間にも穏やかな時が流れるようになった。男が彼の父親であり、皇帝でもあると認識したのはその頃のことだ。

「父は我を皇子として認めることはできぬと言った。おまえの容貌《ようぼう》は母の血を色濃く引いているゆえ、他の妃の皇子として偽るにも難があると。おそらく父は、我が長じた後、宦官として後宮に残すか、庶人として放逐するつもりであったのだろう」

凛舲にそう語る幽瞑のまなざしは現在ではなく過ぎ去った日々をのぞいている。

「父が執着していたのは母だけだった。後宮に妃として迎え入れることのできぬ女に心奪われ、人知れず我がものとするためだけに秘宮に入れたのだから」

秘宮での暮らしは、陰鬱でこそあっても平和だった。静寂の外で何が起きていたのかを知ったのは、すべてが破綻《はたん》した後のことである。

「十七年前、鎖将軍《さしょうぐん》の率いる叛乱軍が静晏に迫る直前まで、我はこの国が危うくなっていることを知らなかった。このままでは軍勢が皇城を囲み、脱出すらかなわなくなるという時、宦官が父の伝言を携えて駆け込んできたのだ」

後宮の妃と宦官を残したまま皇城を明け渡すなら、朕《わたし》の命を助けると鎖将軍は言っている。朕はここを出立するゆえ仕度せよ、と。

「厚顔にもほどがある。叛乱が起こるほど国を傾けておきながら、己の命惜しさに後宮の妃たちを叛乱軍に差し出し、おめおめと皇都を捨てて逃げようというのだからな」

幽瞑は父への侮蔑《ぶべつ》を隠さず、かわいた声で嗤《わら》った。

「母君は、一緒にここを出られたの？」

凛舲が思わず尋ねると、月明かりと同じ色の瞳がひたと向けられる。

居心地が悪くなるほど長い間、彼は凛舲を見つめ、そして言った。

「いや。母はきっぱりと拒絶した。叛乱軍の将が後宮の妃を残せというなら妾《わらわ》も残る。妾も妃の一人なのだから、と」

皇帝の使者を務めた宦官は蒼白になって説得した。秘宮の存在は誰にも知られていない。簿籍にも名前はないのだから、逃げたとしても咎めるものは誰もいないと。

宦官も迫りくる叛乱軍が恐ろしかったのだろう。

強引に連れ出そうとした宦官の手を拒み、彼女は刃を己の喉に向けた。

「この秘宮で、外の騒乱や民の辛苦も知らずに平穏を貪《むさぼ》ってきた。たとえ名前は残らずとも、最期《さいご》は皇帝の妃として迎えたい、というのが母の望みだった」

おまえたちは逃げても構わないと宦官に告げ、我が子を託そうとしたが、叛乱軍の勢いはすさまじく、皇帝の使者が帰るのを待たなかった。

「叛乱軍が後宮に押し寄せると、秘宮に居てさえ阿鼻叫喚《あびきようかん》が耳に届いた。ここに残った女官や宦官たちが我らと共に耳を塞いで怯《おび》えるなか、母は外へと出て行ったのだ」

だらりと下げられた幽瞑の手がわずかに震えている。

過去を見つめる蒼眸《そうぼう》は、現在の何も見ていない。

「我は宦官の手を振り払い、母を追った。母を助けたかった。しかし、通路は入り組み、どこへ向かえばいいのかもわからなくなった。ようやく外へ出て母を捜しあてた時には、すべてはもう終わっていた――」

彼の母は無残な姿で血にまみれ、既にこと切れていた。

彼女を蹂躙《じゆうりん》しつくした男は、傍らに幾人もの妃の死体を積み上げ、宦官と妃嬪の血で塗装された牀で勝利の美酒に酔いしれていた。

視界が赤く染まるのが憎悪ゆえか、夥《おびただ》しい数の死体のためか、彼にはわからなかった。

やがて、男が大いびきをかいて眠り込むと、無防備なその肉体に剣を突き立てたのだ。

「年端のいかぬ童の手でも、酒と色欲に緩みきった男を殺すのはたやすかった。何度も繰り返し、剣を突き立てればよかったのだから」

まるで今なお血にまみれているかのように、虚空に差し出した手を幽瞑は見つめる。

「老いた鶏《にわとり》のように殺した男が、鎖将軍だったと知ったのはその後のことだ。我は兵士に見つかり、宮殿を逃げ回り、隠し通路の入口を見つけて秘宮に戻った。母の亡骸《なきがら》を連れて戻ることも、弔《とむら》うこともできなかった」

叛乱軍は鎖将軍を失ったことで混乱状態に陥《おちい》り、皇弟の率いる鎮圧部隊の到着により瓦《が》解《かい》した。後宮には再び静寂が訪れたが、それは平穏とは程遠い、死という名の沈黙だった。

後宮内に積み上げられた死者は宦官だけで夥しい数にのぼり、酸鼻《さんび》を極める光景は鎮圧部隊の兵士たちも言葉を失うほどのものだったからだ。

あまりの惨《むご》さに新帝として即位した晃雅帝《こうがてい》は後宮を厭《いと》い、妃を置くことを避けた。

生きのびた宦官や女官は修繕や清掃、後宮内の維持管理と称して残留を許されたため、秘宮に残った彼は老宦官の世話を受け、どうにか命をつなぐことができたのだった。

「我を秘宮に匿《かくま》い、育ててくれた宦官の頼《らい》も、もはや亡い。我は生きながら屍《しかばね》になり果てた幽鬼に過ぎぬ。もともと色の薄かった髪は白髪となり、元の名すら朧《おぼろ》となった。墓所となったこの宮で、死者たちの主として留まると決めたのは、ここにあれがいたからだ」

虚空を見つめていた眸に、わずかな光が宿る。

「あれ……？」

「我の後に生まれた妹だ。あれの存在がなくば、毎日のように泣き暮れる母を見かね、我はあの男を刺し殺していたかもしれぬ」

よく笑い、よく遊ぶ妹の姿に、父母のみならず、女官も宦官も彼自身も、何度も目を細めた。いとけない女児は、暗い水底《みなそこ》のごとき秘宮に生まれた光そのものだったのだ。

「その妹が、桐婕妤なのね」

幽瞑が、はじかれたように凛舲を見る。

わずかにぬくもりをおびていた瞳が、十七年前を語るより底知れぬ絶望に染まった。

＊

「では、紘鎖の乱において、そなたの兄が鎖将軍をひそかに討ち取り、以後誰にも知られることなく秘宮に隠れ潜んで生きてきたというのか」

黄昏の立ち込める広間で、炫耀の問いかけに桐黎緑と呼ばれていた女は首肯した。

「左様です。けれど、わたくしがそれらを知ったのは、ずっと後になってからのこと」

解き髪のまま床に膝を折って座る彼女の姿は、凍てついたような縹色の衣のせいもあり、処刑を待つ罪人のようにも見える。

「秘宮に生まれたそなたが、桐黎緑として六尚の女官となったのは何故か」

「兄が母の後を追って姿を消した日の夜、わたくしは女官たちに連れられ、通路伝いに後宮を脱することになりました」

六華宮には宮城の外に出ることのできる通路がいくつか存在していた。しかし、皇族にしか使うことのできぬ通路を使うには、一度、御道《ぎょどう》の外側へと出なくてはならなかった。

園林《ていえん》を抜け、目指す場所までわずかという時、叛乱軍の兵士に見つかったのだという。

「わたくしの手を引いていた女官は兵士に斬《き》られ、わたくしは千切れた女官の腕とともに血を浴びて気を失いました。そのまま死んだものと思われたのか、夜だったことが幸いしたのか、次に目覚めた時、わたくしは六尚の宿舎に寝かされていたのです」

目の前には傷だらけで窶《やつ》れはてた女がいて、涙でぐしゃぐしゃになった顔で、何度も彼女を呼び、抱きしめて撫《な》でさすった。

「黎緑、黎緑とその者はわたくしを呼びました。その者は、叛乱軍の兵士に我が子を踏みにじられた宮女見習いでした。襤褸《ぼろ》切れ同然となった我が子の軀が傍らにあるというのに、その者は娘がまだ生きていると信じて疑わず、わたくしを黎緑と呼び続けたのです」

とまどいながらも、幼い彼女は偽りの娘として抱擁を受け入れた。

女はかいがいしく彼女の世話を焼いたが、房室の隅《すみ》には布にくるまれた亡骸が横たえられたままで、己が黎緑でないと気づかれるのではないか、本物の黎緑が目を覚ますのではないかと思うと、恐ろしくてたまらなかった。

本物の黎緑を弔わねばならないと、弔うことの意味も定かではないまま彼女は思った。

秘宮内で飼った小鳥が短い命を終えた時、母と女官たちは庭院の隅に埋めて弔うよう、彼女に諭《さと》したからだ。

「けれど、本物の黎緑を弔うより先に、さらなる混乱が訪れました。叛乱軍の将が討たれたと騒ぎになり、兵士同士が相争う事態に及んだのです」

六尚には理性をなくした兵たちが押し入り、逃げ惑う女官や宮女を次々に襲い始めた。

「わたくしを黎緑と呼んだ女はわたくしを牀の下に潜ませ、宿舎に踏み入ってきた兵士に立ちはだかりました。実の娘でもないわたくしの代わりにその者が殺されるさまを、わたくしはただ、見ていることしかできなかった」

死の静けさが訪れてなお、彼女は牀の下から動けずにいたが、やがてどこからか立ち込める煙と何かが燃える臭いで異変を悟った。

兵士たちが火を放ったと気づくより、このままでは焼け死ぬと本能で悟る方が早かった。彼女は獣のように牀の下から這い出し、自らを黎緑と呼んだ女の亡骸をまたぎ越え、崩れ落ちる柱をかいくぐって外へと逃げ出したのだった。

「わたくしは何も持たず、何も顧《かえり》みず、黎緑と呼んでくれたあの者を置いて逃げました。後宮の妃や宦官を見捨てた男の血を、わたくしもまぎれもなく引いていたのです」

虚ろな声で告白する彼女の顔は、流れ落ちる黒髪の帷《とばり》で炫耀には見えない。

「鎮圧部隊の到着により、後宮での惨劇は終わりましたが、わたくしは黎緑の名で六尚に留まりました。自分が黎緑でないことや、秘宮で生まれたことがいつ露見するのか、思い煩《わずら》う気持ちはなくなっておりました。炎の中を命惜しさに逃げ出した時、わたくしから人としてあるべきものが抜け落ちてしまったのかもしれません」

彼女は手のひらをじっと見つめる。まるで自らが人を殺めた者のように。

本物の桐黎緑の遺体は火災で焼け、身元を保証する黎緑の母も既に殺されていた。

皮肉なことに、秘宮で生まれた彼女が桐黎緑に成り代わるための準備を、天が万端に整えてくれたかのようだった。

身寄りもなく、宮女見習いとして残った彼女は、杏璘という女官の世話を受けながら仕事を覚え始めた。その頃にはもはや、本当の名前すら遠い存在のように薄れていた。

「後宮を叛乱軍が襲ったあの日、秘宮を出た母が鎖将軍に殺されたことは、虚塔《きょとう》のそばにうず高く積まれた死体の山を見て知りました。母の後を追った兄も、同様に命を落としたものとばかり思っておりましたが、ある時、兄によく似た姿の幽鬼を見たのです」

その幽鬼は、白髪の少年の姿をしていた。遭遇するのはたいてい紘鎖の乱による死没者の慰霊碑《いれいひ》のそばだったため、彼女ははじめ、その者が生身の人とは思っていなかった。

「けれど、たとえ人ならざるものに変わり果ててしまったとしても、わたくしの兄であることに変わりはございません」

慰霊碑のそばで祈っていると彼はどこからともなく現れて、いつも花を手向《たむ》けてくれた。声をかけても答えず、すぐに立ち去ってしまうことが多かったが、気遣ってくれていることは幼い彼女にも感じ取れた。

「白髪の幽鬼が本物の兄であることを知ったのは、六尚で働くようになって、秘宮に仕えていた頼という老宦官と再会した折のことでした」

頼は秘宮を飛び出した兄を捜し回っていたところ、叛乱軍の兵士に見つかり、手傷を負って療養していたと話した。

兄が鎖将軍の寝込みを襲って討ったことや、もともと色素の薄かった髪が白くなるほど心を病んだことなど、離れていた間の出来事を知ったのはその時だ。

「頼はわたくしに、秘宮に戻るか、このまま六尚で宮女として働くか、選んでよいと言いました。秘宮に仕えていた者で生き残った宦官は彼一人でしたから、心を病んだ兄の世話をするのは病み上がりの彼には荷が重かったのでしょう。わたくしは六尚に残ることを選び、そこから桐黎緑としての生が始まったのです」

掖庭局の簿籍を改める必要はなかったが、老宦官は桐黎緑として生きる上で必要となる、生い立ちや経歴を記録から漁り、あたう限り教えてくれたという。

「後宮が再び開かれるまで、そなたは平穏な日々を過ごしていたのだな」

炫耀は、うつむいたままの彼女を見つめて言った。宦官と偽り、六尚を訪れた日の姿がまざまざとよみがえる。見習いや宮女たちを相手に手習いや詩文、礼法を教えていた彼女は、今とは違い、生気にみちた貌《かお》をしていた。

「妃嬪として召し上げたこと、そなたにとってはさぞ苦痛であったろう。突然姿を消したのは、妃としての立場に嫌気がさしたからか」

炫耀の問いに、はっとしたように彼女は顔をあげる。

何かを訴えるような黒瞳と、炫耀の視線が交差したのは一瞬のことだった。

「わたくしが……愚かだったのです」

逃げるようにその目を伏せて、彼女は答えた。

「陛下とお話ししたことで、六華宮の妃嬪も、そこで働く女官や宮女たちも、伸びやかに健やかに暮らせる御代が訪れると感じ、つい夢を見てしまった」

聞き捨てならない言葉に炫耀は眉間に皺《しわ》を寄せた。

「なぜそれが愚かなのだ」

能力を持ちながら顧みられることのない女人を、宦官のかわりに広く後宮に迎え入れることにしたのは彼女とのやり取りがきっかけだった。だが、炫耀自身も提案に可能性を見たからこそ施策として取り入れたのだ。

「陛下の御代に、わたくしもできることがあると……何かお役に立てるのではないかと、己自身にそのような夢を抱いてしまったからです」

孟貴妃の推薦を受け、皇帝の妃嬪の一人に加わることに、彼女ははじめためらった。

「わたくしは、血縁で言うなら陛下の従妹《いとこ》に当たります。桐黎緑として身上を偽るばかりか、この身に流れる血筋まで偽ったことは紛れもない大罪にございます」

徳昌帝と晃雅帝の姓はどちらも宣《せん》だ。晃雅帝の皇太子であった炫耀と徳昌帝の公主である彼女とは、前王朝ならば決して婚姻できなかっただろう。

「確かに、真実を隠したことは罪だ。しかし、太祖の皇后が従妹であったことはそなたも存じておろう。そなたが桐黎緑として偽りを貫いたとしても――」

皇帝として許されない言葉を口にしかけると、仮定を断ち切るように彼女は首を振る。

「いいえ……！　それこそが見てはいけない夢だったのです。陛下までもわたくしの大罪に巻き込み、国を傾けることになると、愚かにもわたくしは気づけなかったのですから」

「光龍、名玉を報じて禽獣《きんじゅう》に堕《だ》し、泯没《みんぼつ》に瀕す――だったか」

『玄覧集《げんらんしゅう》』に隠された詩句を炫耀が口にすると、彼女は驚愕したように目をみはった。

「なぜ、それを……」

「そなたが姿を消す直前に玉塵閣から借り受けた書物を、明真と絳琳《こうりん》という妃が見つけた。このくだりが、俺の治世を指しているとそなたは考えたのだろう」

彼女は蒼白のまま炫耀と、背後に控える明真とを見くらべる。

やがて彼女は震える手で口元を覆い、自らを落ち着かせるように深い呼吸を繰り返した。

「わたくしの元の名は、瑤瓊《ようけい》と申します」

告白した声は、もはや震えてはいなかった。

「瑤瓊……」

初めて耳にする本当の名を、炫耀はなじませるように舌にのせる。

「偽りの名である黎緑も、元の名の瑤瓊も名玉を表します。それを報ずるとは」

言葉にすることを恐れるように瑤瓊が口をつぐむのを見て、炫耀は続けた。

「報ずるとは、不義の交わりを意味するのだったな」

さらに言えば、身分が上の者が下の者と通じることを報ずると言う。徳昌帝の公主に当たる瑤瓊より身分が高い者は、この国において炫耀のほかにいない。

「真の血筋を偽り陛下の妃となることは、陛下をたばかるだけでなく、この国をも危うくすることになる。そのことに気づいたあの日……わたくしは命を絶つもりでした」

侍女に用事を言いつけて房室から遠ざけ、自害しようとした瑤瓊のもとへ、隠し通路を抜けて幽瞑が訪れたのだという。

「兄に止められ、わたくしは秘宮に身を潜めることを選びました。陛下にとってわたくしは数多《あまた》いる妃の一人にすぎない。姿を隠してしまえば、陛下はいずれわたくしのことなど忘れるだろうと兄に説得され……」

「それで後宮から失踪したというのか。そなたらしくもない」

命を絶とうとするくらいなら真実を打ち明ければよかったのだと炫耀は思う。だが同時に黎緑の、いや、瑤瓊の立場では姿を消す以外の方法は取れなかったことも理解できた。

「ええ。すべてはわたくしの過《あやま》ちです。命惜しさに黎緑の母親を踏み越えた時と同じ。姿を隠して長らえようなどと考えず、はじめからこうしていれば……」

先ほどから弱々しくなっていた彼女の声が、舌がもつれたように途切れる。

力を失ったかのように、ふいに前のめりに崩れる彼女を、炫耀は反射的に支えた。

「黎緑！」

口をついたのは元の名ではなく馴染《なじ》みある偽りの名だったが、この場で咎める者などあろうはずもない。鼻をつくかすかな丸薬の匂いで、炫耀は異変の理由を悟った。

「黎緑、まさか毒を飲んだのか⁉」

先ほど口元を手で覆った時かと歯噛みしていると、背後に控えていた明真が割って入る。

「お待ちください。口にした毒物の種類によっては陛下にも害が及ぶやもしれません」

「そのようなことを気にしている場合か！　すぐに太医を呼べ！」

明真が止めるのも聞かず、助け起こそうとした炫耀をかぼそい声が止めた。

「もう……遅うございます」

喘鳴の中で彼女が告げる。

「黎緑、そなた」

血の気を失った顔色に炫耀は絶句した。彼女はもはや体を起こす力もないのか、長い黒髪を褥のように散らし、音もなく倒れ伏している。

「どけ、明真！」

死という不浄を忌《い》むように、彼女の姿を見せまいとする明真を押しのけんとしたが、炫耀よりも細身の体はびくともしない。

苛立ちながらも、炫耀は死出に旅立つ彼女に届けるように声を放った。

「なぜだ、黎緑。命を惜しむくらいならば、あのまま秘宮とやらにこもっていればよかったものを。なぜ再び姿を現したのだ……！」

取り戻したいと願いはしたが、このような結末を望んだわけではない。血を吐くような炫耀の問いかけが聞こえたのか、彼女がまぶたを開くのが明真の肩越しに見える。

「陛下が……新たな、罪を……重ねることだけは……防ぎたかった」

新たな罪とはどういう意味かと質《ただ》すより早く、寵姫だった女は置き土産《みやげ》のように事実をひとつ、口にする。

「絳琳という、妃……あの娘は、わたくしの……妹なのです」

黄昏の静寂の中で、落花の音よりもかそけき声が、炫耀の耳を打った。

＊

「桐婕妤が姿を消した日、命を絶つつもりだったのは、そのため……？」

幽瞑から経緯を聞き終えた凛舲は、我知らず胸元へと手をやった。その仕種は、幼い頃より身に染みついたものだった。凛舲の様子を一瞥《いちべつ》し、幽瞑は口をひらく。

「おまえは革袋に入れた古い木札を懐に入れていたそうだな」

ぎくりとして顔をあげると、幽瞑の青い眸は壁の栄華万象図へと向けられた。

「陰火の話では、木札にはこれと同じ図が刻まれていたという」

花苑で襲われたあの夜、やはり革袋を拾われたのだと確信しながら凛舲は答える。

「……私が堂主に拾われた時、持たされていた佩玉《はいぎょく》の紋様よ。佩玉は手元から失われてしまったけれど、紋様を木札に写し取って、ずっと持ち歩いていたの」

明真に六華宮の見取図を見せられた時、見覚えのある図に心臓が跳ね、無意識に胸元の革袋を確かめようとした。見間違いではないかと何度も打ち消したが、木札は革袋ごと失くしてしまったため、確かめることもできなかった。

思い悩む凜舲に答えをもたらしたのが、再び姿を現した桐黎緑その人だったのだ。

なぜ六華宮の見取図を——ここにある栄華万象図を象《かたど》った佩玉が手元にあったのか。

今ならばわかる。黎緑が凜舲を抱きしめ、最後に告げた言葉の意味も。

「私は……ここで生まれたの？」

水晶の天井から黄昏の光が差し込む庭院を見つめ、凜舲は尋ねた。

「そうだ」

答える幽暝の貌も、西域の神殿を思わせる秘宮にも懐かしさを感じないのは、あまりに幼く記憶に残っていないためか、あるいは聞かされた事実に心が追いつかないためか。

「なぜ私だけ……後宮の外に」

「叛乱軍の兵が後宮を襲った夜、黎緑とそなたを連れ、女官たちは秘宮を脱しようとした。糧食の貯《たくわ》えも少なく、嬰児《あかご》を抱えて隠れ続けるにも限度がある。兵士たちは宮殿を破壊することも厭わなかったから、秘宮の存在を知られる恐怖に耐えられなかったのだろう」

六華宮を脱する途中で、姉の黎緑を連れていた女官は兵士に見つかり、殺された。

凜舲を抱いていた女官はかろうじて後宮を脱することができたものの、手傷を負って命を落としたのだろうと、感情のこもらぬ声で幽暝は予測する。

「陰火に木札を見せられるまで、末の妹のことなど思い出しもしなかった。我にとって妹は黎緑ただ一人。そう信じていたゆえ」

十七年前の混乱を思えば、嬰児だった妹が女官とともに死んだと考えて不思議はない。

当の凛舲でさえ、到底信じがたい話なのだから。

「陰火に私を殺させようとしたのは、私が妹だとわかったから？」

「おまえの存在は六華宮にとっても、皇帝と呼ばれるあの男にとっても害でしかない」

黎緑が姿を消したのが滅びの予言を回避するためだったなら、黎緑の行方を捜しに、同じ血を引く凛舲が現れたのは皮肉以外の何ものでもなかっただろう。

「玉塵閣を荒らしたり、姚淑妃《ようしゅくひ》の宮殿から『玄覧集』の写本を盗み出したのは、予言について知られないためね。陰火に命じたのはあなた？」

凛舲の問いかけに、幽瞑の眸が影をおびる。

「……陰火は我が望むことを、我が命じるより先に、手足となって果たしてきた。予言書の件も、おまえを襲ったのと同様、あれが必要だと考えてそうしたのだろう。あのような手段をとらずとも、黎緑を捜すことを諦め、おまえが後宮を出るよう仕向ければ、捕らえられることもなかったものを」

あのような手段という言葉が玉塵閣を荒らしたことをさすのか、凛舲を殺そうとしたことをさすのか、失敗して服毒したことをさすのかは、幽瞑の言葉からはわからなかった。

「陰火があなたの気持ちを汲《く》んで行動したなら、あなたにとって思い入れのない末の妹を、いっそ殺してしまう方が確実だと思ったのね」

凛舲はあえて他人事のように、かわいた声で呟いた。

いつか本物の家族と再会し、手を取りあって喜びあう日が来るなどと、心の底から信じていたわけではない。だが、一縷《いちる》の望みをかけながら生きてきた自分の正体が、こうも忌まわしいものだったなら、捜そうとなんてしなければよかったのかもしれない。

やるせない思いでうつむいていると、幽瞑は口をひらいた。

「少なくとも、黎緑にとって、おまえは思い入れのない存在ではなかった」

「どういうこと？」

「おまえを始末するために隠し通路を開いた陰火を追って、黎緑は秘宮を出たからだ」

凛舲は凍りつく。

「己自身が姿を現すことで、おまえは捜索の任を解かれる。黎緑の身代わりとしておまえが皇帝の閨《ねや》に赴《おもむ》き、泯没の罪を犯すこともない」

「そんな。姿を現してしまったら桐婕妤の方こそ……！」

反論しかけ、凛舲は蒼白になって口をつぐんだ。

六華宮に戻ったとしても、桐黎緑はもはや妃の立場には戻れない。

だとすれば、彼女の取れる選択肢はひとつだけだ。

「黎緑はすべてを告白し、皇帝の前で自裁するつもりだ。我はそれを阻《はば》むことはできぬ」

幽瞑の声に、心臓が重く音を立てる。その瞬間、凛舲の脳裏によみがえったのは、包まれるような抱擁のぬくもりと、桐黎緑の祈るような澄んだ声だった。

早くここを出て、思うままにいきなさい。わたくしの、妹――

震える手で、凛舲は己の肩を抱く。膝の骨が抜かれたように崩れ落ち、涙が頬を伝った。

黄昏の光は水晶の天井を透かして、静かに庭院に降りそそいでいた。

榻《ながいす》につっぷすように横たわり、どれほど時間が流れただろうか。

開かれたままの格子戸の向こうは既に暗く、庭院には薄青い光がこぼれていた。

凜紵を書斎の並びにある房室に案内した後、幽瞑は何処《いずこ》ともなく姿を消してしまった。

房室は闇が支配していたが、目が慣れると庭院からの淡い光でもぼんやり判別がつく。

榻の上に身を起こしたものの、気力が流れ出てしまったかのように力が入らない。

己が何を悲しんでいるのか。姉とわかって間もない桐黎緑の決断か。遅からぬ死か。

己は何に絶望しているのか。突き止めた身の上があまりに忌むべきものだったゆえか。

幽瞑によってもたらされた秘宮の過去と彼らの出自、そして不可解に思えた数々の出来事の背景は、凜紵の頭で理解しきるにはあまりに重すぎた。

流した涙は己のためか、黎緑や幽瞑のためなのかさえ、判別できない。

「どうすれば……」

このまま後宮に留まることはできない。方官の目を逃れて幽瞑に会い、秘宮へと入った以上、ただでさえ許しがたい秘密に触れている。まして、凜紵自身が徳昌帝の最後の子だとわかった以上、後宮を出て何もなかったように暮らしてゆけるはずがない。

幽瞑が凜紵を殺させようとしたのも、冷静に考えれば道理なわけだ。

もしまだ黎緑が無事でいるなら、六華宮に戻って自裁を止めなければと思うのに、理屈を越えたところでは、もはや何もかも手遅れだと感じている。

無気力な己の思考が我ながら情けなくなり、凛舲は頭を振って立ちあがった。

庭院に出て、月明かりでも浴びようと歩きかけた時、ビン、と袖が弦を弾く音がする。

何だろうと訝《いぶか》り、目を凝らしてよく観察すると、そこにあるのは古びた月琴《げっきん》だ。

「ひょっとして、桐婕妤の」

淡い光に見えるのは女物の細工だったから、凛舲は榻に座り、膝の上に抱えてみた。

戯《たわむ》れに弦をつま弾くと、泣くような響きが鼓膜《こまく》と胸とを打つ。

消えゆく余韻《よいん》を吸いこむように目を閉じて、雨だれほどの速さで弾いているうち、皇帝から教えられた無言歌の旋律が脳裏によみがえった。

なぜ今、そんなものを思い出したのかと首をかしげ、はっとする。

「あの曲……」

凛舲が後宮に来て最初の夜、月琴の音色を遠く聞いた。皇帝から教えられた音色に聞き覚えがあったのは、最初の夜に月琴が奏でていたのが同じ旋律だったからだ。

月琴に限らず、夜更《よふ》けに楽器を奏でることは後宮での規則に反する。

それなのにあの夜、皇帝しか知らぬはずの旋律を月琴で奏でていたとすれば、奏者は秘宮に潜んでいた桐黎緑以外ありえないではないか。

最初の夜に慰《なぐさ》められたのは姉の音色だったのかとうれしくなり、小さく歌い出す。

どこか懐かしさのある歌を口ずさんでいた凛舲は、ふいに月琴を取り落とした。

榻の上に倒れた月琴は壊れはしなかったが、爪が弦をひっかき、耳障《ざわ》りな音をたてる。

一瞬、己の中に生まれた予測に、凛舲は氷水を浴びたように青ざめていた。


囀《さえず》る鳥たちの声で、凛舲は朝の訪れを知った。

井戸の中のような造りのためか、秘宮の庭院は早朝でも薄暗い。

仰ぎ見る水晶の天井からは明るくなった空が見える。

房室を出た凛舲は、あてどなく檐廊を歩き始めた。逃げようという発想からではなく、むしろ、一向に姿を見せない幽瞑の姿を捜すためだった。

兄だと知ったあの男を見つけて、一体何を確かめようというのかと、もう一人の自分が囁く。それでも足を止めずに歩いていると細長い庭院のひとつに幽瞑の姿があった。

曙光《しょこう》のささぬほの明かりの中に彼は佇み、書簡のようなものを読んでいる。

「どうしたの?」

書簡に目を落とした幽瞑の横顔は驚きと期待を映しており、怪訝《けげん》に思って声をかけると、彼は我に返ったように顔をあげた。

「皇帝の命を受け、我を亡きものにするため、じき方官どもが押し寄せる」

そっけない声で告げられ、立ちつくす凛舲に、幽瞑は続ける。

「後宮に戻ったとしても、玄識《げんしん》がある以上おまえは生き長らえることはできまい。一人で逃げるか、ここで自裁を選ぶか、おまえの好きにするがいい」

六華宮から妃嬪や女官たちが退出したのは、桐黎緑が自裁をはかった翌日のことだった。かねてから、宮殿の補修のため離宮に滞在する旨が通達されていたこともあり、多少の混乱はありながらも、陽が中天に懸かる前に六華宮は無人となったのである。

「梯子《はしご》と破城槌は必要分整えてございます。いつなりとご下命を」

條達《じょうたつ》が報告し、明真の前で拱手する。

「おまえは待機していてもよかったのではないか？」

翠嶂宮の交叉路に立った明真は、病み上がりの部下に気遣い半分に尋ねた。

「とんでもない！　ようやく捕り物が始まろうという時に病人扱いなど御免です」

玉麈閣を荒らした犯人をおびき出す際、陰火の放った毒針で倒れた條達は、解毒のかいもあって、ようやく動けるまでに回復していた。俄仙丸《がせんがん》は肉体に負担がかかるため、方官からは外されていたのだが、最後の任と聞いて復帰を願い出てきたのである。

「あまり愉快でない任務だ。そのように張り切る必要はないのだがな」

明真が息をつくと、條達は目を輝かせて拳《こぶし》を固めた。

「何を仰います！　後宮に潜む幽鬼を誅伐するなど、最高の任務ではありませんか！」

当然ながら、秘宮にまつわる真相を知らぬ條達にとって、これは胸躍《おど》る活劇の一幕なのだろう。北衙《ほくが》禁軍に所属していた彼を方官に選んだのは、口の固さと武芸の技倆《ぎりょう》を見込んでのことだったが、思い込みで暴走する傾向があるのがいささか難点ではある。

とはいえ、裏表のない反応は、陰鬱な任務を思うと救いであることも確かだった。

「梯子はともかく、破城槌まで使う事態は避けたいものだな。補修の名目で、ある程度の騒音はごまかせるだろうが、派手な破壊工作は陛下が望まれるところではない」

今回の任務は六華宮の破壊ではなく、幽瞑という名の幽鬼を討つことである。

徳昌帝の遺児が今なお後宮の奥深くに存在していた事実など、何人《なんぴと》にも知られてはならない。幽瞑を必ずおまえの手で討ち果たせ、という炫耀の命は、桐黎緑、もとい、瑤瓊の自裁により、いっそう早まった。

「賢妃さま……いや、絳采女が囚われているなら、確かに大事にはできませんね」

條達は納得した様子で顎を撫でる。

「そういうことだ。まずは隠し通路を暴き、幽鬼の隠れ潜む棲み処を探りあてる」

「簡単に仰いますが、肝心の通路が開かなくっちゃ、どうにもなりませんよ」

「開く方法ならば、ある」

「捕らえた賊が口を割ったのですか？」

「いや、隠し通路に関しては最後まで口を割らなかった。だが……予測はついている」

條達に答え、明真は交叉路の梁《はり》へと視線を向けた。

「條達。おまえはおかしいと思わなかったか？　陰火を追ってここで倒れた時、賊が駆け込んだのは『五の殿舎の裏廊だ』とおまえは言った。しかし、目撃者の証言では、陰火らしき宮女とすれ違ったのは、四の殿舎の裏廊となっていたんだ」

「それは、あの状況ですし、見間違えたのでしょう」

面目なさそうに條達は答えるが、明真はなおも尋ねる。

「では、おまえが五の殿舎と判断したのはなぜだ？」

「なぜって、梁の彩陶画を見たからです。仙女の描かれた……」

「では、やはりおまえは見間違えたわけではない」

明真はきっぱり断言すると、精緻《せいち》な彫刻の施された柱のひとつに手を触れた。

仙女の像を撫でたりつまんだりしている明真を見て、條達はぎょっとした様子で尋ねる。

「一体、何をなさっておいでなのです」

「見てわからんか。確かめているのだ。さまざまな証言から推測するに、この交叉路には仕掛けが施されている可能性が高い」

交叉路から伸びる廊は六つ。その上部に掛けられた梁を支えるのは十二本の柱だ。

それぞれの柱に施された彫刻は、いずれも古典や神話にちなんだもので、仙女や伝説上の聖獣、麗人などが色とりどりの彩色によって命あるもののように浮かびあがっていた。

それらの彫刻を明真が真剣な表情で撫でさする光景は傍目《はため》にも異様らしく、條達ばかりか交叉路に集った他の方官たちまで胡乱《うろん》な目つきになる。

「何をぼさっとしている。おまえたちも調べよ。柱は十二本もあるのだぞ？」

明真が叱咤《しった》すると、方官たちは弾かれたように、めいめい柱の彫刻を調べ始めた。

「刷毛《はけ》で埃《ほこり》を払い、やわらかな布で撫でるように浄《きよ》めよと規則にはあるが、今回は目を瞑《つむ》る。場所は手の届く範囲だ。傷をつけたり壊さぬ程度に、動く場所がないか確かめよ」

そう声をかけながら、彫刻を丹念に調べていると、條達がひときわ大きな声をあげる。

「こっ……こちらの彫刻が、外れてしまいました！」

彼が手にする、桃の彫刻が収まっていた場所には、ぽっかり穴が開いていた。

「申し訳ございません。壊すつもりでは……」

幽鬼退治に意気込んで復帰したとたん、またしても失敗してしまったと思ったのだろう。

恐縮する條達から彫刻を受け取り、明真は穴の開いた柱をしげしげと見つめた。

「いや。おまえの過失ではない。むしろお手柄だ」

明真は笑みをうかべると、柱の穴をのぞき込み、手を入れた。

「やはり、ここで間違いなかったな」

念のため革の手套《てぶくろ》をつけた方の手を入れたが、毒の類《たぐい》は塗られていないようだ。

穴の中にある凸《とつ》状の細工に触れると、一方向に動かせる仕掛けがある。

細工を動かしながら梁を確かめ、明真は條達に声をかけた。

「見ろ、梁の彩陶画を。絳采女が隠し通路に迷い込んだ時も、おまえが賊を追った時も、みなこれに惑わされたのだ」

條達が訝しげに目を向けた先、梁の中に埋め込まれた『仙境夢話《せんきょうむわ》』の彩陶画は、明真が細工を動かすことによって、じりじりと見えなくなってゆく。

「あ……画が」

やがて、細工を限界まで動かすと、『仙境夢話』の彩陶画は隣の殿舎を示す『紅涙伝』へと完全に切り替わってしまっていた。

「細工を動かすことで隠し通路の入口の封印が外れ、梁の内部の彩陶画が隣の殿舎のものと切り替わるようになっているのだろう。捕まった賊は宮女を装っていたから、清掃するふりをして柱に触れていても、咎める者はいなかったはずだ」

あんぐりと口をあけ、部下たちも呆然とした顔で彩陶画を見あげている。

「しかし、入口を開くだけならともかく、彩陶画を動かす意味は何でしょう」

いまひとつ飲みこめぬ顔の條達に、明真は桃の彫刻を元の位置に戻しながら答えた。

「これは予測に過ぎないが、隠し通路の存在を知る者に、入口が開いていることを教え、通路の存在を知らぬ者を惑わせるためではないか？」

「合図と攪乱《かくらん》のため、ですか」

凜舲が方官の隙をついて姿を消したのも、おそらく、この仕掛けに気づいたからだろう。

それゆえ、真相を確かめるなら今しかないと、一人で隠し通路に飛び込んだのだ。

あれほど釘《くぎ》を刺しておいたにもかかわらず、独断でいなくなった凜舲に、腹立たしさと口惜しさがこみ上げ、明真がため息をついていると、興奮を隠せぬ様子で條達が言った。

「では、今ならば幽鬼の棲み処へ突入することができるのですね！」

屈託のない言葉に苦笑をうかべつつ、それにうなずく。

「そういうことだ。これより、四の殿舎の庭院に向かう」

凛舲が迷い込んだ通路の先には、象賢帝が造り、徳昌帝が使った秘宮があるはずだ。

この場の誰一人見たことのない、もうひとつの後宮が。


それは、迷宮と呼ぶにふさわしい場所だった。

ひとたび隠し通路の奥へ侵入すれば、光のささぬ無明の闇がどこまでも広がっている。

あらかじめ見取図を作成しておいたことで、ある程度の構造は予測できたものの、通路は少し進むたびにいくつも分岐して、歩く者の感覚を惑わした。

斥候《せっこう》役を送り込み、安全を確保できる範囲を少しずつ広げながら、明真は隠し通路の奥へと部下たちを進めさせた。だが、秘宮への入口は内側から閉ざされているのか、外周をなぞるように通路が続くばかりで、なかなか突破口を見いだせない。

いよいよ破城槌で壁面を破壊しなくてはならないかと思われたが、扉となる場所を探りあて、ようやく六華宮の隠された最奥にたどり着いたのだった。

「これは……」

秘宮の庭院に出た明真は、水晶の天井を見上げ、絶句した。

従えてきた方官たちも、予想もしない景観に面食らった様子で周囲を見回している。

その反応に無理はなく、紫霞壇の中にあるはずの秘宮には、ふんだんに光が差し込んでおり、庭院には植物までもが生い茂っていたからだ。

「天井が光っているのは、幻術の一種でしょうか」

興味深そうに條達が呟くのに明真は答える。

「いや、あれは水晶だ。おそろしく大きな水晶を天井として使っているのだろう」

とはいえ口で言うほど簡単なことではない。光の差し込む角度によっては乱反射で屋内が炎熱地獄《じごく》と化し、火災となることも充分ありうるからだ。

にもかかわらず、昼を過ぎた時刻でも庭院は暑すぎることもなく、果樹さえ実をつけている。緻密な計算と卓越した技術によって、水晶を加工した結果に違いない。

「惜しいな……」

明真は我知らず呟いた。今しがた通り抜けてきた通路も歪《ゆが》みや崩れは一切なく、壁の隠し扉もよくよく観察しなければ継ぎ目さえ見つからないほど、自然に溶けこんでいた。

翠幛宮の交叉路に仕組まれた細工といい、秘宮の構造といい、六華宮を造営した工人は技術の粋を集めた匠たちに違いない。

しかし、彼らは後宮の落成と同時に象賢帝によって全員が殺されたため、技術も知恵も、すべてが失われてしまっている。

造り手が死に絶え、技巧を凝らした宮殿だけが残ることを虚《むな》しいと言うべきか、せめてもの救いと思うべきか。答えを導くより先に、偵察に送り出していた部下が戻ってくる。

「秘宮内の構造は、他の宮殿とほぼ同じかと思われます。白髪の男を含め、伏兵が潜んでいる様子はございませんでしたが、ただ一か所、人の気配が」

声をひそめるように、部下はそう報告した。


陽はとうに高くなっていたらしい。

庭院に差し込む光からそれを悟り、凜舲は卓子《テーブル》へと視線を戻した。

桐黎緑が使っていた房室にこもり、榻に座ってどれほど考え込んでいたものか。

卓子の上には、今朝がた幽暝から渡された丸薬が置かれたままになっていた。

この薬を飲めば、強烈な睡魔とともに苦しまずに命を絶つことができるという。

桐黎緑が泯没の予言を退けるために飲んだのも、これと同じような毒なのだろうか。

凜舲が同じ血を引いているとわかった以上、後宮を出て庶人として暮らす道も、妃嬪の一人として後宮に残る道も残されてはいない。

だとすれば桐黎緑のようにこの薬を飲んで、すべてを終わらせるのが最善だとわかっているのに、時が止まったように動くことができなかった。

幽暝は今朝がた姿を見せたきり、隠し通路の奥へと消えたままだ。

凜舲は逃げのびる決心も、自害する覚悟もつかぬまま、この場に留まっている。

だが、いつまでもここで迷っているわけにはいかない。

震える手を伸ばし、紙片に包まれた丸薬をつかんだ時、檐廊から人の気配がした。

はっとした時にはもう遅く、勢いよく格子戸が破られ、丸薬を握った手をつかまれる。

「……っ！」

強引に丸薬を口に運ぼうにも抗《あらが》いきれず、榻に押さえ込まれ、凛舲はうめいた。

「諦めろ。そなたを死なせるわけにはいかぬ」

凛舲を組み伏せた何者かの声に、目をみはる。

「明真？」

「他に誰がいるというのだ」

どこか不機嫌そうな声が妙に懐かしく思えて、凛舲は無意識に息を吐いた。

漏れたため息が自害しそこねたことを悔やんでのものか、止められたことに安堵しているためか、自分でもわからなかった。

「ここに幽瞑はいないわ」

みじかく告げたのは、拘束《こうそく》を解いてもらうためだったが、明真は動こうとしない。

「知っている」

「だったら、どうしてあなたが……」

方官たちが秘宮に押し寄せるとは聞いたが、明真は幽瞑を追うものと思っていた。

「言ったはずだ。そなたが迷子になっているなら、私が捜すと」

即座に返ってきた答えに凛舲は詰まる。

「私は、迷子になんてなってないわ」

この場所へ来たことも、丸薬を飲み干そうとしたのも自分で決めたことだ。

「あなただって、もう聞いているんでしょう？　私は桐婕妤と同じ血を引いている。ここに……この国に存在していい人間じゃない」

国を傾けた徳昌帝の遺児など、ただでさえ歓迎されない存在だというのに、滅びの予言などという忌まわしい付録までついている。冷静に考えても、これが最善の方法だと明真にも理解できるはずだ。

「それは誰が決めた？」

しかし、投げかけられた問いに、凛舲は混乱する。

「誰って」

「そなたの望みは、己の出自を知り、己が何者であるのかを確かめることだったはずだ。桐黎緑がそなたの血縁だったからといって、なぜそなたまで命を絶たねばならない」

「でも……許されるはずないじゃない」

凛舲は顔をゆがめた。

「桐婕妤は自らお命を絶ったのでしょう？　ここに隠れていれば死ぬ必要もなかったのに、私が現れたせいで後宮に戻ることになって……それなのに、私だけ逃げるなんて」

こんな結末を望んで、後宮へ来たわけではない。ただ帰る場所が欲しかった。迷子の童たちが家族に迎えられるように、自分にもどこか帰る場所があるのだと信じたかった。

ひょっとしたらとはかない望みをつないでたどり着いた場所は、願いに反してあまりに寒々しく、凛舲が来たことですべてが崩壊してしまったのだ。

「桐黎緑は、そなたが後宮を出て生きのびることを望んだのではないか？　自害などすれば、彼女の願いを無にすることになる」

ここを出て思うままにいきなさい、と言った桐黎緑の声が脳裏によみがえる。

それでも、凛舲は頑《かたく》なに首を振った。

「後宮を出ても、帰るところなんてないわ。一人になってもどこへ行けばいいのかわからないもの。またさまようくらいなら」

ここで終わる方がましだと口にしかけると、明真は被せるように言う。

「帰る場所がなければ、新たに作ればいい。そなたに作れぬというなら、私が作る」

思いがけない言葉に凛舲はまばたいた。瞳ににじんでいた涙がこぼれ、頬を伝う。

「……どういう意味？」

「今は言えぬ。だが、いずれわかる」

言葉を濁《にご》しながらも、確信めいた口調で言うと、明真はまっすぐ凛舲を見つめた。

「そなたの望みはなんだ、凛舲。本当に、ここで自害することが望みか？」

ぴくりと凛舲の右手が動く。明真につかまれた手の中には、今も丸薬が握られていた。

これを飲めば苦しむことも、これ以上さまようこともないのかもしれない。

けれど。

「死にたくない。……ここから、出たい」

ぽつりと口をついたのは、紛れもない本音だった。

愚かしくても、あさましくても、ここで終わりたくはないと、凛舲の中でもう一人の己が告げている。毒薬を前にしても、ずっと動けなかったのはそのせいだ。

たどたどしくも、真意を吐き出した凛舲に、明真はわずかに表情をやわらげる。

「そうか。ならば、私も可能なかぎり力を貸そう」

押さえ込まれていた姿勢からようやく拘束がゆるみ、凛舲は身じろいだ。

それでも丸薬を握った手はつかまれたままで、何となく気まずくなって顔をあげる。

「あの、放してくれる?」

「自害を思い止まると約束するなら、放す」

「……約束するわ」

しぶしぶ答えると、明真はようやく手を放したが、握っていた丸薬は取り上げられた。

「私に触れたら、あなたの方こそ具合が悪くなるんじゃないの?」

痺《しび》れた手首をさすり、今さらながらに言うと、明真はさらりと答える。

「俄仙丸ならば、今日は飲んでいない。六華宮が空になっていたのでな」

幽瞑と対決する際、不調から手抜かりがあってはいけないという理由で、秘宮へ突入する方官に限って服用を免除されたらしい。

ならば、今の状況はなかなかきわどいのではないかと凛舲は思ったが、明真は気にする様子もなく、懐から取り出したものを差し出す。それは、凛舲が失くした革袋だった。

「これ……」

「陰火が持っていた。そなたのものだろう？　中には今後について記した書付も入れてある。ここを出て落ち着いたら読むといい」

指になじんだ革袋の感触を確かめ、凛舲はうなずく。

「わかったわ」

しかし、ここを出ると言っても、今の凛舲にそんなことが許されるのだろうか。

疑問に思って尋ねようとすると、明真は少し待つように告げて立ちあがった。

開け放たれた戸口から外に出ると、部下の方官が明真に近づいて何事か告げる。

声は凛舲のところまで届かなかったが、明真が瞬時に顔色を変えるのがわかった。


「なぜいらしたのです……！」

凛舲のいた房室を離れ、庭院のひとつに降りると、明真はその人物に足早に近づいた。

後に続いた凛舲は、方官たちに囲まれている人影を見て凍りつく。

そこにいたのは、長袍に身を包んだ永晶国皇帝・炫耀だったからだ。

「秘宮への道が開いたと聞いたのでな」

明真に告げる皇帝は、凛舲が以前見た時よりも窶れ、ひどく沈んだ貌をしていた。

思いつめた表情に言葉を失っていると、凛舲に気づいたように視線がこちらを向く。

「無事であったか……」

安堵する呟きに礼を取るのも忘れ、立ちつくす凛舲の横で、明真は厳しい顔で諌《いさ》めた。

「幽鬼は未だ姿を見せておりません。陛下がここにいらっしゃるのは危険です」

すぐにでも方官に命じ、翠嶂宮へ連れ戻そうとする明真を制し、炫耀は返す。

「だからこそ後宮に潜む魔を祓《はら》わねば。余はこの目で幽鬼の最期を見届ける義務がある」

皇帝としての覚悟を感じさせる響きに、明真は反論のかわりに息を吐いて、言った。

「では、くれぐれも私から離れませぬよう。どこに危険が潜んでいるかわかりませぬゆえ」

警戒する明真にうなずき、炫耀は改めて秘宮を見渡した。

「それにしても、紫霞壇の下にこれほどの宮殿が残されていたとは……」

光の降りこぼれる庭院、色彩のない白い檐廊、その奥に並ぶ房室は棲む者もなく影に沈み、墓所のような静謐《せいひつ》を保っている。自らの後宮でありながら、知ることのなかった場所に何を思うのか、炫耀は遠いまなざしをする。その感傷を断ち切るように、明真は告げた。

「房室はすべて検《あらた》めましたが、幽鬼の姿は確認できませんでした。この様子では、彼の者は隠し通路を使い、逃げ去った可能性もございます」

「それはあるまい」

明真の予測に、落ち着いた声で炫耀は返す。

「おまえも本当は予想しているのではないか？　幽鬼が黎緑の話した通りの男なら、余が来れば必ず姿を現すはずだと」

はたしてその言葉が引き金となったのだろうか。明真がふいに動き、皇帝をかばう姿勢を取る。次の瞬間、凛舲は手首をつかまれ、悲鳴をあげる間もなく引き倒された。

何事かという疑問は、地面に突き立った矢を見たとたんに解ける。

「陛下をお守りしろ！　凛舲は身を低くして物陰《かげ》で待て！」

明真が命じるや方官たちは炫耀の周囲を固め、彼はすぐさま弓を受け取り駆け出した。

その間にも、鋭い風切り音と共に幾筋も矢が放たれ、凛舲は本能的に身を縮める。

植栽《しょくさい》の陰に這い込んで周囲を見回すと、矢は檐廊の上から降ってくるのがわかった。

やがて弓射がやみ、午後の陽光が庭院に落ちる中、死のような静寂が訪れる。

いつまた矢が注がれるのかと固唾《かたず》をのんでいると、かたりと檐廊の屋根が鳴った。

植栽の間から頭上を窺《うかが》えば、手にした弓を構えもせず、幽瞑が棒立ちになって姿をさらしているのが見える。背に流れる白髪と、この国の民ではまずありえない青い双眸《そうぼう》に、方官たちがたじろいだようにどよめいた。

「貴様が後宮に潜む幽鬼か」

護衛の囲みを割るように、まっすぐ声を放ったのは炫耀だった。

怒りに燃える炫耀のまなざしと、殺気をまとった幽瞑のまなざしとが中空でぶつかる。

「自ら追ってくるとは、呆れるほど暗愚《あんぐ》な皇帝よ。永晶国《このくに》の将来が案ぜられる」

侮蔑を露《あらわ》にした幽瞑に、炫耀は眉をひそめた。

「黙れ。わが後宮を汚す痴《し》れ者が。妃を攫い、苦しめた報いは必ず受けさせてくれる」

一斉に弓を構える方官たちと、護衛に囲まれる炫耀を見おろし、幽瞑は顔をゆがめた。

「わが後宮とは笑わせる。秘宮の存在も知らず、六華宮に踏み込んだ道化の分際で」

怒りが心頭に達すれば、むしろ凍えるものなのか。幽瞑の顔は青ざめ、その声は震えている。御しきれない怒りを解き放つように、幽瞑はまくしたてた。

「黎緑は、おまえなどが迎えていい妃ではなかったのだ！　妃になどならなければ……おまえさえ現れなければ……！　黎緑を苦しめたのは、ほかならぬおまえではないか！」

その姿は、皇帝の寵姫を攫った賊が、罪が露見した後まで見苦しく逆恨みの罵声《ばせい》を浴びせているようにしか見えなかっただろう。

しかし、今まさに誅伐されようとする男と、それを命じる皇帝とが、血縁によってつながれていると知る者には、幽瞑の声はまさしく悲鳴に聞こえた。生涯をかけて見守り育てた存在を奪われた、やるせない絶叫に。

「報いを受けるべきはおまえの方だ！」

激情のまま幽瞑が弓を構えようとした瞬間、炫耀が落ち着いた声で腹心を呼ぶ。

「明真」

その響きが凛舲の耳に届くやいなや、地上から放たれた矢が音もなく幽瞑の胸を貫いた。続けざまに放たれた矢は幽瞑の腕をも射抜き、手にした弓を取りこぼさせる。

檐廊の屋根に立った幽瞑の体が傾ぎ、暴風に折れる立木のように目の前の地面に墜落《ついらく》するのを、凛舲は呆然と見つめていた。


地面に落ちた幽瞑は動かず、すべては一瞬にして決着がついたかに思われた。

「取り押さえよ！」

命令一下、賊のもとに殺到した方官たちは凍りついたように足を止める。

ふらつく足で立ちあがった幽瞑は、難を逃れた片腕に凛舲を抱えていたからだ。

「我を追えば……この者の命はない」

射抜かれた傷から血を流しながら幽瞑は恫喝《どうかつ》し、後退るように方官たちから距離を取る。

囚われた凛舲は、恐怖のためか蒼白のまま、幽瞑の動きに従い足を動かした。

すかさず何人かの方官が弓を構えるが、後方から明真は制止する。

「やめよ！　絳采女に当たる！」

その声にびくりと凛舲が肩を震わせ、彼女の視線が明真のそれとかさなった。

かすかに動いた唇が、詫びの言葉をつむいだように見えたのは錯覚だったのか。

次の刹那《せつな》、幽瞑は背後の壁面に体をぶつけるように飛び込むと、凛舲もろとも通路の奥へと姿を消したのである。

深淵へと続くような闇の中を、凛舲は一心に歩いていた。

最後の力をふり絞って隠し通路へと転がり込んだ幽瞑は、もはや一人では歩くこともままならない様子であったから、荒い喘鳴と、肩を濡らす血の熱さとを感じながら、凛舲は無事なほうの腕をとらえ、自らが杖となって歩きつづけた。

追手と思われる方官の声や足音がこだまする中、幽瞑だけは、この一筋の光も差さない通路を知り尽くしているらしく、分岐に差し掛かるたび、低い声で方向を示した。

力尽きるようにたびたび姿勢を崩す幽瞑を励まし、ひたむきに足を動かしながら、凛舲は涙をこらえた。なぜ、息が詰まるほど悲しいのか、どうしてこれほど必死に幽瞑を救おうとしているのか、自分でもその行動に説明がつかなかった。

そうして進むうち、いつしか方官たちの声は聞こえなくなり、傾斜のついた坂を上がりきると、ようやく出口と思われる場所にたどり着いたのだった。

「ここ……」

見覚えのある景色に呟きが漏れる。この辺りは調査で訪れた後宮の北西だ。

小柄な凛舲すら背をかがめねばならないほど狭い出口は、鬱蒼《うっそう》とした木立の間に点在する奇岩の根元に造られている。大柄な幽瞑の体を引きずるように脱け出てみれば、扉はそれとわからぬほど岩肌に紛れていた。

「あちらへ、連れて行ってくれ」

奇岩のそばに座り込んだ姿勢で、幽瞑がみじかく告げる。

はっきりとした視界を保っているのかも覚束ない、光の乏しい蒼眸の向けられた先には、樹々の間に屹立《きつりつ》する虚塔の姿があった。

虚塔の鍵は開いており、中に入ると、むっとするような油の臭いがした。

壁に沿うように積まれた薪《まき》は、以前明真と一緒に調べた際には見なかったものだ。

いぶかる間も惜しみ、凛舲は幽瞑の体を壁にもたせかけ、傷をあらためようとした。

しかし、幽瞑は煩わしそうに凛舲の手を払い、それを拒む。

「なぜ、助けた……」

もはや声を発するのも大儀そうに彼は尋ねた。振り払われた手を、凛舲は握り込む。

「わからないわ」

なぜあんな行動をとったのか、自分でも理屈に見合った説明がつかない。

けれど、矢を受けて地に伏した幽瞑の、青ざめた顔に死相を見た時、思わず囁きかけていたのだ。「私を人質にして、ここから逃げて」と。

幽瞑にとって、凛舲など記憶の彼方《かなた》に葬《ほうむ》られた存在にすぎない。

凛舲の立場からしても、昨日今日に血のつながりを明かされたところで、肉親の情などわいてくるものでもない。それなのに、見捨てることができなかった。

「愚かな……」

呆れたように、幽瞑は息を吐く。その唇は血に濡れていた。

「そうね。でも、あなたの方がもっと愚かよ」

凛舲は呟き、傷口から流れる血が石造りの床に血溜まりを造るのを見つめる。

「どうして黙って逃げなかったの。あんな風に姿を現せば、こうなることはわかりきっていたでしょう?」

「逃げるつもりなら、とうの昔にそうしていた」

馬鹿《ばか》げた問いだと言うように幽瞑は嗤った。

「事件を終わらせるには、すべての罪を背負う贄《にえ》が要る。誰の目にも見える形で、悪しき幽鬼が倒されねば、秘宮を過去のものにすることはできぬ。これはそのための戯れだ」

こともなげな答えに凛舲は絶句する。

「全部、承知の上で出てきたっていうの⁉　こんな目に遭って、死ぬかもしれないのに！」

「かもしれない、ではなく、我はもうじき死ぬ。だが、それこそずっと望んできたことだ。……いつか、秘宮を終わらせる日のためだけに、長らえてきたのだから」

壁にもたれる幽瞑はどこか満足げだった。

「あの場で終わらねば、ここを最期とするつもりだった。首尾としては、悪くない」

そんなのはあんまりだと唇を嚙んだ凛舲に、幽瞑は静かなまなざしを向ける。

「おまえの方こそ、あの場に残っていれば巻き添えにならずに済んだものを」

「仕方ないじゃない」

こらえきれず零《こぼ》れた涙を拭い、凛舲は言った。

「あのまま死なせたくなかったのよ。あなたが私の、哥哥《にいさん》なら……」

物心つく頃、きつい見習いの仕事に耐えかねて過ごす日々、幾たびも想像した。

ずっと捜していたと、会いたかったと見知らぬ家族が迎えに来てくれることを。

ようやく見つけたつながりは、幼い頃に憧れたものとはかけ離れていたが、それでも、無残な死を目の前で見届けるには、あまりに苦しかったのだ。

凛舲の告白に、幽瞑は目を細める。

「仕様のない、娘だ」

唇の端をわずかに持ち上げたその顔は、はじめて見るぎこちない笑みだった。

七

迷子の消息

虚塔《きょとう》のひとつから火の手が上がったのは、幽瞑《ゆうめい》が姿を消して間もなくのことだった。

炎の勢いはすさまじく、その構造にもよるのだろうが、さながら煙突《えんとつ》のごとく地上から屋根までたちまちのうちに噴き上がり、消火の手立てもないまますべては灰燼《かいじん》に帰《き》した。

焼け跡の瓦礫《がれき》から見つかった遺体は損傷が激しく、人物の特定は難しかったが、前後の状況から賊《ぞく》のものであると結論づけるよりほかになかったのである。

幸い、と言うべきか、宮殿の補修のために離宮に移動していた妃嬪《ひひん》に害が及ぶことは一切なかった。ただ、失踪《しっそう》から帰還した桐黎緑《とうれいりょく》が自死した旨《むね》と、幽鬼の人質となって采女《さいじょ》の一人が事故死したことが知らされたのみで事件は終息したのだった。

変事と凶事の連続にも、皇帝は取り乱す様子を見せず、黎緑失踪後の気鬱《きうつ》も忘れ去ったように精力的に政務に取り組んだため、後宮は表面上こそ落ち着きを取り戻していた。

しかし、妃嬪たちの動揺は容易には去らず、今もなお、そこここで噂《うわさ》が囁《ささや》かれている。

「黎緑は女官や妃たちに慕われていたから、なおのこと悲しむ者が多い。絳《こう》采女も、後宮に来てから日は浅かったが、印象深い妃であったしな」

孟貴妃《もうきひ》は弓を侍女に預け、明真《めいしん》を振り返った。

弓射の鍛錬に付き合うように命じたものの、いつもの覇気《はき》は鳴りをひそめ、矢は的の中心を外してばかりいる。

「そなたは幽鬼を討伐する指揮を執《と》り、黎緑が自害に至った経緯にも詳しいと聞く。口外が許されぬことは承知しているが、話せる範囲で仔細《しさい》を聞かせてもらえないだろうか」

交椅《おりたたみいす》に腰を下ろし、あらたまった口調で尋ねる孟貴妃に、明真は人払いを願い出た。

「孟貴妃さまにのみ、真相をお伝えしますと、此度《こたび》の事件は、後宮に長年潜んでいた幽鬼が桐婕妤に懸想し、攫《さら》ったことが始まりでございました」

侍女たちが鍛錬場を離れ、孟貴妃と二人向かいあうと、おもむろに告げる。

「桐婕妤《しょうよ》は果敢にも抵抗し、隙《すき》をついて囚《とら》われの身から脱出して翠嶂宮《すいしょうきゅう》に戻ってくることができたようですが、陛下の寵姫《ちょうき》でありながら幽鬼に攫われたことを、たいへん悔いておられました。陛下は桐婕妤に落ち度はないと何度も仰せられたのですが、悪しき存在を惹《ひ》きつけてしまった罪は、たとえ幽鬼が滅せられても消えるものではないとお考えになったのでしょう。陛下の御前で、ついに毒を」

偽《いつわ》りの顚末《てんまつ》を淀《よど》みなく語る間、孟貴妃は蒼《あお》ざめた顔でうつむいていた。

「桐婕妤が手元から去ったことで逆上した幽鬼は、桐婕妤とよく似た絳采女を標的とし、かどわかしました。私は方官《ほうがん》をまとめて幽鬼の討伐に向かったのですが、絳采女の御身をお救いすることはかなわず……面目次第もございません」

明真が頭《こうべ》を垂れると、孟貴妃は息をついて額《ひたい》に手をあてる。

「では、絳采女は巻き添えによって命を落としたというのか。哀《あわ》れな……」

桐黎緑ほど身近ではなかったものの、孟貴妃なりに凛舲《りんれい》の存在に親しみを感じていたのかもしれない。惜しむようなまなざしで弓射場の的を見遣った。

「絳采女は黎緑と違って、私の鍛錬に付き合えるほどの体力と気力があった。鍛えれば、なかなかの技量になったかもしれぬというのにな」

　本人は乗り気ではなかったようだが、明真の目から見ても、弓を放つ凛鈴は筋がいいように思えた。的を見据える迷いのない眸《め》を思い出していると、孟貴妃はぽつりと呟《つぶや》く。

「私が黎緑を妃などに推薦しなければ……このようなことにはならなかったのだろうか」

　独語に近いその言葉は、彼女がずっと胸の内に秘めていたものだったのかもしれない。

「いいえ」

　しかし、明真ははっきりとした口調でその疑いを否定した。

「すべての物事には避けようのない因果《いんが》がございます。たとえ貴妃さまがお勧めにならずとも、いずれあの方は陛下の目に留まり、妃に迎えられていたでしょう。むしろ貴妃さまがいらしたからこそ、大事にならずに済んだということもあるやもしれません」

「私がいたから……？」

　額に当てていた手を離し、いぶかしむように孟貴妃は顔をあげる。

「どういう意味だ？」

　明真は答えずに礼をとった。

「そろそろ刻限にございます。陛下がお越しになる頃ですので、お暇《いとま》いただきたく」

「……ああ、翠嶂宮《しの》においでになるのだったか」

　炫耀《げんよう》は黎緑を偲ぶため、かつて彼女が使っていた翠嶂宮の房室《へや》に赴《おもむ》くことになっている。他の妃や女官さえも遠ざけての、追悼《ついとう》をこめた訪《おとな》いだった。

「陛下はまだ、黎緑をお忘れになったわけではないのだな。貴妃の立場でほっとするのもおかしなことだが」

自嘲《じちょう》する孟貴妃に、明真は静かに答えた。

「桐婕妤を偲ぶのは、これを最後とすると陛下は仰せになりました。以後、二度と桐黎緑の名も、絳琳《こうりん》の名も、口にすることはないと」

孟貴妃は、その言葉の意味するところを悟ったように表情をあらためる。

「……わかった。では私も、あの二人を悼《いた》むのは今日限りとしよう」

皇帝が忘れるということは、その存在が抹消されるということ。

上級妃である孟貴妃が通達すれば、黎緑や凛舲について、語る者ももはやいなくなる。

何人かは記憶に留めたとしても、多くの者は二人の名をじきに忘れてしまうだろう。

競い咲く百花のように、後宮には数多《あまた》の妃がいるのだから。

水晶の天井から陽光の落ちる庭院《なかにわ》は、風の音もなく静かだった。

檐廊《えんろう》に面した房室のひとつ、書斎として使われていたであろう場所に、炫耀はいた。

踏み込んだ当初、書案《つくえ》や書架にうず高く積まれた書籍はほとんどが運び出され、室内はがらんとしている。壁の玄黄図《げんこうず》の前に佇《たたず》み、かつての秘宮の主《あるじ》に思いをめぐらせていると、檐廊に人の気配が近づいた。

「お捜し申し上げました、陛下」

入口で礼をとった明真を、炫耀は無言で迎えた。

房室の外に控えていた護衛役の方官を退《しりぞ》け、人払いが終わると、明真は問いかける。

「なぜ、再び秘宮にお越しになったのですか」

元寵妃の自害、彼女を攫った賊ともう一人の妃の死という、救いのない結末を見届けた後も、炫耀は平静を装い、淡々《たんたん》と事後処理を命じて政務に復帰していた。しかし、幼少時から傍《かたわ》らにいた明真には、炫耀が動揺を押し隠していることなどお見通しであったろう。

「ここならば、余人をまじえずにおまえと話せると思ってな」

六華宮《ろっかきゅう》を象《かたど》った玄黄図から、ゆっくりと向き直り、告げる。

「一体いつから知っていた?」

唐突な質問にも、明真は顔色を変えることはなかった。しかし、それこそが動揺の証《あかし》であると炫耀は見て取る。揺らいだ時ほど、この男は平静を装うからだ。

「なんの、ことでございましょうか」

しらを切る明真に激昂《げっこう》することもなく、炫耀は問いを重ねる。

「黎緑になりすましていたわが妃が、最後まで口にしなかった秘密だ。それを、おまえは知っていた。だからこそ、自害に手を貸したのだろう?」

「なぜ、私がそのようなことを」

「俺に真実を悟られぬためだ。方官を引き連れて秘宮に踏み込んだ時、後から現れた俺を見て、おまえは顔色を変え、すぐに連れ戻そうとした。幽瞑の姿をひと目見れば、俺がそのことに気づくと考えたからではないのか？」

現に、幽瞑と視線がぶつかった時、炫耀は虚脱するような絶望と、すべてが腑《ふ》に落ちた感覚に動けなくなった。

「ずっと、考えていた。なぜ黎緑が自害をはかったのかを」

瑤瓊《ようけい》という真の名ではなく、長らく使い続けていた名を口にする。炫耀にとって、彼女を表す名は、黎緑という響きがもっともふさわしいように思えるからだ。

「黎緑は己が血筋を偽り、妃となったことで泯没《みんぼつ》の予言を成就させることを恐れていた。あの時は気づかなかったが、よくよく考えればどうにも筋が通らぬのだ」

光龍、名玉を報じて禽獣《きんじゅう》に堕《だ》し、泯没に瀕《ひん》す。

玄識《げんしん》の詩文を口にすると、明真は無意識のようにぴくりと瞼《まぶた》を揺らす。

「玄識を記したのは万象道《ばんしょうどう》の祖、玄寂《げんじゃく》だと聞く。玄寂は母国の慣習により、従妹《いとこ》を妻に迎えていた。それゆえ万象道において、従兄妹《いとこ》同士の婚姻は禁忌《きんき》ではない。玄識を記したのが玄寂本人なら、従兄妹同士の交わりを禽獣の罪と記すことはあり得ぬのだ」

「桐婕妤が詩文の解釈を勘違いをされた可能性もございましょう」

明真の返答に、炫耀は失望めいた感覚を味わいながら眉を寄せた。

「おまえともあろうものが、そのように稚拙《ちせつ》な反論をするのか。黎緑は史実にも明るく、万象道にも深く帰依《きえ》していた。さらにいえば、玉塵閣《ぎょくじんかく》で女官として働いていた経験もある」

黎緑は妃となる以前から、『玄覧集《げんらんしゅう》』の内容にも精通していたはずだ。

玄識の内容も泯没の予言も知りながら、それでも妃となる途《みち》を受け入れたのはなぜか。

疑問を呈した炫耀は、毒を飲むような思いで結論づける。

「妃嬪となった時にはまだ、黎緑は自分が皇帝の従妹であることを疑っていなかったからだ。己が泯没の予言を体現する妃となることなど、その時は考えもしなかったのだろう」

だからこそ彼女は炫耀に『夢を見たことが誤《あやま》りだった』などと告白したのだ。

息を吐くと、炫耀は低く声をしぼり出す。

それは、抑揚のみで構成された、詞《ことば》のない歌声だった。

炫耀の心境が表れているためか、沈痛な響きになったが、本来は明るく華やいだ歌だ。

「この歌は、黎緑と絳琳、それぞれに聴かせたことがある。かつて俺の産みの母が歌っていたものだ。黎緑は、俺がこの歌を教えた直後に姿を消した」

石のように凍りついている明真に、炫耀は明かす。

「俺の母は、幼い頃に死んだものと聞かされた。……だが、先帝が崩御する前、俺に打ち明けられたのだ。母は——昭絢《しょうけん》は死んだのではなく、攫われたのだと。その口ぶりでは、誰に攫われたのか心当たりもある様子だった」

後宮を閉ざした晃雅帝《ちち》の真意も、再び後宮を開くなら魔を祓《はら》う必要があると炫耀に告げた理由も、今となっては定かではない。

秘宮の存在を晃雅帝《こうがてい》が知っていたかどうか確かめるすべはないが、十七年前の後宮での惨劇が黎緑の語った通りに起きたのなら、可能性はあるのだ。

虚塔のそばに積み上げられた遺体の中に、父がかつての妃の骸《むくろ》を見た可能性が。

「母の面影はおぼろげだが、記憶に残っている特徴がある。髪色は永晶国《えいしょうこく》の者より淡く、眸の色は澄んだ空に似た青だった。……この秘宮に潜んでいた、幽瞑と同じように」

そして、黎緑は髪や瞳の色こそ違っていたが、面差しは、心なしか母に似ている気がした。

知らず心惹かれたのも、そのせいだったのだろう。

炫耀は瞑目し、黎緑が最後まで守り通そうとした真実を口にする。

「幽瞑。黎緑。そして絳琳。あの三人は、俺と母を同じくする、弟妹《きょうだい》、なのだな」

「……確信があったわけでは、ございません」

長い沈黙の後、明真は答えた。

「剰州《じょうしゅう》に放った部下の調べから桐婕妤が別人であるとわかった時、疑いが芽生えました。絳采女が陛下から伝え聞いた歌と、秘宮の存在と、桐婕妤の手元にあった『玄覧集』の予言を重ね合わせ……あるいはと考えたのです」

彼の推測を支えたのが、寧順《ねいじゅん》皇后の記した手記だった。

寧順皇后の筆致は、徳昌帝《とくしょうてい》の寵愛を受ける何者かへの嫉妬《しっと》を、鉄の理性で押し殺そうとしているように読めたという。

後宮で、皇帝の寵愛を最も受けていたはずの皇后が、嫉妬する相手とは何者か。

六華宮に秘された場所があったとして、徳昌帝が誰にも知られず、妃を匿《かくま》わねばならないとしたら、それは一体どのような状況か。

疑問の答えは、炫耀が伝えた歌が示した。

凛舲が口ずさんでいた歌を聴き取り、詳しい者に問うたところ、霰《サン》族の首長の一族のみが使う、婚礼の歌だと知らされたのだ。

「やはり、そうか……」

炫耀の生母が霰族の出身であることは明真も知っている。母を知る家令にも目をかけられていたから、母が亡くなったのではなく、姿を消したことも知っていたのだろう。

そして彼はたどり着いたのだ。泯没の予言に言う、禽獣の罪の意味を。

「万象道においても、父や母を同じくする兄妹姉弟の交わりは禁忌中の禁忌だ。血縁の濃さでいえば、従兄妹同士の間柄とは比べものにならぬ」

胃の腑からせりあがる苦みをこらえ、うめくように炫耀は言った。

「互いが従兄妹であると知りながら、黎緑は太祖の例を支えに妃となる道を受け入れた。だが、俺が戯《たわむ》れに口にした歌によって、母を同じくしていると気づいたのだとしたら……黎緑の恐怖と絶望はいかばかりであっただろうな」

秘宮に囚われていた母は、黎緑にあの歌を聞かせていたかもしれない。炫耀が幼い頃、たびたびそうしてもらったように。

真実を知り、思いつめたあげくに自害をはかろうとしたところ、幽瞑に制止され、黎緑は秘宮に逃げ込んだ。そのことで寵妃の失踪という事件へと発展し、さらに捜索のため、彼女に瓜二つの娘が後宮に送り込まれてしまったのだ。

黎緑と同じく、禽獣の罪を犯す危険をはらんだ、徳昌帝の遺児が。

「一体どのようなめぐりあわせか。天の計らいというには、あまりに無慈悲ではないか。あの娘が現れたことで、黎緑は再び後宮に戻るしかなかったのだ」

あるいは、黎緑の行方を捜そうとしたことが誤りだったのかと炫耀は臍《ほぞ》を嚙《か》む。黎緑が後宮に戻ったところで、もはや妃の務めを果たせるはずもない。

彼女に残された選択肢は限られていた。

「俺の目の前で命を絶って見せる以外、方法はないと諭《さと》したのはおまえだな」

炫耀の糾弾《きゅうだん》に、長年の朋友は静かな眸をしている。

「仰せの通り、桐婕妤に自害をお勧めいたしました」

すべてを覚悟しているのか、明真は取り乱すこともなく、告白した。

「黄雲宮《こううんきゅう》で療養中の桐婕妤をお訪ねし、毒薬をお渡しして陛下の御前で罪を告白するよう唆《そそのか》した事実に、相違ございません」

罪を認め、明真が平伏しようとすると、炫耀はすかさずその腕を捕らえ、引きあげた。

「詫《わ》びるのはまだ早い」

押し殺した炫耀の声にただならぬものを感じたのか、明真は顔をこわばらせる。

「黎緑は、まだ生きている。そうではないか」

至近からその顔を見つめ、一片のごまかしも許さぬ思いで問い質《ただ》すと、明真は観念したようにうなずいた。

「左様にございます」


炫耀の眼前で毒を飲み、倒れた桐黎緑は、ただちに五局へ運ばれた。

奚官局《けいがんきょく》で死亡が確認された後、火葬されたが、毒物の影響により遺体が著《いちじる》しく損なわれているとの理由で、皇帝をはじめ、後宮の妃嬪や女官でさえも、彼女の死に顔を確かめることはできなかった。

五局の宦官《かんがん》に指示を下し、差配をふるったのはすべて明真である。

「黎緑が服毒したあの時、おまえは俺を押しとどめ、決して息絶えるさまを見せようとしなかった。毒物が俺にまで害をおよぼすかもしれぬからと言ったが、あれは偽装を見抜かれぬようにするためだったのだな」

炫耀の声は震えている。怒りか、あるいは失望によるものか。赤く充血したまなざしを、明真はまじろぎもせず受け止めた。

「はい。ただ、桐婕妤は私のお渡しした薬を死に至る毒薬と信じて口にされました。陛下を偽ったのは、あくまで私一人の独断によるもの。陛下に対し、真実を告白した桐婕妤のお言葉と態度に、一切の嘘《うそ》偽りはございません」

なぜ、と炫耀は理由を問うことはしなかった。

かわりに、書棚に一冊だけ残されていた書物を手に取り、明真に突きつける。

「黎緑本人までたばかって命を救い、後宮から逃がした理由はこれか」

開《ひら》かれているのは、『玄覧集』の一節だった。

而《しか》れども、から始まる詩文は、泯没の予言と対をなすもの。

そして、凜舲の正体を知るまでは、決して意味をなさなかったものだ。

「桐婕妤と絳采女が二人ながら後宮を出ることができれば、泯没の予言を覆《くつがえ》せるのではないかと、そう愚考いたしました」

黎緑の佯死《ようし》が成功する可能性は限りなく低かった。

彼女に渡した薬の分量に誤りがあれば、二度と目覚めることのない昏睡《こんすい》に陥《おちい》る。

炫耀が彼女の死を怪しみ、その目で死体を検《あらた》めると譲らねば、目論見は成立しない。

どこで障害が起きても不思議のない計画は、しかし、見えない糸に手繰《たぐ》られるがごとく滞《とどこお》りなく進み、桐黎緑は死んだものとして、後宮の外へと連れ出すことができた。

まるで、彼女はここで死ぬべきではないと天が告げているかのように。

「ならば、幽瞑とともに去ったあの娘も、死んではいないのだな」

「人質として連れ去られた時は、もはや救う手立てはないものと諦《あきら》めかけましたが」

凜舲が姿を消し、虚塔が炎に包まれた時の光景を思い、明真は息を吐く。

瀕死の陰火《いんか》から連絡方法を聞き出し、黎緑が死を偽って後宮を出たことと、偽装を完全なものとするために幽瞑にすべての罪を負わせて処断することを記した警告文を届けた。

　幽瞑が逃亡を選ぶならそれでも良いと思っていたが、黎緑を見守ることだけを心の支えとしていた彼は、忌《い》むべき幽鬼として秘宮と共にその生を終えることを選んだのだ。

　本来なら、彼一人を誅伐《ちゅうばつ》して終わるつもりでいたため、凜舲を人質としたことは完全に計算外だった。一時は凜舲もろとも火災に巻き込まれたものと明真も考えたが、結局、焼け跡からは幽瞑と思われる死体以外、発見することができなかったのである。

「十七年前、秘宮から落ちのびた侍女が使った通路は、虚塔に隠されていたのでしょう」

　嬰児《あかご》だった時に侍女に抱かれて逃れたのと、同じ通路から彼女が後宮の外へ出たのだとすれば、奇《く》しきめぐりあわせと言うほかない。

「二人は今、どこにいる」

　強いまなざしで問う炫耀を前に、明真は拒絶の意を示す。

「お答えできません。一命を賭《と》しても、これだけは」

　どれほどの罪に問われ、責めを受けたとしても、もはや口を割る気はなかった。

「無事を確かめたいだけだと言ってもか」

「確かめていかがします。桐婕妤のお顔を見ることで情に駆られ、禽獣の罪を犯してでも再び妃に迎えたいと、そう望まずにいられるのですか？」

　炫耀は眉根を寄せ、今にも殴りかからんばかりの顔で拳《こぶし》を握りしめる。

　だが次の瞬間、炫耀の口からもれた呟きは、ひどく弱々しかった。

「わからん……」

「陛下には、お二人の生存を伏せておくつもりでした。桐婕妤は薬からお目覚めになった後、再度自害をはかろうとなさいましたので」

なぜあのまま死なせてくれなかったの、という悲痛な叫びが脳裏によみがえる。

彼女をかろうじて生につなぎ留めたのは、凛舲という妹の存在だった。

「もし陛下がどうあってもお会いになろうとすれば、今度こそ桐婕妤は本当に命を絶ってしまわれるでしょう」

「愚《おろ》かな……」

炫耀は片方の手で力なく顔を覆う。

「御代の安寧を遠く離れた地より心からお祈り申し上げますと、そのように仰せでした。どうか三妃の内から皇后をお選びくださるように、とも」

永訣《えいけつ》を意味する言伝《ことづて》にも、皇帝は無言のままだった。

桐黎緑として生きた女は、じきに静晏《せいあん》を旅立つことになっている。

供をするのは、明真が後宮へと導く結果となった凛舲だ。姉妹として再会した二人が、どのような旅路をたどるのか、明真に確かめるすべはない。

「いかようなお裁きも、この身をもってお受けいたします。どうか、存分に処断なされますよう」

おそらく、生きてこの秘宮を出ることはかなわぬだろう。

思えば、静晏の市中で偶々《たまたま》めぐり会っただけの娘を生かすために、こうして己の命まで賭けているのは不思議というほかなかった。

だが、はかない希望を抱いてただ一人さ迷い歩いていた凛舲に、約束通り、帰る場所を作ってやれたのは少しばかり誇らしくはある。

祝命によって守られたあの娘が、この先、後宮と関わりない空の下で家族と共に暮らしてゆけると思うと、明真の心は晴れやかだった。

*

四つ辻《つじ》を過ぎたところで、凛舲はふと足を止めた。

「また迷ったのですか？　凛舲」

傍らで、少し呆《あき》れ気味に尋ねたのは姉の瑶瓊である。

二人は北方の遊牧民が身につけるような戎服《じゅうふく》を身につけていた。男装はこれからの旅に備えてのもので、身の安全のため、できるだけ女と悟られぬようにとの配慮だった。

「いえ。誰かに呼ばれたような気がしただけです。そんなにしょっちゅう迷いません」

凛舲は苦笑して、雑踏を振り返る。

「そのわりには、先ほどから同じ建物の前をよく通る気がするのですが」

市井《しせい》に不慣れでも記憶力の確かな彼女は、怪訝《けげん》そうに周囲に目を配った。

凛舲より背が高く、すらりとした体つきの彼女は男装も様になっている。服用した薬の影響と心的な要因もあって、一時は起き上がることも困難かと思われたが、今では歩くのに不自由ないまでに回復していた。

皇帝の寵妃だった彼女が自分の姉であることが凛舲には今なお信じがたく感じられる。だが、六華宮と呼ばれる後宮と、最奥の秘宮で起きた数々の出来事にくらべれば、まだしも信憑性《しんぴょうせい》のある事実なのかもしれなかった。

「後をつけられていないか、周辺を確認していただけですよ」

苦しい言い訳をしつつ、凛舲はようやく目当ての旅亭を探しあてる。

兎月館《とげつかん》という看板を掲げた旅亭に入ると、まもなく奥へと通された。

ここは香雪《こうせつ》の実家のひとつだ。香雪の実家は大陸の西域との交易品を扱う商家で、この兎月館では西域からの客を多くもてなすという話だった。

後宮でも見かけないような象牙や玉製の細工、磁器などが収まった多宝格《かざりだな》が並ぶ客庁《きゃくま》に座り、待つほどもなく、香雪の兄の一人、蔡尚俊《さいしょうしゅん》が現れる。

「準備は滞りなく済んでおります。護衛役が到着次第、出発できるでしょう」

挨拶《あいさつ》がすむと、尚俊は告げた。兎月館の店主である彼は、虚塔が炎に包まれた日、後宮から逃げのびた凛舲を一時的に匿ってくれた。

瀕死の幽瞑と虚塔にたどり着いた時、凛舲は命運を共にする覚悟だった。虚塔内に置かれた薪《まき》と撒かれた油で、彼が焼死するつもりだったことは予想できたからだ。

しかし、幽瞑は最後に凛舲に佩玉《はいぎょく》を渡して言ったのだ。これを使って入口を開けと。虚塔内に埋められた敷石のひとつに佩玉を嵌《は》めて押し込むと、祭壇の下にある床の一部が扉のように動き、真っ暗な隧道《すいどう》へと下りることができるようになっていた。

隧道を手さぐりで進み、静晏を流れる川のほとりに出た時には既《すで》に日は暮れていたが、幸い、場所は仙鏡堂《せんきょうどう》にもほど近く、迷子捜しを引き受けたことのある母親が川岸に住んでいたため、香雪が教えてくれた旅亭に案内してもらうことができたのである。

「香雪から、明真について何か連絡はございましたか？」

凛舲が尋ねると、尚俊は申し訳なさそうな顔になる。

「書簡《しょかん》は届いているのですが、残念ながら、ここ半月ほど方官の応《おう》氏の姿を後宮で見かけていないと書いておりました。応氏の部下の絛達《じょうたつ》というお方にもうかがったそうなのですが、陛下のお供をして翠嶂宮に立ち寄ったのを最後に連絡が取れず、消息もわからないとのことで、心配しておられるご様子です」

「そう……ですか」

尚俊の答えに言いようのない不安がこみ上げ、凛舲はうつむく。

兎月館に身を寄せている間、革袋に入っていた書き付けを頼りに明真の邸《やしき》に連絡を取ると、自害したはずの黎緑の生存と居場所を知らされた。

すぐさま、凛舲は黎緑のもとに駆けつけ、回復まで根気強く看病し続けたのである。

凛舲たちに兎月館の隊商に紛れて永晶国を出ることを提案したのは明真で、準備のための書簡のやり取りも頻繁《ひんぱん》にあった。

しかし、半月前を境に明真からはふっつりと連絡が途切れてしまったのだ。

行方を捜そうにも、後宮に戻るわけにもいかず、香雪の便りを待つよりほかになかった。

「応氏のことは、また何かわかりしだい、妹からも連絡するとのことです」

「ありがとうございます。香雪には、あまり無理をしないようにとお伝えください。もう充分に、償いは受けているからと」

凛舲が賢妃《けんひ》だった頃に起きた嫌がらせのひとつは、おそらく香雪のしわざだ。桐黎緑の時と同じように、庇護《ひご》を受けている荘徳妃《そうとくひ》の手前、凛舲の味方をするわけにもいかなかったのだろう。そのために引け目を感じ、危険を冒して便宜《べんぎ》を図ってくれるのはありがたいが、彼女が後宮で穏便に暮らす計画に支障があっては申し訳ない。

凛舲の話が終わると、隣に掛けた瑤瓊が、遠慮がちに口をひらいた。

「蔡采女……香雪さまは、孟貴妃さまについて何か記されておりましたでしょうか」

失踪の理由も別れの言葉も告げることなく、自害というかたちで後宮から消えたことを申し訳なく思っているのだろう。瑤瓊の質問に、尚俊はひとつうなずいて答える。

「ええ。しばらく気落ちしたご様子だったそうですが、陛下も頻繁に後宮にお渡りになるせいか、今では覇気を取り戻し、妃嬪のみなさまの鍛錬に励んでおいでだとか」

尚俊はほほえむと、「そうそう」と思い出したように続けた。

「桐婕妤が飼っておられた猫の味々《マイマイ》は、御妻《ぎょさい》の菖佳《しょうか》さまが譲り受け、お世話しているとのことでしたよ。猫好きの菖佳さまは大層喜んで、大切に可愛《かわい》がっているそうです」

凛舲が世話を任された猫の味々は、嫌がらせの犠牲となることを恐れて妍充華《けんじゅうか》に預けたままになっていたのだが、落ち着くべきところへ落ち着いたようだ。

「それを伺って、心残りが晴れました」

瑤瓊は少し寂しそうにしながらも、ほっとした様子で目を細める。

「出立まで、どうぞこの兎月館でおくつろぎください。ただいまご案内いたしますので」

尚俊の勧めにしたがって、凛舲たちは兎月館に滞在することとなった。

旅立てば、おそらくもう、静晏に戻ることはないだろう。

＊

運河のほとりに立って、凛舲は水面《みなも》に浮かぶ舲《こぶね》を眺めていた。

兎月館に滞在して数日が過ぎ、いよいよ明日には静晏を発《た》つことになっている。

明真の消息は未だ不明のまま、書簡が届くこともなかった。

探していた己の出自にもたどり着き、姉の瑤瓊にもめぐり会うことができたものの、心の一部を切り取られたような痛みが時折よみがえるのは、幽瞑の最期《さいご》と明真の不在とが、かわるがわる脳裏をちらつくからだろう。

凛舲は懐《ふところ》に入れていた革袋から、佩玉を取り出して手のひらへのせた。

円形の佩玉は炫耀から授かった玦《おびだま》と同じ翡翠《ひすい》でできている。表面には六華宮の見取図を思わせる紋様が彫刻されており、凛舲が幼い頃に持っていたものにそっくりだった。

『疾《と》くここを出よ』

隧道へと続く入口を開いた後、佩玉を凛舲に渡し、幽瞑は最後に言った。

『おまえの望むままにゆくがいい、玉英《ぎょくえい》』

最後に告げられたのは凛舲の真の名で、彼の言葉は黎緑が自害をはかる前に口にしたのとよく似ていたから、凛舲は胸が詰まって何も答えられなかった。

佩玉を握りしめたまま動けずにいると、幽瞑は焦《じ》れたように凛舲を隧道の入口へと押し込み、残り少ない力を振り絞るように扉を閉ざした。

最後に目に焼きついた幽瞑がほほえんだように見えたのが錯覚だったのか、そうあってほしいというただの願望に過ぎないのか、今もわからない。

明かりひとつない隧道をひたすらに歩きながら、凛舲は十七年前に自分を抱いて逃げてくれた侍女を思い、最後に抱きしめてくれた黎緑を思い、幽瞑が最後に見せた顔を思い、帰る場所を作ると約束してくれた明真を思った。

やがて水の匂いと共に隧道が途切れ、川面の先にひときわ明るく輝く星が上るのが見えた時、後宮の外へ出たことを知り、凛舲は声をあげて泣いた。

まるで、時を遡《さかのぼ》り、再び生まれ直したかのようだった。

これから凛舲たちは、静晏を出て大陸西方を目指すことになっている。剰州の国境沿いに勢力圏のあった霰族が、大陸西方の月牙国《げつがこく》に近い草原へ移動したと聞いたからだ。

迷呪《めいじゅ》持ちの自分や後宮育ちの瑤瓊に、長く苛酷な旅が耐えられるのか、母の出身である霰族を見つけることができるのか、不安をあげればきりがない。

けれど、どんなに道に迷うことがあっても大丈夫だという確信があるのは、一人きりで隧道を抜けた時の感覚が己を支えているからだろう。

いつか聞いた祝命という言葉は、あるいはこの感覚のことではないかと凛舲は思ったが、確かめようにも教えてくれた明真はここにはいない。

消息が途絶えたのは、後宮で何かあったからではないかという胸騒ぎに襲われ、凛舲は佩玉を握りしめたままうつむいた。

「嘘つき……。約束したくせに、やっぱり守る気なんてないじゃない」

零《こぼ》れた呟きは悪態にしては力なく震えていて、川風にかき消えそうになる。

吹き散る柳の葉を眺め、にじんだ涙を拭《ぬぐ》った時、低い声が耳に届いた。

「これでも骨を折ったつもりだが、ずいぶんな言いぐさだな」

息をのんで振り返ると、凛舲と同じような戎服に身を包んだ男が立っている。

「明、真……？」

見慣れぬいでたちと、二度と会えないに違いないという思い込みからぎこちなく問うと、明真は苦笑をうかべた。

「死人に会ったような口ぶりだな。まあ、この姿では無理もないが」

服装だけではない。背に届いていた明真の黒髪は、首筋が見えるほどに短くなっていたのだ。

永晶国では庶人でも男は髷《まげ》を巾《きん》で包むし、官人や貴人であればなおのこと、幞頭《ぼくとう》や冠《かんむり》を人前で脱がないものである。小冠《しょうかん》がないばかりか異国人のような断髪姿に言葉を失ったものの、凛舲はすぐさま我に返り嚙みついた。

「い、一体今までどうしていたの？　急に行方がわからなくなって、書簡も届かないし、人がどれだけ心配したか……！」

凛舲の剣幕にひるむ様子を見せつつ、明真は率直に詫びる。

「そう怒るな。悪かった。こちらもいろいろあったのだ」

「いろいろって」

「桐婕妤の佯死が露見した」

「え……」

食い下がろうとしたとたん、低声で囁かれた答えに凛舲は絶句した。

「そなたの生存も、既に陛下の知るところとなっている」

足元の地面から奈落《ならく》へ落ちてゆくような感覚に襲われ、ふらついた凛舲を明真が支える。

「安心せよ。陛下は、すべてをご承知の上でそなたらを解放するとお約束くださった」

衝撃のさめやらぬ耳に信じがたい言葉を聞かされ、凛舲はまばたいた。

「ほんとう……？」

半信半疑で見あげると、明真ははっきりとうなずいてみせる。

「ああ。後を追うことはしないが、二度と永晶国の保護を受けられると思うなと仰せだ」

実質的な国外追放を意味する言葉に、凛舲は知らず深い息を吐いた。

「それで、あなたのその格好は？」

しがみつくような姿勢のまま問うと、明真は心許《もと》なそうに頭に手をやる。

「そなたの立場と似たようなものだ。陛下を謀《たばか》った罪で官位を剝奪され、そなたらの護衛役を務めることとなった」

「そんな……！」

思わず声をあげたが、明真は割り切ったかのような屈託のない表情で言った。

「拷問《ごうもん》の末、八つ裂きにされる可能性も充分にあったのだ。命があるだけましというものだろう」

口調は明るいが、実際に明真の立場は相当危ういものだったのではないか。

凛舲がなおも蒼ざめていると、明真は支えていた腕を離し、改めて拱手《きょうしゅ》の礼をとった。

「そのようなわけで、道中、お供つかまつる。以後お見知りおきいただきたく」

芝居がかった挨拶に毒気を抜かれ、凛舲は小さく笑みをうかべる。

「長い旅路になるかもしれないわよ？」

「それこそ、望むところだ」

明真の答えに頼もしさと心強さを感じ、凛舲は川辺を離れて歩き出した。

「行きましょう。姐姐《ねえさん》が待ってるわ」

ゆるやかな風が柳を揺らし、何処《どこ》からか賑やかな喧騒《けんそう》を連れてくる。

戎服に身を包んだ二人の姿はたちまち雑踏に溶けこみ、見えなくなった。

玄識に云《い》う。
光龍、名玉を報じて禽獣に堕し、泯没に瀕す。
而れども、双玉、雪花《せっか》より発し、百世《ひゃくせい》に龍は栄える。

※この作品はフィクションです。実在の人物・団体・事件などにはいっさい関係ありません。

集英社オレンジ文庫をお買い上げいただき、ありがとうございます。
ご意見・ご感想をお待ちしております。

● あて先
〒101-8050　東京都千代田区一ツ橋2-5-10
集英社オレンジ文庫編集部 気付
彩本和希先生

後宮の迷い姫

消えた寵姫と謎の幽鬼

集英社
オレンジ文庫

2025年3月23日　第1刷発行

著　者　彩本和希
発行者　今井孝昭
発行所　株式会社集英社
〒101-8050東京都千代田区一ツ橋2-5-10
電話【編集部】03-3230-6352
【読者係】03-3230-6080
【販売部】03-3230-6393（書店専用）
印刷所　株式会社美松堂／中央精版印刷株式会社

ISBN 978-4-08-680611-4 C0193